10|18
12, avenue d'Italie — Paris XIIIe

Du même auteur
aux Éditions 10/18

LA PLUME DU CORBEAU, n° 2307
MISS SILVER ENTRE EN SCÈNE, n° 2308
MISS SILVER INTERVIENT, n° 2362
LE POINT DE NON-RETOUR, n° 2363
PLEINS FEUX, n° 2406
LES LÈVRES QUI VOIENT, n° 2407
LA ROUE DE SAINTE-CATHERINE, n° 2437
LE CHEMIN DE LA FALAISE, n° 2450
L'EMPREINTE DU PASSÉ, n° 2473
LE CHÂLE CHINOIS, n° 2494
AU DOUZIÈME COUP DE MINUIT, n° 2519
LE ROCHER DE LA TÊTE-NOIRE, n° 2534
UN ANNEAU POUR L'ÉTERNITÉ, n° 2575
LE MASQUE GRIS, n° 2597
À TRAVERS LE MUR, n° 2624
MEURTRE EN SOUS-SOL, n° 2654
L'HÉRITAGE D'ALINGTON, n° 2684
LE MYSTÈRE DE LA CLEF, n° 2709
LE TRÉSOR DES BENEVENT, n° 2754
L'AFFAIRE WILLIAM SMITH, n° 2770
COMME L'EAU QUI DORT, n° 2792
LA DAGUE D'IVOIRE, n° 2826
LE MANOIR DES DAMES, n° 2859
LE BELVÉDÈRE, n° 2878
LE MARC MAUDIT, n° 2918
LA TRACE DANS L'OMBRE, n° 2970
ANNA, OÙ ES-TU ?, n° 3184
LA COLLECTION BRADING, n° 3229
LA MORT AU FOND DU JARDIN, n° 3286
L'AFFAIRE EST CLOSE, n° 3378
▶ UN TROUBLANT RETOUR, n° 3431
DERNIÈRE DEMEURE, n° 3511

UN TROUBLANT RETOUR

PAR

PATRICIA WENTWORTH

Traduit de l'anglais
par Bernard CUCCHI

10|18

INÉDIT

« Grands Détectives »
dirigé par Jean-Claude Zylberstein

Sur l'auteur

Patricia Wentworth, pseudonyme de Dora Amy Elles, est née en 1878 à Mussoorie (Inde). C'est à la suite d'un concours organisé par le *Daily Mail,* en 1923, que le public découvre les romans policiers de Patricia Wentworth, déjà connue pour ses ouvrages historiques. Cinq ans plus tard, elle crée un détective hors du commun : Miss Maud Silver. Prototype de l'*Armchair Detective,* Miss Silver, tout comme sa cadette Miss Marple (qui ne verra le jour qu'en 1930, sous la plume d'Agatha Christie), est une délicieuse vieille dame douée d'un don d'observation hors pair. Héroïne d'une trentaine d'intrigues, Miss Silver assurera dès lors la renommée de Patricia Wentworth, décédée en 1961.

Titre original :
The Traveller Returns

ISBN 2-264-03417-3

1

Dans le bâtiment du ministère du Ravitaillement, non seulement on avait froid, mais ça sentait le renfermé. Quel plaisir ce serait de se retrouver à l'air libre, quel plaisir d'en avoir fini une bonne fois pour toutes ! Non pas qu'elle eût attendu très longtemps, mais son impatience commençait à se muer en colère. Traverser autant d'épreuves, resurgir pour ainsi dire du royaume des morts et perdre son temps à faire la queue pour obtenir une carte d'alimentation, c'était quand même une sacrée douche écossaise ! Elle s'appelait Anne Jocelyn, elle revenait d'outre-tombe et, au lieu de téléphoner à Philip, elle faisait le pied de grue dans l'espoir qu'on lui délivre une carte d'alimentation !

Comme la file, devant elle, avançait à un rythme d'escargot, elle se mit à penser à Philip. Trois ans à être considérée comme morte, cela faisait long. Philip avait été veuf pendant plus de trois ans et, dans une demi-heure environ, il recevrait un coup de téléphone et une voix — sa propre voix — lui apprendrait l'heureuse nouvelle : Anne Jocelyn était vivante. L'idée d'annoncer à Philip que, finalement, il n'était plus veuf, lui procura une joie très vive.

Mais, si jamais il était absent ?... Un picotement

bizarre lui parcourut tout le corps, de la tête aux pieds. Elle aurait éprouvé exactement la même sensation si, avançant d'un pas, le parquet avait soudainement disparu et qu'elle eût dû s'immobiliser au bord de l'abîme. Elle fut prise de vertige... quelques secondes à peine. Philip serait là. Il n'avait eu aucune nouvelle d'elle, mais les gens qui l'avaient aidée étaient au courant, en partie du moins, de ses pérégrinations et de ses divers points de chute, grâce à des circuits aussi sûrs que tortueux. Il avait combattu en Égypte et en Tunisie. Rapatrié après avoir été blessé, il prendrait un emploi au ministère de la Guerre dès qu'il serait remis sur pied. Oui, il serait là, à Jocelyn's Holt — dormant dans la chambre de la tour, faisant les cent pas sur la terrasse, ou se promenant dans les écuries, songeant à tout ce qu'il pourrait faire avec l'argent d'Anne Jocelyn, maintenant qu'elle était morte. Évidemment, il lui faudrait attendre la fin de la guerre. Mais ce n'était pas une guerre, même mondiale, qui empêcherait Philip de dresser des plans pour Jocelyn's Holt. Il serait là, oh, que oui !

Elle fit un pas supplémentaire, toujours pensive. Et s'il s'était remarié ?... Elle eut l'impression qu'on venait de la piquer violemment. Elle se mordit la lèvre. Non... elle l'aurait su, on le lui aurait dit, on l'aurait prévenue... Était-ce bien sûr ? *Absolument* sûr ? Elle releva la tête, les lèvres entrouvertes, le souffle court. Il valait mieux ne pas envisager ce cas de figure, ne rien envisager du tout, en fait. Toutefois, elle ne croyait pas Philip capable de se remarier. Elle secoua lentement la tête. Non, il ne l'avait pas fait. Il avait l'argent et la propriété, quelle raison aurait-il eue de se repasser si rapidement la corde au cou ? Après tout, la première fois n'avait pas été une franche réussite, et, comme on dit, chat échaudé... Un petit sourire se dessina sur ses lèvres. Philip n'allait pas sauter de joie en apprenant qu'il était toujours marié.

Trois personnes la précédaient dans la queue — une très grosse femme portant un panier rempli de divers achats, une petite créature mal fagotée, avec un filet à provisions, et un homme âgé, le dos voûté. La grosse femme expliquait, en s'efforçant d'en faire profiter tout le monde, comment elle avait égaré sa carte d'alimentation.

— Et croyez-moi, Miss Marsh, ce n'est pas dans mes habitudes, même si je pense que ça arrive à tout le monde de perdre ses affaires. Je ne me prétends pas meilleure que les autres, mais si vous saviez le nombre de fois où mon mari a dit : « Donne-la à maman... elle est aussi sûre qu'un coffre-fort. » Oui, vraiment, je ne sais pas ce qui m'a pris, mais faut croire que je l'ai laissée quelque part, parce que, de retour à la maison, tout le monde avait la sienne, papa, Ernie, Carrie et ma belle-sœur, qui est chez nous en visite, mais moi, c'est comme si j'en avais jamais eu. Alors j'ai rebroussé chemin et je suis allée dans tous les magasins où j'étais passée, et personne n'avait rien vu...

La femme derrière le comptoir se baissa et, quand elle se redressa, elle tenait une carte à la main.

— Vous l'avez laissée tomber dans High Street, dit-elle d'une voix lasse. Bonsoir, madame.

La petite créature mal fagotée s'avança. Elle se pencha vers le comptoir en murmurant.

Anne se tenait en retrait, grande, blonde et mince. Elle regarda par-dessus les épaules voûtées de l'homme âgé, eut un petit frisson et ramena son manteau de fourrure autour d'elle. Ses cheveux, qui retombaient au-dessus du col, avaient vaguement la forme d'une coupe au carré. Ils paraissaient ternes et négligés, mais ils étaient épais et, avec un minimum de soins, ils retrouveraient leur brillant. Pour l'heure, leur teinte hésitait entre un brun clair brûlé par le soleil et un blond foncé qui aurait perdu son éclat par manque d'entretien. Elle ne portait pas de chapeau. Deux longues mèches tombaient de part et d'autre de son fin visage ovale, au nez droit, aux lèvres pâles bien dessinées, dont les yeux d'un gris profond étaient surmontés de sourcils formant chacun un arc parfait, beaucoup plus foncé que ses cheveux.

Le manteau dans lequel elle se serrait était de très belle facture. Quand elle se serait refait une beauté, la fourrure noire et douce la mettrait en valeur. C'était la prochaine étape. Cette pensée suffit à lui redonner le moral. Dans une dizaine de minutes, cette histoire de carte d'alimentation serait réglée; elle pourrait se rendre chez le coiffeur, avant de héler un taxi pour aller voir ce qu'on trouvait en matière de poudre et de rouge à lèvres. Elle savait pertinemment qu'elle offrait un visage épouvantable et il était hors de question que Philip la vît ainsi.

Plus que dix minutes... cinq... La petite femme qui s'exprimait en chuchotant était partie et l'homme âgé s'apprêtait à l'imiter. Elle s'avança et posa son sac sur le comptoir. Comme le manteau, il coûtait ou avait coûté très cher, mais, contrairement à celui-ci, on voyait qu'il n'était plus tout neuf. Le cuir foncé était usé et taché, un bout de l'initiale A, gravée à l'or fin, avait disparu. Anne ouvrit le fermoir et sortit une carte d'alimentation qu'elle poussa sur le comptoir.

— Pourrais-je en avoir une nouvelle, s'il vous plaît?

Miss Marsh s'en saisit, la considéra avec un regard indifférent, haussa les sourcils et déclara :

— Elle est très vieille... autant dire qu'elle n'est plus valable.

Anne se pencha vers elle.

— C'est vrai. Voyez-vous, c'est que j'arrive tout juste de France.

— De *France* ?

— Oui. Je me suis retrouvée coincée là-bas devant l'avance allemande. J'ai réussi à m'échapper de justesse. Pourriez-vous m'en obtenir une autre ?

— Eh bien, non... je ne vois pas comment nous pourrions...

Son regard effleura la couverture du document et elle ajouta :

— Lady Jocelyn.

— Mais il me faut une carte d'alimentation !

— Est-ce que vous habitez ici ?

— Non... je ne suis que de passage.

— Dans ce cas, je ne sais pas ce que je peux faire. Il vous faudra en demander une aux autorités de votre lieu de résidence... enfin... je me demande... avez-vous votre carte d'identité ?

— Oui... la voici. J'ai eu de la chance... un ami me l'avait cachée... ainsi que quelques vêtements, ou je serais en haillons, et est-ce que vous m'imaginez revenir de chez les morts en haillons ?

Les yeux pâles de Miss Marsh ne la quittaient pas.

— Je ferais mieux d'en parler à Miss Clutterbuck, dit-elle, nerveuse.

Elle glissa au bas de sa chaise et disparut.

Dix minutes plus tard, Anne avait regagné la rue. On lui avait fait remplir un formulaire et donné une carte d'alimentation d'urgence, d'une validité de quinze jours. En outre, elle devait conserver son ancienne carte d'identité, le temps d'en obtenir une nouvelle.

Elle traversa la rue et pénétra dans une cabine téléphonique.

2

Mrs. Armitage leva les yeux du pull d'aviateur qu'elle était en train de tricoter et manqua aussitôt une maille. C'était une grande femme blonde, d'un naturel particulièrement aimable, qui portait des tailleurs de tweed usagés et un chapeau de feutre bosselé incliné sur l'oreille. Une aiguille à tricoter de rechange, d'un horrible rose vif, était fichée dans son épaisse tignasse en désordre. Autrefois, ses cheveux avaient été presque trop dorés, aujourd'hui les mèches à moitié blanches s'accordaient mieux avec les taches de rousseur de son visage, ses yeux clairs et sa grande bouche avenante. Son tailleur était, ou, plutôt, avait été d'une couleur moutarde regrettable et elle aurait été la première à reconnaître qu'il jurait avec la pièce. À quoi il n'aurait pas été étonnant de l'entendre ajouter : « Mais imaginez donc une pièce qui ne jurerait pas avec moi ! »

La pièce dont il est ici question avait été décorée pour Anne Jocelyn quand elle s'était mariée. Elle était banalement jolie, et tout à fait convenable pour une jeune épouse de vingt ans, avec ses tissus de chintz fleuris, ses rideaux bleus et ses vieux objets en porcelaine. Sur le manteau blanc de la cheminée, les nymphes des *Quatre Saisons* prenaient des poses gracieuses. Dans une armoire de coin, un service à thé *bleu roi**[1] étincelant renforçait le bleu des rideaux auquel il répondait. Oui, la couleur moutarde de son costume était une faute de goût indéniable et il était tout aussi certain que cela la laissait de marbre.

Mrs. Armitage se pencha vers sa nièce Lyndall — assise devant l'âtre, celle-ci laissait tomber des pommes de pin dans un feu réticent — et lui dit, tout à fait hors de propos, selon son habitude :

— Après tout, la guerre a quand même du bon. Si nous devions passer nos journées dans cet atroce salon de nouveau riche, j'aurais envie de hurler, comme ces filles qui ont écrit au *Daily Mirror*, l'autre jour.

Lyn fronça le nez et demanda :

— Quelles filles ?

Mrs. Armitage ôta vivement l'aiguille plantée dans sa chevelure.

— Trois, en fait, précisa-t-elle. Elles n'en pouvaient plus de leur travail et écrivaient qu'elles avaient tout le temps envie de hurler. J'éprouverais la même chose si je devais rester assise dans une pièce où on ne compte pas moins de sept chandeliers et une cinquantaine de miroirs.

Lyndall lui envoya un baiser.

— Six miroirs, ma tante, je les ai comptés hier, et trois chandeliers. Ce qui n'empêche pas que je suis d'accord. Mais pourquoi « nouveau riche » ?

— Parce que Sir Ambrose Jocelyn, qui était le grand-père d'Anne et le grand-oncle de Philip, l'a ajouté grâce à l'argent de sa femme. J'imagine qu'il

1. Les mots, expressions ou phrases en italique suivis d'un astérisque figurent en français dans le texte original. *(N.d.T.)*

voulait l'enquiquiner... ils ne s'entendaient pas bien, tu sais. Elle l'a quitté, mais il a réussi à faire construire ce salon, et cette aile nord horrible, et je suppose qu'elle n'a pas pu le supporter et a décampé avant qu'il ait tout dépensé, ou il ne serait rien resté pour Anne, et Philip aurait dû vendre Jocelyn's Holt. Tout est donc pour le mieux. Mon Dieu... j'ai sauté une maille !

Lyn gloussa. C'était une petite créature mince et pâlichonne, avec des yeux gris plutôt agréables et une abondante chevelure noire et soyeuse toute bouclée. Elle tendit une main vers le pull-over.

— Deux, tante chérie. Tu ne devrais pas quitter la pelote des yeux. Tu ferais mieux de me donner ton ouvrage.

— Non... je réparerai les dégâts moi-même. Si j'arrive à me concentrer. Oui, j'imagine que ça a été une chance pour Philip de pouvoir compter sur Anne et son argent. Je sais bien que, de nos jours, les gens ne sont pas très favorables aux mariages entre cousins. C'est drôle comme les coutumes peuvent changer, parce que, dans les romans de l'époque victorienne, c'était tout à fait courant — même entre cousins au premier degré, ce qui est quand même un peu exagéré. Anne et Philip n'étaient que cousins au second degré et, quand il a obtenu le titre et le domaine, comme elle avait l'argent nécessaire à les faire vivre, tout le monde a pensé que les choses n'auraient pu mieux se passer... sauf que je me demande ce que l'avenir leur aurait réservé si cela avait duré, parce que, bien sûr, Anne... eh bien, Anne...

Sa voix se perdit. Elle entreprit de rattraper les mailles qu'elle avait sautées.

Le visage de Lyndall rosit.

— Anne était gentille, s'empressa-t-elle de dire avec chaleur.

Mrs. Armitage replaça une maille là où elle aurait dû se trouver sur l'aiguille rose et répondit d'un ton vague :

— Oh, oui, elle était gentille.

La rougeur s'accentua sur le visage de Lyn.

— C'est *vrai* !

— Mais oui, ma chérie.

Mrs. Armitage battit des paupières.

— Bien sûr, je me souviens comme... quelle est l'expression... comme tu avais le béguin pour elle quand tu étais écolière, n'est-ce pas ? J'avais oublié. Mais, par la suite, tu ne l'as plus guère vue... n'est-ce pas ?

Lyndall secoua la tête.

— Sauf au mariage. Mais je n'ai jamais oublié nos vacances d'été, l'année qui a précédé la guerre, quand Anne et sa tante nous ont rendu visite. Depuis, je me suis souvent dit qu'il lui aurait été facile de se montrer très désagréable en cette occasion. Tu sais, il y avait toi et Mrs. Kendall, plus Anne et Philip. Anne avait dix-neuf ans et était déjà une femme, je n'en avais que seize, je n'étais qu'une horrible adolescente mal dégrossie, un vrai poison, sans doute, mais Anne a été merveilleuse. Un tas de filles m'auraient snobée, sans vouloir s'embarrasser d'une gamine excitée, mais elle a été merveilleuse. Elle m'a laissée les accompagner partout et faire tout ce qu'ils faisaient. Elle était gentille. Et si Philip ne s'est pas entendu avec elle, quand ils ont été mariés, c'est sa faute à lui.

Mildred Armitage leva les yeux de son tricot informe.

— Chacun voulait n'en faire qu'à sa tête, dit-elle. Ils n'étaient que des gosses et Anne était très jolie, elle disposait d'un tas d'argent et n'avait pas découvert à quel point il est difficile de tenir les cordons de la bourse quand on a un mari aussi fier que Philip.

Lyn ouvrit de grands yeux étonnés.

— Il est fier, Philip ?

— Oh, ma chérie... *si tu savais* !

— Alors, oui ou non ?

Mrs. Armitage haussa les épaules.

— Eh bien... Quoi qu'il en soit, ils n'ont pas eu le temps de voir leurs rapports se dégrader, n'est-ce pas ? Et peut-être qu'ils ne se seraient pas disputés du tout... ou qu'ils se seraient disputés avant de se rabibocher. Cela ne sert à rien de s'en inquiéter maintenant... elle n'est plus là, voilà tout. Et tu peux penser à elle aussi gentiment que tu le veux.

— Elle a été merveilleuse avec moi.

Répétée pour la deuxième fois, cette phrase eut l'effet d'un répons à quelque litanie intime célébrant la loyauté et le regret.

— Elle a été adorable de me prendre comme demoiselle d'honneur.

Elle se leva et se dirigea vers le centre de la pièce, penchant la tête, le regard levé vers le tableau en pied accroché au-dessus du manteau de la cheminée — la célèbre *Fille au manteau de fourrure*, d'Amory, portrait d'Anne Jocelyn quelques semaines après son mariage. Fourrure noire et soyeuse sur une fine robe bleue, collier de perles, visage ovale heureux et lèvres roses, cheveux dorés et grappes de boucles folles, tout chantait le bonheur d'être une femme dans la fleur de sa jeunesse. On aurait cru qu'Anne Jocelyn allait descendre du tableau : jeune fille tête nue, ramenant son manteau autour d'elle et souriant comme si elle se rendait à une soirée — souriant à tout ce que la vie allait lui apporter. Un an plus tard, elle mourait sous les balles d'une mitrailleuse, par une nuit noire, sur une plage bretonne.

Lyndall écarquilla les yeux et s'attarda devant le tableau dont les couleurs brillaient sous l'éclairage électrique. Le salon d'Anne — le portrait d'Anne. Anne, morte à vingt et un ans ! Elle fut prise d'une bouffée de colère. Elle se tourna vers Mildred Armitage.

— Pourquoi tu ne l'aimais pas ?

L'ouvrage tomba en tas sur le giron couleur moutarde. Les yeux pâles clignèrent, comme sous l'effet de la surprise.

— Ma chère enfant, je l'ai à peine connue. La mère d'Anne n'appréciait guère les Jocelyn. Tu dois te souvenir que Marian était la fille du vieil Ambrose et qu'on l'avait élevée en le faisant passer pour un monstre à ses yeux. Il avait choisi de vivre avec une autre femme, dont il avait eu un garçon — tu imagines bien que ça a été mal accepté. Marian a donc grandi dans la haine des Jocelyn et elle a préparé Anne à faire de même. C'est seulement après sa mort que sa belle-sœur, Mrs. Kendall, une femme très raisonnable, a permis à Anne de nous fréquenter tous. Non pas que je prétende être une Jocelyn, mais quand ma sœur a épousé le père de Philip, nous avons tous été mis dans le même sac. Ce qui fait que je n'ai pas vu Anne avant ses dix-neuf ans.

Les grands yeux accusateurs de Lyndall ne l'abandonnèrent pas pour autant.

— Pourquoi est-ce que tu ne l'aimais pas ?

Ce disant, c'était bien d'amour qu'elle parlait

Comment pouvait-on avoir connu Anne sans l'aimer ? Il n'y avait aucune réponse à cela.

Mildred Armitage émit un petit bruit qui montrait qu'elle était vexée.

— Mais comment le saurais-je ? On ne s'entiche pas des gens comme ça, en un rien de temps... pas à mon âge ! Elle était jeune, jolie, très riche et il était évident que Mrs. Kendall voulait qu'elle épouse Philip. Eh bien, elle l'a fait et ça n'a pas duré suffisamment longtemps pour qu'on sache à quoi ressemblerait leur union.

— Mais toi, tu ne l'aimais pas !

Sensible au frémissement de colère dans la voix de Lyndall, Milly Armitage lui répondit par un grand sourire désarmant.

— Ne te fâche pas ! Est-on libre de ses sentiments ? Jane Kendall voulait qu'elle épouse Philip, au contraire de moi.

— Pourquoi ?

— Parce qu'ils étaient cousins, d'une part. Je ne pensais pas que ça pourrait marcher entre deux personnes du même tonneau. Tous les Jocelyn font preuve d'une propension mortelle à se montrer fiers et entêtés.

— Pas Anne !

— Non ? Elle voulait épouser Philip et elle l'a épousé.

— Et pourquoi pas ?

— Rien ne l'en empêchait, sauf que sa mère aurait préféré mourir plutôt que de la laisser faire. Loin de moi l'idée d'en blâmer Anne... je ne blâme d'ailleurs personne. Ils n'avaient aucune raison de ne pas se marier, mais, s'il s'en était trouvé une, cela n'aurait fait aucune différence. Ils sont comme ça, les Jocelyn. Regarde un peu Theresa Jocelyn, qui est partie vivre dans un château, en Bretagne. Et pourquoi ? Parce qu'elle s'était entichée de la petite-fille illégitime du vieil Ambrose et s'était violemment disputée avec la famille à son propos. Joyce, elle s'appelait, Annie Joyce. Ambrose appelait la femme Mrs. Joyce... nom qu'il avait voulu aussi proche que décemment possible de celui de Jocelyn... et le fils, Roger, a continué dans ce registre. Annie était sa fille, et il n'y avait pas un sou à espérer, car Ambrose n'a jamais signé son testament. Aussi, quand Theresa, qui n'était qu'une très vague cousine, s'est prise d'une affection aveugle pour Annie, voulant obliger la famille à l'accueillir et à l'entretenir, personne ne l'a suivie. Elle s'est mis tout le monde à dos et a filé en France où elle a loué un château. Elle ne manquait pas d'argent et chacun de penser, évidemment, qu'elle le laisserait à Annie. Mais ce ne fut pas le cas, c'est Anne qui en a hérité, alors qu'elle était déjà largement pourvue. Theresa lui a demandé de venir pour lui annoncer qu'elle hériterait de tout, et d'ajouter qu'elle devait se montrer gentille avec Annie, car ce n'était qu'une pauvre orpheline qui avait été spoliée de ses droits. Philip a trouvé cela indécent, et il est certain qu'il n'avait pas tort. Après tout le chambard qu'elle avait fait à cause de cette fille !

Lyndall eut un regard douloureux. Elle haïssait l'injustice, mais elle aimait Anne. Elle était déchirée entre ces deux sentiments.

— Mais pourquoi a-t-elle fait ça ? demanda-t-elle à la manière brutale d'un enfant.

— Theresa ? Parce qu'elle était une Jocelyn... parce que tel était son bon plaisir... parce que sa folle passion pour Annie s'était éteinte et qu'elle n'en avait plus que pour Anne. Elle s'est présentée au mariage et leur a sauté au cou, pénible et larmoyante, à faire son cirque. À vrai dire, je m'étonne qu'elle se soit abstenue aussi longtemps de venir mettre son grain de sel dans les affaires de la famille. Le mariage était un prétexte idéal et je suis persuadée qu'elle a saisi l'occasion. Elle devait en avoir plus qu'assez de son Annie Joyce chérie et n'attendait que le moment de se trouver une nouvelle lubie. Je crois qu'elle serait bien revenue en Angleterre pour de bon, mais elle est tombée malade. Au moment où elle a écrit à Anne, il était trop tard pour qu'on puisse la faire traverser, et ça commençait à sentir le roussi en France. C'est là que les choses se sont mises à aller de travers entre eux. Philip tirait de son côté et Anne du sien. Il lui a dit qu'il n'était pas question qu'elle s'en aille. Et elle est partie. Je crois n'avoir jamais vu quelqu'un d'aussi furieux.

— Il n'en avait pas le droit !

— Mon ange, quand, dans un couple, chacun commence à évoquer ses droits, cela signifie qu'il y a quelque chose qui ne tourne plus rond.

— Est-ce qu'ils se sont réconciliés ? demanda Lyndall.

— Je l'ignore.

— Ce serait horrible s'ils ne l'avaient pas fait.

Milly Armitage avait son idée là-dessus. Il est certain que, lorsqu'il avait quitté l'Angleterre, Philip n'était pas du tout d'humeur à se réconcilier. Oui, elle n'avait jamais vu d'homme plus en colère.

Il eût mieux valu qu'elle n'en soufflât mot, mais c'était trop lui demander.

— Il était absolument hors de lui, précisa-t-elle. Mais, bonté divine, quelles raisons avons-nous d'en reparler ? Tout cela a été excessivement douloureux, et c'est terminé. Pourquoi ne pas l'oublier au lieu de nous tordre le cou pour regarder en arrière comme la femme de Loth ? Propos vains et déplaisants, statues de sel[1]. Avec ta façon de me jeter des regards noirs comme ceux d'un vautour, j'ai bien dû sauter une cinquantaine de mailles !

— Les vautours ne vous jettent pas des regards noirs ! Ils ont d'horribles petits capuchons sur les yeux.

Milly Armitage éclata de rire.

— Allez, essaye de rattraper mes mailles, et on aura une gentille conversation sur l'histoire naturelle !

1. Genèse, XIX, 26. *(N.d.T.)*

3

Philip Jocelyn téléphona à huit heures du soir.

— Qui est à l'appareil ?... Lyn ?... Bon, dis à tante Milly que je viendrai déjeuner demain... ou plus tard. Est-ce que ça va poser un problème de rations ?

Lyn gloussa.

— Je crois que oui.

— Je ne serai fixé qu'à la dernière minute. De toute façon, pour ce soir, c'est impossible.

— Très bien. Attends un peu... quelqu'un t'a appelé ce matin.

— Qui ?

— Je ne sais pas. Elle n'a pas donné son nom... elle a seulement demandé si tu étais là et quand j'ai répondu que tu te trouvais à Londres, elle a voulu connaître la date de ton retour. Peut-être ce soir, ai-je répondu, mais plus certainement demain, et elle a raccroché. C'était un appel longue distance et le son était horriblement faible.

Elle l'entendit rire.

— Les Voix du Téléphone... notre grand feuilleton mystérieux... suite au prochain épisode ! Ne t'en fais pas... je pense qu'elle rappellera. Embrasse tante Milly. Je baise tes mains et tes pieds.

— Comme si j'allais te croire !

— Tu as peut-être raison... nous vivons une époque si peu romantique. Au revoir, ma petite. Sois sage.

Il raccrocha.

Lyndall reposa l'écouteur et retourna auprès du feu. Elle avait enfilé une robe d'intérieur verte, bien chaude. Mrs. Armitage, quant à elle, avait passé un vêtement informe de veloutine brune au col en fourrure complètement défraîchi.

— C'était Philip, annonça Lyndall.

— Je m'en doutais.

— Il ne sait pas s'il pourra venir déjeuner demain.

Mrs. Armitage ne s'inquiétait jamais pour ce genre de détails. Elle hocha la tête et fit cette réflexion tout à fait hors de propos :

— Quelle chance que toi et Philip ne soyez pas vraiment cousins !

Quand Lyndall se pencha pour placer une bûche dans le feu, sa longue jupe se gonfla à partir de la taille, qu'elle avait fine comme celle d'une gamine. Elle sentit la chaleur des braises contre ses joues.

— Pourquoi ? murmura-t-elle.

— Eh bien, je me disais simplement que c'était une chance. Les Jocelyn sont tout ce qu'il y a de bien et cette pauvre Louie a été très heureuse avec le père de Philip, qui était un homme on ne peut plus charmant, mais c'est ça le problème avec les Jocelyn : ils sont charmants. Il ne faut pas en abuser, il vaut mieux les fréquenter à petites doses.

C'est à ce moment qu'on sonna à la porte d'entrée.

Debout sur le seuil plongé dans la pénombre, Anne Jocelyn attendait que l'on vînt ouvrir. Le taxi qui l'avait conduite depuis Clayford tourna bruyamment derrière elle sur l'allée de gravier et s'éloigna. Le ronronnement de son moteur diminua et s'évanouit. Elle attendait dans le noir que quelqu'un lui ouvrît. Elle finit par sonner une seconde fois et, presque aussitôt, on tourna la clef dans la serrure. Par la porte entrebâillée, une jeune fille jeta un coup d'œil, avant de reculer, ouvrant la porte en grand quand elle découvrit qu'il s'agissait d'une femme.

Anne Jocelyn entra.

— Est-ce que Sir Philip est revenu ?

Ivy Fossett fut quelque peu troublée. Le soir, les visiteurs n'arrivaient pas sans crier gare, non, surtout pas en ce moment. Mais cette femme avait tout l'air d'une dame et son manteau de fourrure était magnifique. Elle le dévora des yeux et répondit :

— Non, madame.

— Qui est là, dans ce cas ? demanda la femme d'un ton cassant. Qui a répondu au téléphone, ce matin ?

— Il y a Mrs. Armitage et Miss Lyndall, Miss Lyndall Armitage. Ce doit être elle qui a répondu.

— Où sont-elles ?... Dans le parloir ? Inutile de m'annoncer.

Ivy en resta bouche bée et la suivit du regard.

— Elle m'a filé sous le nez comme si je n'étais pas là, raconta-t-elle à la cuisine.

Ce qui lui valut ce reproche de Mrs. Ramage, la cuisinière, qui n'était plus de la première jeunesse :

— Tu aurais dû lui demander son nom.

Ivy eut un mouvement de tête en arrière :

— Comme si elle m'avait laissé la moindre chance !

La visiteuse traversa le hall. Le parloir donnait

sur une terrasse, à l'arrière de la demeure. On l'appelait ainsi à cause de la bonne reine Anne, dont la première Anne Jocelyn avait été la filleule : les lambris blancs de cette salle étaient d'époque.

Elle saisit le bouton de la porte et s'immobilisa un instant, desserrant son manteau, le ramenant en arrière de manière à laisser voir la robe bleue au-dessous. Son cœur battait très fort. Ce n'est pas tous les jours qu'on s'en revient du royaume des morts. Peut-être était-elle contente de l'absence de Philip. Elle ouvrit la porte et se tint sur le seuil, regardant droit devant elle.

Le plafond reflétait une vive lumière, les rideaux bleus étaient tirés, un grand feu de bois brûlait et sur la tablette blanche de la cheminée trônaient *Les Quatre Saisons* avec, plus haut, *La Fille au manteau de fourrure*. Elle considéra le tableau d'un œil critique, comme si elle contemplait le reflet de sa propre image — et elle songea que ce portrait aurait très bien pu être un miroir dans lequel elle s'apercevait.

Deux personnes étaient présentes. À droite de l'âtre se tenait Milly Armitage, un journal posé sur son giron, un autre étalé près d'elle, sur le tapis bleu. Une femme peu soignée, pénible à vivre, qui n'avait jamais été son amie. Elle était là, *bien sûr*. Comme chez elle. *Nous allons changer tout cela**. Au pied de la cheminée, pelotonnée, un livre à la main, la gamine Lyndall.

Fébrile, la main de Milly Armitage froissa le journal, le livre tomba sur le tapis de fourrure blanche. Lyndall bondit sur ses pieds, trébucha sur les longs plis de sa jupe verte, se rattrapa au bras du fauteuil vide contre lequel elle était appuyée : le regard ébahi et brouillé par la surprise, le teint blême, elle fixa la porte ouverte et vit Anne Jocelyn, sortie du portrait dans son dos — Anne Jocelyn, tête nue, avec ses boucles dorées et son visage ovale et fardé, un collier de perles tombant sur une fine robe bleue, son manteau de fourrure ouvert.

Simultanément, elle entendit le hoquet de surprise de Milly Armitage. Elle-même n'était pas sûre de respirer encore. Le monde s'était figé devant cette apparition : Anne ! Et puis, sans pouvoir s'en empêcher, une pensée incongrue se glissa en elle : « Elle est moins bien que le portrait d'Amory. » Quand elle y repensa, plus tard, elle en fut horriblement choquée. Après plus de trois années de privations, de souffrances, d'épreuves, qui n'aurait pas changé, qui n'aurait pas paru vieilli ? Une émotion aveugle la submergea, ne laissant place qu'à un seul sentiment : c'était Anne et elle était vivante ! Elle se précipita vers elle en poussant un cri presque inarticulé et Anne lui ouvrit les bras. Déjà, Lyndall l'embrassait, répétant son nom à n'en plus finir, les joues inondées de larmes.

— Anne... Anne... *Anne* ! On te croyait morte !

— Moi aussi, j'ai cru que c'était moins une.

Elles traversèrent la pièce ensemble.

— Tante Milly ! Comme c'est bon de te retrouver ! Comme c'est bon, comme c'est bon d'être chez soi !

Milly Armitage se retrouva dans ses bras. Sous le coup de toute une série d'émotions qui lui échappaient, elle embrassa une joue beaucoup plus maigre et considérablement plus maquillée qu'elle ne l'était trois ans auparavant. Elle ne se souvenait pas qu'Anne l'eût jamais serrée ainsi. Elles n'avaient jamais échangé que des baisers sans chaleur et peut-être s'en satisfaisaient-elles. Elle s'écarta, momentanément soulagée, s'efforçant de trouver ce qu'elle pouvait dire. Non qu'il n'y eût pas beaucoup de choses à dire, mais, alors même qu'elle était sous l'effet de la surprise, elle avait le sentiment qu'il valait mieux se taire. Philip... elle ne devait rien dire, rien faire qui pût blesser Philip. L'ombre d'un désastre incommensurable planait dans la pièce. Ressusciter au bout de trois ans et demi, ça faisait long ! Et voilà qu'Anne était de retour. Comme ce devait être horrible de revenir et de sentir que votre présence n'était plus souhaitée ! « Les vivants doivent resserrer les rangs. » Qui avait dit ça ? C'était vrai, il le fallait. Et, derrière ces pensées, une autre voix se fit entendre, terre à terre et pragmatique :

« Pourquoi diable a-t-il fallu qu'elle revienne ? »

— Anne chérie... oh, Anne ! s'exclamait Lyndall. C'est tellement fantastique que tu sois vivante !

Mrs. Armitage se souvint qu'elle avait été élevée comme une lady. Elle prit la ferme décision de se comporter en conséquence.

4

Le lendemain, Philip Jocelyn ne rentra que vers quatre heures de l'après-midi et fut intercepté dans le hall par Milly Armitage.

— Philip... viens ici, j'ai à te parler.

— Que se passe-t-il ?

Elle le prit par le bras et l'entraîna au bout du vestibule, vers le bureau situé en face du parloir, mais à bonne distance. Comme c'est souvent le cas, la pièce n'avait de bureau que le nom, ayant rarement servi à cet usage, mais ses murs étaient couverts de livres et le tout avait l'air habité, grâce aux rideaux rouille et aux profonds fauteuils de cuir.

Une fois la porte refermée, Philip considéra sa tante Milly non sans étonnement. Il l'aimait beaucoup mais il eût préféré qu'elle en vînt au fait. Quelque chose venait d'arriver, aucun doute, alors autant ne pas tourner autour du pot !

— Nous avons essayé de te joindre, mais on nous a dit que tu avais quitté le club.

— Oui... Blackett m'a demandé de passer chez lui. De quoi s'agit-il ? Où est Lyn ? Cela n'a rien à voir avec elle, n'est-ce pas ?

— Non.

« Et voilà, songea Milly Armitage, affolée, c'est

aussitôt à elle qu'il pense. Il l'aime... chaque jour un peu plus. À quoi bon tout ça, maintenant? Je suis méchante... Mon Dieu... que de complications ! »

Elle se frotta le menton d'une main tremblante.

— Tante Milly, qu'y a-t-il ? Quelqu'un est mort ?

Mrs. Armitage se retint de dire : « C'est encore pire », et elle fit un effort considérable pour se contenter de secouer la tête.

— Eh bien, quoi alors ? interrogea-t-il, commençant à perdre patience.

— Anne est revenue, annonça-t-elle sans préambule.

Ils étaient l'un à côté de l'autre, près de la table de travail. Philip tenait son manteau sur le bras et son chapeau à la main. Il était blond et grand, comme tous les Jocelyn, le visage plus long et plus accusé que dans la famille, les yeux du même gris sombre que ceux d'Anne, les sourcils aussi bien dessinés que les siens, plutôt pointus qu'en arc de cercle, les cheveux presque blanchis par le soleil tunisien. Il finit par se retourner, lança son chapeau sur un fauteuil, posa son manteau sur le dossier et demanda, sans hausser le ton :

— Voudrais-tu bien répéter ?

Milly Armitage se sentit sur le point d'éclater. Elle répéta, détachant chaque mot comme si elle s'adressait à un enfant :

— Anne... est... revenue.

— C'est bien ce que je pensais avoir entendu... je voulais être sûr. Pourrais-tu me dire ce que cela signifie ?

— Philip... je t'en prie ! Il me sera impossible de te parler si tu te comportes ainsi !

Ses sourcils se soulevèrent :

— Comment donc ?

— De façon inhumaine. Elle est vivante... elle est revenue... elle est ici.

Pour la première fois, c'est d'un ton grinçant qu'il demanda :

— Est-ce que tu es devenue folle ?

— Pas encore, mais ça pourrait arriver.

— Anne est morte, dit-il d'une voix douce. Qu'est-ce qui te fait imaginer le contraire ?

— Anne. Elle est arrivée hier soir à l'improviste. Elle est là... dans le parloir, avec Lyndall, en ce moment.

— C'est grotesque !

— Philip, si tu me parles de cette manière, je vais hurler ! Puisque je te dis qu'elle est vivante... puisque je te dis qu'elle est dans le parloir avec Lyndall !

— Et moi je te dis que je l'ai vue mourir et que j'étais présent à son enterrement.

Milly Armitage réprima un tremblement involontaire.

— À quoi bon me raconter ça ? lança-t-elle avec colère.

— Tu veux dire que je suis un menteur ?

— Elle est dans le parloir avec Lyndall.

Philip se dirigea vers la porte.

— Eh bien, allons les rejoindre.

— Attends ! Ce n'est pas bon de réagir ainsi. Laisse-moi te raconter... laisse-moi te raconter comment c'est arrivé. Quelqu'un a appelé le matin... hier matin. Lyn t'en a parlé au téléphone.

— Eh bien ?

— C'était Anne. Elle venait de débarquer d'un chalutier. Elle ne s'est pas présentée... elle a seulement demandé si tu étais là. Hier soir, vers huit heures et demie, elle est entrée. Nous en avons été retournées. Je comprends que tu ne parviennes pas à le croire. Quelques minutes auparavant, Lyn regardait le tableau qu'Amory a fait d'elle et quand la porte s'est ouverte et qu'elle est entrée, on aurait dit qu'elle venait de descendre du cadre... avec la robe bleue, les perles, la fourrure. Je n'ai *jamais* de ma vie connu un tel choc.

Il se détourna et ouvrit la porte.

— Anne est morte, tante Milly. J'aimerais bien savoir qui se trouve dans le parloir avec Lyn.

Ils traversèrent le hall sans dire un mot. C'est Philip qui ouvrit la porte et entra le premier. D'abord, il aperçut Lyndall. Elle était assise sur le bras de l'un des grands fauteuils, à gauche de l'âtre. Elle bondit sur ses pieds et c'est alors que, derrière elle, il découvrit dans le fauteuil la robe bleue du portrait — la robe d'Anne Jocelyn lors de son voyage de noces, et le collier de perles, la chevelure blonde et bouclée d'Anne, son visage ovale, ses yeux gris foncé, ses sourcils arqués. Il l'observa un temps qui leur parut à tous interminable. Puis il s'avança, parfaitement détendu :

— Très belle mise en scène ! lança-t-il. Permettez-moi de vous féliciter pour votre maquillage et pour votre sang-froid, Miss Joyce !

5

Celle-ci abandonna le fauteuil et lui fit face.

— Philip !

Il hocha brièvement la tête

— Philip, oui. Mais pas Anne... du moins, pas Anne Jocelyn. J'imagine qu'Annie Joyce a été baptisée Anne ?

— Philip !

— Cela ne nous mène nulle part, n'est-ce pas ? Puis-je vous demander ce qui vous a fait croire que ce genre de supercherie allait marcher ? Très ingénieux, mais peut-être pensiez-vous que j'étais à l'étranger, ou, mieux encore, blessé, et je suppose que, dans ce cas, vous auriez pu réussir. Si cela semble avoir pris avec Lyn et tante Milly, pas avec moi, et je vais vous dire pourquoi. Quand Anne a été touchée, je l'ai ramassée par terre et je l'ai portée jusqu'au bateau, où elle est morte. Puis j'ai ramené son corps à la maison.

Elle continuait à le dévisager.

— C'est Annie Joyce que tu as ramenée à la maison. C'est Annie Joyce que tu as enterrée.

— Et pourquoi aurais-je agi ainsi ?

— Je pense que tu t'es trompé, expliqua-t-elle. C'est Annie qui a été touchée, mais c'est moi qui ai crié. Elle se retenait à mon bras. Tu étais parti devant, vers le bateau. La balle est passée entre nous deux... je l'ai sentie. Annie a lâché mon bras et est tombée. J'ai hurlé. À ce moment, tu es revenu en arrière et tu l'as ramassée. Tu as pu penser qu'il s'agissait de moi. Dans le noir, tu as pu confondre, je ne sais pas, je n'affirme rien. Il faisait sombre et on nous tirait dessus... oui, une erreur de *ta* part est envisageable. J'ai cru que tu reviendrais me chercher, mais tu ne l'as jamais fait.

— C'est donc votre version, dit Philip d'une voix douce... je vous ai abandonnée sur la plage ?

— Je crois... non, j'en suis sûre... sauf que tu as seulement pensé abandonner Annie Joyce.

— Affirmation on ne peut plus odieuse...

Il parvint à se maîtriser.

— Je vais vous dire ce qui s'est passé. J'ai transporté Anne jusqu'au bateau. Il y avait d'autres personnes, arrivées plus tard, les Redding.

Il se tourna vers Lyndall et c'est à elle qu'il continua à s'adresser :

— Murdoch et moi avions effectué la traversée avec son bateau à moteur. Quand nous sommes arrivés, Theresa Jocelyn était morte et enterrée et les Allemands occupaient le village. Je me suis rendu au château, confiant le bateau à Murdoch. J'ai donné à Anne et à Miss Joyce une demi-heure pour ramasser ce qu'elles avaient de plus précieux. Anne a dit que d'autres Anglais se cachaient dans une ferme. Est-ce qu'on ne pouvait pas les prendre ? a-t-elle demandé. Pierre irait les prévenir. Je voulais savoir combien ils étaient, mais elle n'en était pas sûre... deux étaient des enfants, croyait-elle savoir. Elle a envoyé chercher Pierre, c'était le majordome et l'homme à tout faire de Theresa. D'après lui, il y avait Monsieur, Madame, plus un garçon et une fille très jeunes. La ferme appartenait à son cousin et il semblait ne rien ignorer d'eux. J'ai accepté et je leur ai donné une heure pour gagner la plage. Mais voilà, ils sont arrivés en retard, c'étaient de ces gens qui sont toujours en retard, peu importent les circonstances. On a attendu et, quand ils sont arrivés, les Boches nous avaient repérés et ça commençait à devenir sérieux. J'étais parti en avant quand Anne a crié. Je suis revenu sur mes pas et je l'ai transportée dans le bateau. On n'y voyait goutte et on tirait dans tous les coins. J'ai crié le nom d'Annie Joyce sans obtenir de réponse. Avec Murdoch, nous sommes partis à sa recherche. C'est à ce moment que les Redding nous ont appelés. Murdoch m'a dépassé, portant quelqu'un, j'ai pensé que c'était Miss Joyce. Une fois tout le monde à bord, nous nous sommes comptés. Outre Murdoch et moi, il y avait un homme, un garçon et quatre femmes. Et ça correspondait, car une autre femme avait été blessée. Nous avons filé vers le large. Anne n'a jamais repris connaissance. La balle l'avait touchée à la tête. Nous avions fait la moitié du chemin quand je me suis aperçu que Miss Joyce n'était pas avec nous. Nous avions bien nos six passagers, mais les Redding avaient emmené leur gouvernante française. Elle avait reçu une balle dans la poitrine et se trouvait au plus mal. Il était impossible de faire demi-tour. Cela n'aurait rien arrangé du tout. Les Boches avaient certainement déjà capturé tous ceux qui étaient sur la plage... on pouvait compter sur eux. Voilà toute l'histoire.

Il se tourna vers Anne.

— Tels sont les faits, Miss Joyce.

Elle se tenait contre le manteau de la cheminée, le

bras gauche négligemment posé dessus, la main pendante. On distinguait une alliance en platine à l'annulaire gauche, ainsi que le gros saphir qui avait été la bague de fiançailles d'Anne.

— Je suis très heureuse de l'apprendre, dit-elle avec franchise. Cela m'a fait mal, tous ces moments passés à me demander pourquoi tu m'avais abandonnée. Parce que ce n'est pas Annie Joyce que tu as laissée, c'est moi. Tu peux imaginer ce que j'ai ressenti quand tu n'es pas revenu. Cela m'a paru incompréhensible, mais, maintenant, je me dis que les choses ont pu se dérouler comme tu l'as dit... il est *possible* que tu m'aies confondue avec Annie dans l'obscurité. Je te crois quand tu affirmes que tu pensais que c'était moi que tu avais portée dans le bateau. J'ignore combien de temps tu as continué à le penser. Cela a pu durer un bon moment, je suppose... dans le noir. Je suppose que...

Elle s'interrompit, baissa la voix et demanda, l'air affligé :

— Était-elle... très défigurée ?

— Non.

— Et, au matin, tu ne l'as toujours pas reconnue ? J'imagine... bon, j'imagine que c'est possible. Il y avait une forte ressemblance. Oui, on peut l'accepter, puisqu'on dirait que cela s'est passé ainsi. Je refuse de penser ou d'admettre que quelqu'un puisse envisager la seule autre hypothèse.

— Vous m'intéressez beaucoup, voyez-vous, dit Philip. Ne voudriez-vous pas vous montrer plus explicite ? J'aimerais en savoir davantage sur cette autre hypothèse, vraiment.

— Je préférerais ne pas avoir à la formuler.

— J'ai peur que vous n'ayez pas le choix.

Milly Armitage qui, tout ce temps, n'était pas

encore entrée franchement dans la pièce, alla s'asseoir sur le bras de son fauteuil habituel. Elle était sur le point de craquer. Elle avait des bourdonnements de tête et commençait à voir les meubles trembler. Lyndall était demeurée immobile, les mains fortement serrées, le visage blanc, le regard horrifié.

— Très bien, dit Anne. Je ne voulais pas en parler... je n'y tiens toujours pas, Philip... mais l'autre hypothèse est que tu as enterré Annie Joyce en faisant croire que c'était Anne Jocelyn parce que tu étais tout à fait sûr que j'étais morte. Devoir admettre m'avoir abandonnée aurait fait plutôt mauvais effet, sans compter que ma mort aurait été assez difficile à prouver. Il aurait pu s'écouler des années avant que la procédure légale n'aboutisse. L'envie d'abréger était très tentante... n'est-ce pas ?

Sous le bronzage, le teint de Philip vira au gris. Ses traits s'étaient durcis, son regard trahissait une rage froide. Milly Armitage se prit à souhaiter qu'il jurât ou criât. Son père et son mari avaient toujours manifesté leur colère fort bruyamment. Cela avait quelque chose de rassurant et elle aurait voulu que Philip agît de même.

Au lieu de quoi, il dit d'une voix douce :

— Nous y voilà donc. Je vois... j'ai confondu Annie Joyce et Anne dans le noir et, m'apercevant de mon erreur, j'ai décidé d'en profiter afin de mettre le grappin sur l'argent d'Anne. C'est bien cela ?

Elle détourna les yeux : le regard glacial de Philip n'était pas facile à supporter.

— Philip... non ! Ce n'est pas ce que je voulais dire... tu le sais pertinemment... tu m'y as obligée. Mais c'est ce que penseront les gens si tu maintiens cette version invraisemblable. Ne comprends-tu pas que j'essaye de t'aider ? Qu'il est de notre intérêt à tous les deux de rendre les choses présentables, en quelque sorte ? Cela doit apparaître comme une méprise naturelle. Imagines-tu que je veuille croire le contraire ? C'est *ainsi* que les choses doivent s'être passées et c'est cela que les gens devront croire. Tu ne m'avais pas vue depuis trois mois... j'avais maigri, à cause de tous ces soucis... la ressemblance avec Annie était un facteur de confusion, et une personne morte...

Elle fut soudain prise d'un violent frisson.

— ... ne ressemble pas à ce qu'elle était vivante. Je t'en prie, Philip, ne le prends pas comme ça ! Nous sommes en train de nous dire tout ce qu'il ne faut pas. Je m'exprime mal, simplement parce que c'est si important et que je cherche les mots justes. Philip !

Il recula d'un pas.

— Vous n'êtes pas ma femme.

Il était extraordinaire qu'elle ait pu se taire si longtemps, et Milly Armitage finit par ne plus y tenir. Un œil sur le saphir, elle demanda :

— Il y avait une inscription sur l'alliance d'Anne, n'est-ce pas ? Tu me l'as dit, je m'en souviens.

— A.J. et la date, confirma Philip.

Anne fit glisser le saphir, puis l'anneau de platine, se dirigea vers Milly Armitage et le lui tendit dans le creux de sa main.

— A.J. et la date, dit-elle.

Tout le monde resta coi. Personne ne fit un geste.

Le cœur de Lyndall battait à se rompre. Les trois êtres qu'elle aimait le plus au monde étaient réunis dans un même silence, qui était froid, lourd de suspicion et de défiance — et la colère noire de Philip lui glaçait le sang. Elle aurait voulu courir se cacher. Mais comment se cacher de ce qui vous ronge? Cela vous colle à la peau, il n'existe aucun endroit où aller. Elle resta donc et entendit Philip déclarer :

— Anne a ôté sa bague quand elle est partie pour la France. Nous nous étions disputés à ce propos, et elle l'a enlevée.

Anne recula un peu.

— Je l'ai remise.

— Je n'en doute pas... quand vous avez décidé d'usurper son identité. Peut-être allez-vous maintenant nous donner votre version. Vous connaissez la mienne. Vous avez sûrement une histoire toute prête. Il vaudrait mieux nous la raconter.

— Philip...

Sa voix se brisa quelque peu sur le mot. Elle remit la bague à son doigt et se redressa.

— J'en serais très heureuse. Tante Milly et Lyndall l'ont déjà entendue. Pierre m'a aidé à quitter la plage. Nous avons trouvé une grotte... où nous nous sommes cachés jusqu'à la fin de la fusillade. Je m'étais fait une vilaine entorse à la cheville. Les Allemands sont descendus fouiller, sans nous trouver. Après leur départ, nous sommes retournés au château. Le temps était très froid et humide et je commençais à être malade. Quand les Allemands sont revenus, j'avais une forte fièvre. Pierre leur a affirmé que j'étais Annie Joyce et que j'habitais le château depuis dix ans avec ma vieille cousine, qui venait de décéder. Il a ajouté qu'une autre dame anglaise y vivait mais qu'elle était partie en apprenant l'arrivée des soldats. Ils m'ont envoyé un médecin, qui a diagnostiqué une double pneumonie et a décidé que j'étais intransportable. Je suis restée malade très longtemps. Ils m'ont laissée tranquille, mais, une fois que je me suis rétablie, ils m'ont expédiée dans un camp de concentration, où je suis retombée malade. Ils m'ont alors autorisée à rentrer. C'est tout. J'ai continué à habiter là-bas avec Pierre et sa femme. Par bonheur, la cousine Theresa avait l'habitude de dissimuler de grosses sommes d'argent un peu partout dans la maison. Nous avons trouvé des billets dans des caches aussi différentes que des sachets de lavande, des pelotes d'épingles, entre les pages des livres, ou enroulés au fond de ses pantoufles. Quand il est apparu que nous allions en manquer, j'ai commencé à désespérer.

— Pourquoi n'avez-vous jamais écrit ?

— J'avais peur. Ils me laissaient tranquille et je ne voulais pas prendre le risque de les provoquer. Pourtant, j'ai écrit, deux fois, quand Pierre m'a dit qu'il y avait une possibilité de faire passer une lettre clandestinement.

— Seriez-vous très surprise d'apprendre que ces... lettres ne sont jamais arrivées ?

Elle le regarda avec franchise :

— Oh, non... je savais qu'il n'y avait qu'une chance infime. Puis, il y a une semaine, j'ai trouvé l'occasion de faire la traversée moi-même. Cela m'a coûté tout ce qui restait de l'argent de la cousine Theresa, mais j'ai estimé que ça en valait la peine. J'ai débarqué sans rien d'autre que le billet de cinq livres que j'avais emporté. Il n'en reste pas grand-chose et, si tu as l'intention de me mettre à la porte, j'ai peur que tu ne doives me donner de l'argent en attendant que Mr. Codrington me remette ce qui m'appartient.

Philip enrageait. Il ne pouvait pas la flanquer dehors sans un sou, et elle le savait. Mais chaque heure qu'elle passerait sous son toit favoriserait ses desseins. Et si c'était lui qui prenait la porte... Il ferait beau voir qu'il abandonnât Jocelyn's Holt à cause d'Annie Joyce !

— Ce qui appartient à *Anne* ! se récria-t-il presque aussitôt.

— Ce qui est à *moi,* Philip, répondit-elle du tac au tac.

6

— C'est une situation vraiment peu banale, dit Mr. Codrington. Délicate... on ne peut plus délicate. Voyez-vous, il aurait été préférable que vous quittiez la maison.

Philip Jocelyn sourit :

— Tout laisser à Miss Annie Joyce ? Cela ne me séduit guère, j'en ai peur.

Mr. Codrington fronça les sourcils. À eux deux, son père et lui avaient connu quatre générations de Jocelyn — une famille au caractère intransigeant. Lui-même avait assisté au baptême de Philip et le connaissait depuis toujours. Il l'aimait beaucoup et n'était pas sûr du tout qu'il ne fût pas le plus intransigeant de tous. Les notaires en savent long sur la nature humaine.

— Ces affaires d'usurpation d'identité sont toujours très épineuses, dit-il, et elles soulèvent un intérêt considérable et plus que fâcheux.

— Pour parler par euphémisme, dirais-je.

Mr. Codrington prit un air grave.

— Si elle veut un procès... dit-il, avant de s'interrompre. Vous savez, moi-même, je ne suis pas sûr de pouvoir jurer devant un tribunal qu'il ne s'agit pas d'Anne Jocelyn.

— Non ?

— Non.

— Vous pensez qu'elle gagnerait son procès ?

— Ce n'est pas ce que je dis. Elle pourrait s'effondrer durant le contre-interrogatoire. Sinon...

Il haussa les épaules.

— Voyez-vous, Philip, outre la ressemblance, qui est extraordinaire, il nous est impossible de contacter les gens qui ont connu Annie Joyce et, quand nous y parviendrons... pour autant qu'il en reste encore... leurs souvenirs seront flous. Elle a vécu en France avec Miss Jocelyn à partir de ses quinze ans, et onze années se sont écoulées depuis. Je l'ai vue juste avant son départ... Miss Jocelyn l'avait amenée dans mon cabinet. Elle était d'un an ou deux plus âgée qu'Anne, avec un visage plus maigre, mais la ressemblance était évidente — vous avez tous les mêmes yeux et le même teint. Néanmoins, ses cheveux étaient plus sombres et plutôt raides... rien à voir avec les boucles d'Anne.

— Des cheveux, ça se teint et ça se boucle.

— Cela, je crois qu'il est possible de le prouver.

Philip secoua la tête.

— Tante Milly a évoqué ces deux points, hier soir. Miss Joyce avait sa réponse toute prête. Trois années de privations lui avaient horriblement abîmé les cheveux et elle avait dû se faire une permanente aussitôt après avoir posé le pied sur le sol anglais. Elle avait trouvé un excellent coiffeur, à Westhaven, tout l'argent qui lui restait y était passé. Quant à la couleur, toutes les blondes utilisent des shampoings qui permettent de l'éclaircir. Anne n'y manquait pas, donc cela ne nous mène à rien.

Mr. Codrington pivota dans son fauteuil.

— Philip, demanda-t-il, voudriez-vous me dire

pourquoi vous êtes tellement sûr que ce n'est pas Anne ? Quand je suis entré dans la pièce, tout à l'heure, et que je l'ai vue sous le portrait... eh bien, vous savez...

Philip Jocelyn se mit à rire.

— Elle adore se tenir sous le portrait d'Anne ! Si seulement elle pouvait ne jamais enlever le manteau de fourrure ! Je crois avoir compris qu'elle a fait une entrée fracassante, grâce à lui, mais il est difficile de continuer à le porter dans la maison. Tout le reste est très soigneusement reproduit — les cheveux, la robe, les perles —, c'est Anne à l'époque où le portrait a été peint. Ne voyez-vous donc pas que c'est cela qui la trahit ? Pourquoi Anne devrait-elle s'habiller comme sur un portrait datant de quatre ans ? L'imaginez-vous garder la même coupe de cheveux pendant aussi longtemps ? Pas moi.

Il eut un rire bref.

— Pourquoi devrait-elle se soucier de ressembler au portrait d'Amory, ou s'arrêter à Westhaven pour qu'on lui arrange les cheveux ? La véritable Anne se moquerait de ces détails. Elle pourrait revenir chez elle vêtue de n'importe quels vieux chiffons, une écharpe en guise de fichu autour de la tête comme font d'ailleurs la moitié des filles, et jamais il ne lui viendrait à l'idée qu'on puisse la confondre avec une autre. C'est la femme qui joue un rôle qui est obligée de s'habiller en conséquence et de soigner son maquillage. Pourquoi Anne craindrait-elle qu'on mette en doute son identité ? Cela ne l'effleurerait même pas.

Mr. Codrington hocha lentement la tête.

— C'est vrai. Mais je ne suis pas certain qu'un jury en tiendrait compte. Les jurys aiment les faits. Je crains qu'ils n'attachent pas d'importance à l'aspect psychologique des choses.

— Eh bien, c'est une des raisons qui me persuadent qu'elle n'est pas Anne. J'en ai une autre... psychologique, comme vous dites, j'en ai peur. La ressemblance avec Anne est étonnante... au point qu'Anne aurait pu être ainsi si elle avait vécu quatre années de plus... oui, c'est frappant. Mais ce n'est pas Anne, parce que celle-ci aurait vertement répliqué au moment où je l'ai contredite. Je n'ai pas pour habitude de mâcher mes mots, vous le savez, et elle m'a tendu l'autre joue. Anne n'aurait pas fait cela.

— Trois années et demie passées sous la botte allemande ont très bien pu lui apprendre à se maîtriser.

Philip quitta son fauteuil, perdant patience.

— Pas Anne... et pas avec moi.

Il commença à tourner comme un lion en cage.

— Il vous faut garder à l'esprit de quelle manière ces deux filles ont été élevées. Anne était la fille unique, charmante et chouchoutée d'une héritière. À dix-huit ans, elle héritait à son tour. Elle avait tant de charme que vous n'auriez jamais deviné à quel point elle était gâtée, sauf si vous la contrariiez. Je m'en suis aperçu quand j'ai dit qu'elle ne devait pas accepter le legs de Theresa Jocelyn. Nous avons eu une dispute très violente à ce propos, et elle est partie pour la France. Si cette femme était Anne, elle aurait éclaté au moment où j'ai dit qu'elle s'appelait Annie Joyce. Celle-ci est plus mûre, plus dure, plus méfiante.

— Près de quatre années passées sous l'occupation allemande, Philip.

— Quatre années n'auraient pas suffi pour la métamorphoser en cette femme qui prétend être Anne. Son père était le fils illégitime du vieil Ambrose. Mais si la grand-mère d'Anne était morte un mois plus tôt, il n'y a aucun doute que l'oncle Ambrose aurait épousé sa Mrs. Joyce, et le jeune Roger serait devenu Sir Roger. De fait, le vieux ne s'est même pas soucié de signer son testament, et Annie n'a rien hérité du tout, hormis des raisons de se sentir flouée. Quand elle avait quinze ans, Theresa a essayé de l'imposer à la famille. Je me doute que le rejet bien naturel dont elle a fait l'objet n'a pas diminué son ressentiment. Pendant les sept années suivantes, ou à peu près, Theresa l'a fait marcher à la baguette. C'était une personne très versatile, ma cousine Theresa... la pauvre fille ne savait jamais sur quel pied danser avec elle. Et que je te chouchoute pour t'envoyer paître dans la minute suivante... elle devait sans arrêt surveiller ses faits et gestes... réfléchir à ce qu'elle allait dire... il lui était tout bonnement interdit de se mettre en colère. Dans l'espoir d'hériter, elle a fait sept ans d'apprentissage chez Theresa, et celle-ci l'a roulée. Ne croyez-vous pas que le sentiment d'injustice qu'elle éprouvait depuis le début n'a pu que s'accentuer jusqu'à provoquer la situation présente ? Ne pensez-vous pas qu'on pourrait avoir affaire au genre de femme susceptible d'avoir imaginé un plan pour récupérer son dû ?

— Très convaincant. Mais usurper l'identité de quelqu'un n'est pas chose facile. Certes, ce n'est pas nouveau et ce ne sera pas la dernière fois, mais les pièges ne manquent pas. Dans le cas qui nous occupe, Annie Joyce devrait, évidemment, être très au fait de l'histoire de la famille, et en connaître toutes les photos. Miss Jocelyn était une bavarde impénitente. Il est probable qu'elle en savait autant sur les petites histoires de la famille que n'importe qui, et tout ce qu'elle savait, Annie a pu en avoir vent. Elles ont aussi habité ici, n'est-ce pas ?

— Oui... une semaine. Theresa a insisté pour la faire venir. C'était le dernier trimestre de ma scolarité, aussi ai-je manqué la dispute, mais j'imagine que Theresa s'est surpassée. Mon père était blême et ma belle-mère a passé son temps à recoller les morceaux. Aucun doute, tout le monde s'est bien amusé.

— C'est assez vrai... et ce fut plutôt difficile pour l'enfant.

Philip sourit, amer.

— Oui, comme vous dites. Elle a disposé d'une semaine pour tout enregistrer — la première grande demeure dans laquelle elle mettait les pieds, la première fois qu'elle séjournait à la campagne, comme l'a souligné ma belle-mère. Ne pensez-vous pas que cela ne s'oublie pas ? Ce sont des impressions fortes et durables. Miss Joyce sait parfaitement trouver son chemin dans toute la maison et dans le jardin.

— Oh, vraiment ?

— Cela vous impressionne ? Pas moi. Quand j'avais quinze ans, j'ai vécu avec les McLaren dans un pavillon de chasse, dans les Highlands... au même âge qu'Annie Joyce quand elle est venue chez nous. Aujourd'hui, je saurais m'y déplacer les yeux fermés et je n'ai pas bénéficié d'un cours de recyclage, comme elle. Anne a séjourné trois mois au château. Je ne prétends pas que tout cela était prémédité... ça ne pouvait pas l'être... mais si vous vous souvenez de Theresa, vous n'aurez pas de mal à imaginer comme elle a dû harceler Anne de questions à propos de tout et de rien.

Mr. Codrington hocha la tête en signe d'approbation.

— J'admets qu'Annie Joyce est dans une position bien meilleure que ne le serait un usurpateur ordinaire pour produire des détails corroborant ses dires. Je remarque qu'elle est en possession du manteau de fourrure et de la robe de soirée d'Anne, de son collier de perles et de ses bagues, ainsi que de son passeport et de sa carte d'identité. Comment l'expliquez-vous ?

Philip continua son va-et-vient.

— Je leur avais demandé de rassembler leurs objets de valeur. Anne est descendue avec le sac que cette femme a entre les mains — c'était un de ses cadeaux de mariage. Les papiers et les bijoux devaient s'y trouver. L'une d'elles portait le manteau de fourrure sur le bras... je devrais pouvoir me rappeler laquelle, mais je n'y parviens pas.

— C'est regrettable, fit Mr. Codrington d'un ton sec.

Philip pivota vers lui :

— Écoutez, si je mentais, je prétendrais que c'était Annie, non ? Sauf que je ne m'en souviens pas. Tout ce que je sais, c'est qu'Anne ne l'avait pas quand je l'ai transportée vers le bateau. S'il était entre les mains de Pierre ou d'Annie, ils ont pu le rapporter au château. Si Annie avait aussi froid qu'elle le prétend, elle l'avait sans doute enfilé. Pierre portait deux valises. J'ignore ce qui leur est arrivé. On n'y voyait goutte et les Boches nous canardaient. Anne a été touchée presque aussitôt. Annie a pu ramasser le sac, à moins qu'elle l'ait toujours gardé avec elle... je ne saurais le dire.

— Je vois. Cela n'est en rien une preuve et c'est à double tranchant. Son écriture, qu'en pensez-vous ?

— Elle aura eu trois ans et demi pour s'entraîner à écrire comme Anne, fit remarquer Philip, l'air sombre. Je n'y vois rien de spécial. Je ne sais ce qu'en penserait un expert.

— Les jurés n'aiment pas les experts.

Philip approuva de la tête.

— Moi-même, j'ai toujours pensé qu'ils se montraient beaucoup trop péremptoires.

— Les jurés se méfient des détails techniques.

Philip s'approcha du bureau et s'assit sur un coin.

— Bon sang, mais arrêtez donc de parler des jurés ! Cette femme n'est pas Anne et nous devons le lui faire admettre. C'est Annie Joyce et je veux que vous la préveniez qu'en tant que telle elle a droit, selon moi, aux trente mille livres de Theresa Jocelyn. J'avais prévenu Anne que je ne la laisserais pas garder cet argent et je vous ai dit, après sa mort, que je n'en voulais pas, sauf si j'étais certain qu'Annie Joyce était morte. Eh bien, ce n'est pas le cas... elle est dans le parloir avec Lyndall. Elles sont sans doute en train de regarder l'album de photos de tante Milly.

Mr. Codrington poussa une exclamation à laquelle Philip répondit par un rire.

— Elles ont commencé hier soir. Cela a été très habilement amené : « Chère tante Milly, est-ce que tu as pu continuer à faire de la photo ? Oui ? J'aimerais tellement que tu me les montres ! Tu n'as pas idée comme j'ai envie de voir des visages familiers ! » Et s'ils ne l'étaient pas auparavant, vous pouvez parier qu'elle va les mémoriser sans délai.

— Pourquoi avez-vous laissé faire ? intervint aussitôt Mr. Codrington. Cela n'aurait pas dû être permis.

Philip haussa les épaules.

— L'affaire était déjà bien engagée avant mon arrivée. Lyn la suit partout comme un chien. Elle pense que...

Il changea de ton et sa voix devint presque inaudible.

— Je ne sais pas ce qu'elle pense.

Mr. Codrington pianotait sur son genou.

— Mrs. Armitage aurait dû faire preuve de plus de bon sens.

Philip se leva et s'éloigna.

— Oh, vous ne pouvez pas blâmer tante Milly. Elle et Lyn n'avaient pas le moindre doute... avant que j'arrive. Tante Milly est troublée maintenant... je l'espère, du moins.

Il se retourna et revint sur ses pas.

— Nous nous égarons. Je veux que vous alliez au parloir annoncer à Annie qu'elle peut disposer des trente mille livres de Theresa, rubis sur l'ongle, en échange d'un joli reçu tout ce qu'il y a de légal signé Annie Joyce.

7

Lyndall quitta le parloir et referma derrière elle. Un instant, elle se sentit soulagée, eut l'impression illusoire de respirer. C'est alors que Philip surgit, marchant d'un pas qui trahissait sa colère. Il lui prit le bras et l'obligea à le suivre.

Après avoir claqué la porte du bureau, il s'y adossa et demanda :

— Maintenant, c'est ton tour ! À quoi joues-tu ?

— À rien.

— Tu te comportes comme une imbécile !

Sa réponse mourut sur ses lèvres. Elle fut si horrifiée des mots qu'elle avait failli dire — « Si seulement » — qu'elle devint encore plus pâle. Ces mots signifiaient qu'elle aurait préféré qu'Anne ne vînt pas troubler leur relation. Mais elle ne pouvait souhaiter cela... elle ne pourrait jamais souhaiter une telle chose.

Elle crut lire du mépris dans le regard de Philip.

— Tu n'es qu'une petite idiote ! s'écria-t-il. Tu as fait de ton mieux pour me couper l'herbe sous le pied. Qu'est-ce que tu cherches ?

Elle lui fit front, comme un enfant en colère.

— Mais qu'est-ce que j'ai fait ?

Il rit.

— Il vaudrait mieux demander ce que tu n'as pas fait. S'il y avait quelque chose qu'elle ignorait, tu le lui as servi sur un plateau. Vrai ou faux ?

— Tu veux parler des photos ?

Elle s'exprimait d'une petite voix hésitante et troublée.

Philip lui saisit les poignets.

— Regarde-moi ! Ce n'est pas Anne. Anne est morte. Non... ne détourne pas les yeux ! Pourquoi penses-tu que c'est Anne ?

Il raffermit sa prise.

— Est-ce que c'est vraiment ce que tu penses ?

Elle continuait à le fixer mais les mots ne venaient pas. Il la lâcha et recula en riant.

— Tu n'en es pas sûre, n'est-ce pas ? Tu restes là, sans rien dire. Où est passée ta langue ? Tu la retrouverais sans tarder, si tu en étais vraiment sûre. Veux-tu que je t'explique deux ou trois choses que tu as du mal à exprimer ?

Il enfonça les mains dans ses poches et s'appuya contre la porte.

— Au début, tu étais certaine... tu n'avais aucun doute. Ce n'était que : « Oh, réjouissons-nous ! Anne n'est pas morte... elle ne l'a jamais été ! »

Elle n'avait pas détourné la tête.

— Oui... admit-elle.

— Et puis c'est devenu un peu moins réjouissant, n'est-ce pas ?

Il plissa les paupières et la fixa :

— Un... peu... moins... réjouissant. Tu as dû te forcer, et faire du mieux que tu pouvais pour accéder à tous ses désirs.

— Oui... répondit-elle encore.

Le mot, toutefois, n'avait pas été prononcé par les lèvres pâles, mais exprimé par ses yeux, qui se détournèrent nerveusement de ceux de Philip.

— Il faut vraiment que je t'aime comme un malade pour ne pas te flanquer une raclée ! s'exclama-t-il.

S'il était possible de pâlir encore plus, elle y parvint. Ce n'était peut-être que la tension des muscles qui donnait cet aspect tiré à sa peau déjà blanche. Ses mains s'étreignirent, tétanisées.

— Tu ne dois pas... murmura-t-elle.

Si Philip n'avait pas eu l'oreille aussi fine, il n'aurait rien entendu.

— De quoi parles-tu ?

Puis, comme elle osait de nouveau tourner vers lui un regard lourd de reproches :

— Je ne dois pas t'aimer... ou je ne dois pas te battre ?

— Tu sais bien...

Il eut un sourire fugace et, un instant, on put se rendre compte à quel point le visage de tous les Jocelyn pouvait devenir aimable et chaleureux. Les traits durs autour de la bouche se détendirent et un éclair de bonne humeur métamorphosa son regard. Mais ce fut si rapide que Lyndall ne put y trouver aucun réconfort. Déjà, il enchaînait :

— Tu as tout à fait raison... je sais. Je ne dois pas t'aimer car Annie est en train de nous faire son numéro pour nous persuader qu'elle est Anne. C'est bien cela ?

— Parce que... parce que Anne est ta femme.

Elle avait parlé un peu plus fort, mais c'est à peine si ses lèvres avaient remué.

Philip répliqua d'une voix aussi glaciale qu'exaspérée :

— Cette bonne femme n'est pas Anne, et encore moins mon épouse ! Crois-tu que je ne le saurais pas ? On ne reste pas marié toute une année avec une femme sans la connaître. Anne et moi nous connaissions sur le bout des doigts. Chaque dispute était l'occasion de mieux faire connaissance. Cette femme ne me connaît pas plus que je ne la connais. Nous n'avons rien en commun... elle m'est totalement étrangère.

Le regard de Lyndall, jusque-là inexpressif, tant elle souffrait, s'anima quelque peu... une étincelle de pensée, de conscience, apparut, avant que la douleur ne la fasse disparaître.

— Ça te plaît de jouer les martyres, pas vrai ? lui lança Philip sans ménagement. Simplement parce que je t'aime, il faut qu'Anne soit vivante. Simplement parce qu'elle fait obstacle entre nous deux, Annie Joyce doit devenir Anne. Et, pour l'unique raison que ça fait un mal de chien, tu cherches tous les moyens de la considérer comme un élément qui nous sépare. Tu crois peut-être que je vais te soutenir. Pas du tout.

Il tendit la main.

— Viens ici, ordonna-t-il.

Elle approcha, lentement, jusqu'à sentir sa main sur son épaule.

— Penses-tu que je n'ai pas compris ton manège ? D'abord, tu étais persuadée que c'était Anne. Puis, quand tu as commencé à douter, tu te l'es reproché... c'était trop moche d'en douter. À partir de là, tu as pensé que tes doutes étaient dus au fait que tu ne désirais pas vraiment qu'Anne ait survécu... à la suite de quoi, naturellement, il te fallait tout faire pour lui montrer, et pas uniquement à elle, combien tu étais heureuse de la revoir. J'ignore ce que tu as provoqué comme dégâts... ils doivent être énormes, à mon avis. Mais j'espère que tu auras appris que ça ne te vaut rien de chercher à dissimuler parce que tu ne seras jamais une bonne menteuse et je saurai toujours te percer à jour.

Il l'attira vers elle et la garda contre lui, un bras autour des épaules.

Elle poussa un long soupir.

— J'ai fait beaucoup de mal ?

— Je crois bien.

— Je suis désolée... ce n'était pas exprès.

— Ma petite, « On pèche autant par manque d'esprit que par manque de cœur ».

— Tu deviens odieux.

— C'était bien mon intention.

— Philip... est-ce que j'ai vraiment fait beaucoup de mal ?

— On le découvrira peu à peu... *qui vivra verra**, comme disent les Français. J'imagine que tu l'as mise au courant d'un tas de détails qu'elle aurait dû connaître et qu'elle ignorait et aurait continué à ignorer si tu ne t'étais pas montrée si obligeante.

— Quoi, par exemple ?

— Des trucs de famille... mais, pour l'essentiel, elle les connaissait déjà par Theresa. Des informations sur les gens du voisinage... c'est dans ce domaine qu'elle aurait risqué de gaffer, mais je suis certain que tu le lui auras évité.

Lyndall pivota au milieu du cercle que formait son bras.

— Philip, c'est injuste. Tu dois te montrer moins partial. Si Anne était restée éloignée pendant toute cette période avant de revenir, est-ce qu'il ne serait pas naturel qu'elle pose des questions à propos de tout un chacun — comment vont-ils, où sont-ils, et tout ça ?

— Cela dépend de la manière dont elle s'y est

prise. J'aimerais que tu me dises comment elle a fait. Avec intelligence, je n'en doute pas. Elle est beaucoup plus intelligente qu'Anne, Anne ne l'était pas du tout. Elle savait ce qu'elle voulait, et, en général, elle l'obtenait... dans le cas contraire, on se disputait. Elle se montrait toujours franche et honnête, n'ayant jamais eu besoin de se comporter différemment, ce qui n'est pas le cas d'Annie Joyce. Si elle voulait que les choses aillent dans le sens qu'elle désirait, il lui fallait ruser. J'imagine qu'elle a pas mal d'expérience. Si tu me racontais comment elle s'est débrouillée pour te cuisiner sur les voisins ?

Lyndall se mordit la lèvre.

— Philip, c'est tellement affreux quand tu présentes les choses de cette manière ! Cela s'est fait naturellement... crois-moi. Elle voulait savoir quelles maisons étaient inhabitées. Est-ce que cela n'aurait pas intéressé Anne ? Et qui avait perdu quelqu'un à la guerre, ce que chacun faisait... oui, Anne aurait voulu être mise au courant de tout ça.

— Ensuite, vous avez ouvert les albums de photos ?

— Philip, c'était aussi parfaitement normal. Elle m'a demandé pourquoi je n'avais pas été appelée et je lui ai répondu que je servais comme *Wren* [1], mais qu'étant souffrante j'avais pris un congé maladie. Elle a dit qu'elle aurait adoré voir une photo de moi en uniforme... et est-ce que tante Milly continuait à faire de la photo ? Quand elle trouvait de la pellicule, ai-je expliqué. Et puis... bon, tu vois...

Il voyait, certes oui ! Inutile d'essayer de réparer les pots cassés ou de récriminer.

1. Auxiliaire féminine du Women's Royal Naval Service *(N.d.T.)*

Elle avait levé les yeux vers lui :
— Philip...
— Qu'est-ce qu'il y a ?
— Philip...
— Qu'est-ce que tu as fait d'autre ?
— Rien. Je veux te prévenir que je ne suis pas d'accord avec ce que tu as dit. Je crois que seule Anne pourrait savoir ce qu'elle sait.
Il haussa les sourcils, ironique.
— C'est que tu n'as pas eu le bonheur de connaître ma cousine Theresa. Elle se faisait un devoir de ne rien ignorer de la famille et Annie Joyce a vécu avec elle pendant sept années.
Lyndall secoua la tête, comme si elle voulait se débarrasser d'un poids.
— Tu t'es forgé ton opinion, Philip, ce n'est pas bien. Cela m'oblige à m'y opposer, parce que quelqu'un doit se montrer loyal. Je ne peux pas m'empêcher de penser à Anne. Je l'aimais beaucoup. Je croyais qu'elle était revenue. Si ce n'est pas elle, c'est une farce absolument horrible. Mais si c'est bien elle... que faisons-nous... comment la traitons-nous ? J'y pense sans arrêt. Revenir chez soi pour s'apercevoir que personne ne désire vous voir... pour comprendre que son propre mari ne veut pas de vous... c'est... c'est la chose la plus épouvantable qui puisse arriver et je n'arrête pas d'y penser.
Philip s'éloigna de la porte et de Lyndall par la même occasion.
— Cesse donc de te torturer. Ce n'est pas Anne.

8

L'entrevue avec Mr. Codrington ne se déroula pas comme prévu — du moins pas comme l'avait prévu Philip. La proposition de recevoir les trente mille livres de feu Miss Theresa Jocelyn, en échange d'un reçu signé Annie Joyce, fut refusée par un léger sourire, comme s'il s'était agi d'un sandwich au concombre.

— Cher Mr. Codrington... comment le pourrais-je ? Ce ne serait pas légal... je veux dire, je ne saurais signer à la place de cette pauvre Annie...

— Philip n'a jamais eu l'intention de garder cette somme...

Il se mordit la lèvre. Il eût fallu dire Sir Philip... ce qu'il aurait certainement fait s'il s'était adressé à Annie Joyce, or il lui était impossible de croire que c'était à elle qu'il parlait et non à Anne Jocelyn.

Elle lui faisait face, assise d'un côté de l'âtre, ses longues jambes minces tendues vers le feu, sa tête, à la chevelure brillante et bouclée, reposant sur un coussin du même bleu que celui de sa robe — image très plaisante, nimbée du petit nuage de fumée de sa cigarette. La main qui la tenait s'écarta pour se poser sur le bras du fauteuil. Elle sourit :

— Non... Philip n'a jamais eu l'intention de la

garder. Ce fut la cause de notre dispute. Voyez-vous, je ne crois pas qu'il ait vraiment passé l'éponge. C'est pour cela qu'il se montre si odieux. Nous nous sommes tous deux mis en colère... au point de regretter de nous être mariés...

Elle fit un geste avec sa cigarette.

— ... ce genre de pensées. Bien sûr, il avait tout à fait raison. La cousine Theresa n'avait pas à me la donner après avoir pratiquement adopté Annie. D'ailleurs, je ne l'aurais pas acceptée, Mr. Codrington... vraiment pas... mais comme Philip réagissait violemment, insistant pour m'en empêcher et tout et tout, il était naturel que je ne me laisse pas faire. C'est un si grand plaisir de refuser son propre héritage !

Elle eut un petit rire.

— Philip a terriblement manqué de tact, vraiment, et, bien sûr, il était hors de question que je cède, ce qui a provoqué notre dispute et mon départ précipité pour la France. Et maintenant... eh bien, j'ai oublié, mais pas lui, je le crains. Je ne comprends pas pourquoi il se figure que je suis Annie Joyce. C'est stupide. C'est de l'obstination pure et simple. Vous connaissez les Jocelyn.

Plus le temps passait, plus Mr. Codrington se sentait convaincu. Les changements qu'il avait notés chez elle lui semblaient naturellement dus aux circonstances. Cela allait faire quatre ans qu'il ne l'avait vue. Elle avait vieilli et maigri, elle paraissait avoir été malade. Ses manières étaient un peu plus policées, ce qui pouvait s'expliquer par son séjour à l'étranger. Car elle avait vécu parmi des étrangers, n'est-ce pas ? C'était simple comme bonjour.

— Qu'espérez-vous ? demanda-t-il.

Elle porta la cigarette à ses lèvres et tira lentement dessus. Le nuage de fumée entre eux s'épaissit. Puis son regard l'abandonna pour se concentrer sur le feu et elle déclara :

— Je veux une réconciliation.

— J'ai peur que ce ne soit pas facile.

— Non. Mais c'est ce que je veux. Je ne crois pas qu'il soit bon de laisser notre mariage partir à vau-l'eau sans essayer de le sauver. Philip tenait suffisamment à moi pour m'épouser, et nous avons eu des moments heureux. J'ai beaucoup appris depuis... à garder mon sang-froid, tout d'abord. Je suppose que cela a dû être un des arguments qu'il a mis en avant pour vous convaincre que j'étais Annie Joyce. Voyez-vous, quand je vivais sous la botte allemande, si je n'avais pas appris à conserver mon calme, je crois vraiment que je n'aurais pas survécu. Vous pouvez le dire à Philip.

Elle se pencha vers lui, la cigarette à la main.

— Mr. Codrington, je vous demande de m'aider. Philip est très mécontent de mon retour. Il s'imagine être amoureux de Lyndall et ne veut pas de moi. J'ai l'intention de sauver notre mariage, si c'est possible. Ne désirez-vous pas m'aider ?

Il ne répondit pas mais se contenta de lever une main et de la laisser retomber sur son genou. À l'évidence, il était extrêmement troublé.

Au bout d'un moment, elle changea de ton et dit :

— Mr. Codrington... que dois-je faire ? Je n'ai pas un sou. Je ne peux pas signer ce reçu, mais ne vous serait-il pas possible de me donner une partie de cet argent ? Parce que, en fin de compte, il m'appartient, de quelque façon que l'on considère les choses.

— Pas exactement, je le crains.

— Dans ce cas, quelle suite envisagez-vous ?

Tout cela est tellement bizarre. Je ne l'aurais jamais imaginé, et je ne sais quoi faire. Ai-je un recours... légalement parlant ?

— Vous pourriez intenter un procès à Philip, pour récupérer la propriété.

Cela sembla l'affliger.

— Oh, non, je ne le désire pas.

Il la regardait avec beaucoup d'attention.

— À moins que Philip vous attaque en justice pour récupérer ces perles que vous portez, et tous les autres bijoux qui appartenaient à sa femme. Dans les deux cas, le verdict dépendrait de votre capacité à prouver que vous êtes Anne Jocelyn.

Son désarroi sembla s'accentuer. Elle tira sur sa cigarette.

— Est-ce que Philip me ferait un procès ?

— Il en est capable.

— Ce serait abominable. Toute la presse en parlerait. Non, nous ne pouvons pas aller jusque-là ! Je pensais que...

— Oui ? À quoi pensiez-vous ?

— Je pensais que... Mr. Codrington, ne pourrait-on pas régler le problème en privé ? C'est à cela que je songeais. Ne pourrions-nous pas réunir la famille et la laisser décider ? Tenir un *conseil de famille**, comme cela se fait en France ?

— Il n'aurait aucune valeur légale.

Le rouge lui était venu aux joues. Sous l'effet de l'excitation, elle paraissait encore plus jolie.

— Pourtant, si nous étions tous d'accord, nous pourrions nous passer d'une décision de justice. Vous-même n'avez pas besoin d'aller devant un tribunal pour apporter la preuve que vous êtes Mr. Codrington. C'est uniquement parce que Philip continue à prétendre que je ne suis pas son épouse que nous sommes obligés d'envisager une action en justice.

Mr. Codrington leva la main pour l'interrompre.

— Un instant... s'il vous plaît... aux yeux de la loi, Anne Jocelyn est décédée. Même si Philip vous reconnaissait, il y aurait certaines formalités...

Elle le coupa sans ménagement :

— Mais vous pourriez vous en occuper. Il serait inutile de passer par un procès, et toute la publicité qui l'accompagne. On établirait simplement que je suis revenue après qu'on m'eut crue morte.

— Quelque chose comme ça, oui... si Philip acceptait de vous reconnaître et que personne ne s'y oppose.

— Qui d'autre serait susceptible de s'y opposer ? demanda-t-elle vivement.

— Son plus proche parent... l'héritier du titre et du domaine.

— C'est Perry Jocelyn. Il ferait cela ?

— Je ne saurais préjuger de la réaction de personne. Tout dépendra s'il croit ou non que vous êtes Anne Jocelyn.

En son for intérieur, il ne voyait pas Perry chercher noise à quiconque, mais ce n'était pas à lui de le dire.

— Où est-il ? demanda-t-elle, plutôt inquiète. Pouvez-vous le joindre ? Il n'est pas à l'étranger ?

— Non... je crois qu'il habite près de Londres. Il est marié, voyez-vous... depuis deux ans, à une Américaine. Vous comprendrez que cela le concerne de près.

Elle hocha la tête.

— Je vois.. il serait dans son intérêt que Philip soit marié et séparé de sa femme.

— J'imagine mal Perry nourrir une telle pensée, répondit sèchement Mr. Codrington.

— Oh, c'est que...

Elle fit un geste élégant avec sa cigarette et eut un petit rire :

— Je pensais que nous discutions de l'aspect légal des choses. Vous ne devez pas le prendre trop à cœur. Revenons au conseil de famille. Réunissons tout le monde — Perry, sa femme, tous ceux que vous pourrez contacter — et demandons-leur s'ils me reconnaissent. Si c'est oui, je crois que les choses en resteront là et Philip devra cesser de se montrer aussi entêté, parce que son opinion ne ferait plus le poids contre celle de l'ensemble de la famille. Mais s'ils se rangent de son côté, eh bien, je partirai et changerai de nom. Cela étant, je ne prendrai pas le nom d'Annie Joyce, parce que je m'appelle Anne Jocelyn et personne ne me privera de mon identité !

Une lueur de fierté s'alluma dans son très beau regard.

Mr. Codrington était tout aussi admiratif que d'accord avec elle. Plus que jamais, il était sûr d'être en face de la véritable Anne : la charmante jeune fille impulsive était devenue une femme non moins charmante.

Après une courte pause, elle se remit à parler, d'une voix plus douce :

— Mr. Codrington, ne voulez-vous pas m'aider ? Je ne demande rien que la possibilité de sauver mon mariage. S'il doit y avoir procès, ce sera fini entre Philip et moi. Peu importe comment les choses se passeront, nous ne parviendrons jamais à recoller les morceaux. Il est trop fier...

Elle s'interrompit et se mordit la lèvre.

Mr. Codrington acquiesça. Tous les Jocelyn

étaient fiers. Il imagina les titres des journaux et l'effet qu'ils auraient sur la fierté de Philip. Il ne dit rien, se contentant d'une légère inclination de la tête.

Elle poursuivit :

— Les conséquences seraient fatales. C'est pourquoi je ne lui ferai jamais de procès, même s'il me renvoyait sans un sou. Le lui direz-vous ? Je ne veux pas qu'il s'imagine que je lui mets le couteau sous la gorge ou que j'agis en ce sens. Je désire que vous l'informiez qu'il est hors de question, quelles que soient les circonstances, d'en appeler à la justice. Je lui fais l'honneur de croire qu'il ne me traînera pas devant les tribunaux. Par ailleurs, un conseil de famille serait bien différent... nous éviterions toute publicité et l'intrusion d'étrangers. Je m'efforcerai de me conformer aux desiderata de Philip. Je ne comprends pas comment il peut penser que je ne suis pas celle que je suis, mais, s'il persiste, je n'épargnerai rien pour le satisfaire. Si la famille est convaincue, je veux que Philip me permette d'habiter ici. Je ne lui demande pas de partager ma vie, mais qu'il m'accorde de vivre sous le même toit que lui, comme ce serait le cas si les choses étaient différentes entre nous. Qu'il me laisse seulement une chance d'aplanir le différend qui nous oppose. Je sais que ce sera difficile, mais j'estime en avoir le droit. Au bout de six mois, si je n'y parviens pas, je débarrasserai le plancher et lui rendrai sa liberté. Si on doit en arriver là, je vous confierai le soin de prendre toutes les mesures financières que vous jugerez bonnes. Entre-temps, il me faudrait de quoi vivre... n'est-ce pas ? Voulez-vous en parler à Philip, s'il vous plaît ?

Soudain, elle éclata de rire.

— C'est tellement stupide, mais je n'ai absolument rien... même pas de quoi m'acheter un paquet de cigarettes.

9

— Je n'ai émis aucune opinion, précisa Mr. Codrington.

— Vous voulez dire que vous ne lui avez pas avoué vos pensées, répliqua Philip, acerbe. À moi, vous êtes en train d'expliquer que je n'ai rien sur quoi m'appuyer.

— Ce n'est pas ce que j'ai dit. J'aimerais vraiment vous persuader de l'avantage indéniable qu'il y aurait à régler les choses en privé. Ce genre de procès fait une publicité énorme à ceux qui y sont impliqués. Je ne connais aucune famille dans ce pays qui pourrait plus le regretter.

— Je n'ai pas l'intention de considérer Annie Joyce comme ma femme simplement pour ne pas avoir à lire mon nom dans les journaux.

— Je suis bien d'accord. Mais j'aimerais vous signaler que là n'est pas le problème. Je n'ai eu aucun commentaire quand elle a suggéré de réunir un conseil de famille, mais je crois que ce serait une bonne idée d'y réfléchir. Outre le fait qu'il vaut mieux éviter à la famille d'avoir à laver son linge sale en public, il y a d'autres avantages. Une enquête privée pourrait se tenir sans délai — cela ne laisse pas le temps à un requérant malhonnête de monter un dossier en vue d'un procès. En outre, lors d'une enquête privée, le plaignant n'est pas protégé, comme il le serait devant un tribunal, par la stricte obligation d'apporter la preuve de ce qu'il avance. N'importe qui pourra lui demander ce que bon lui semble et étant donné qu'Anne est non seulement désireuse mais très impatiente de se soumettre à ce test...

— Anne ? fit écho Philip d'une voix glaciale.

— Mon cher Philip, comment voudriez-vous que je l'appelle ? Et puisqu'on y est, les deux filles ont été baptisées Anne.

Il avait parlé d'un ton un peu plus chaleureux qu'il l'aurait souhaité. Il se reprit :

— N'allez pas croire que votre affaire ne me tienne pas à cœur. Je me sens tellement concerné que je dois maîtriser mes propres sentiments. J'aimerais que vous me permettiez d'en discuter avec Trent. Vous ne l'avez pas rencontré, n'est-ce pas ? Il est devenu mon associé juste avant la guerre. C'était une relation du vieux Sutherland, qui était le principal associé de mon père. Ça ne date pas d'hier, mais il est agréable de conserver ces liens du passé.

Il continua à parler de Pelham Trent, en partie pour faire diminuer la tension.

— C'est un homme très capable... je me félicite de travailler avec lui. Il n'a pas encore quarante ans, pourtant, mais il est dans les sapeurs-pompiers, aussi n'a-t-il pas été mobilisé. Bien sûr, il n'est joignable qu'un jour sur trois... ils sont de service quarante-huit heures d'affilée avant de bénéficier d'une journée de repos... c'est déjà mieux que rien. J'apprécierais beaucoup que vous me laissiez discuter de cette affaire avec lui. Il a l'esprit vif et il est raisonnable... très raisonnable. Un homme agréable à vivre, qui plus est. Mrs. Armitage et Lyndall l'ont pas mal fréquenté quand elles vivaient à Londres, juste avant votre retour. Lyndall avait hérité de quelques centaines de livres qui lui venaient d'une cousine Armitage et il s'est occupé de la transaction.

— Oh, racontez-lui ce que vous voudrez, dit Philip avec lassitude. Nous pourrons nous estimer heureux si tout cela ne va pas plus loin.

Mr. Codrington prit un air grave.

— J'étais sur le point d'attirer votre attention sur cet aspect de l'affaire. La régler au sein de la famille nous évitera une publicité indésirable. Toute autre considération mise à part, pouvez-vous vous permettre, en ce moment, d'être impliqué dans une *cause célèbre** ? Vous venez de prendre un nouvel emploi. Est-ce que ce genre de coup de projecteur ne serait pas mal perçu au ministère de la Guerre ?

Pour toute réaction, il eut droit à un violent geste de dénégation de la tête. Il poursuivit, d'un ton redevenu paisible :

— Je crois que vous pourriez envisager les choses comme suit : les membres de la famille seront beaucoup plus sur le qui-vive que n'importe quel jury quand on abordera le genre de détails révélateurs qu'on ne manque pas de chercher dans une affaire semblable. Ils sont au courant de tout et, si elle fait un faux pas, ils ne la rateront pas. Qu'elle réussisse l'examen familial et vous pouvez être sûr qu'elle s'en sortira devant n'importe quel jury au monde.

Philip allait et venait sans mot dire. Il finit par s'approcher du bureau et s'y appuya :

— Je suis d'accord pour qu'on réunisse la

famille. Les intérêts de Perry sont en jeu... C'est une des personnes qu'il faudra convaincre. Lui et son épouse devront être présents, ainsi que tante Milly, et la sœur de Theresa, Inez... et pourquoi diable a-t-il fallu que la cousine Maude affuble ces deux femmes exaspérantes de prénoms espagnols ?...

Mr. Codrington hocha la tête.

— Pour embêter votre père.

— Prophétique, à n'en pas douter... ces deux-là ont toujours été de sacrées casse-pieds. Mais je crois qu'Inez devrait venir.

— Elle serait sans doute susceptible de nous causer beaucoup plus d'ennuis si elle était absente.

— Ensuite, l'oncle Thomas, bien sûr... et tante Emmeline, j'imagine.

Mr. Codrington prit un air entendu.

— Mrs. Jocelyn voudra sans aucun doute être là.

Philip répondit d'un rire bref.

— Rien ne saurait l'en empêcher ! Bon, je crois que nous n'avons oublié personne. Archie et Jim se trouvent quelque part en Italie, mais ils figurent plutôt loin sur l'arbre généalogique familial et, étant donné que Perry est marié et qu'oncle Thomas a quatre garçons trop jeunes pour le service, ils ne sont pas véritablement concernés.

— Non, je crois qu'il est inutile d'en tenir compte et, du côté du père d'Anne, il n'y a personne.

— Et du côté des Joyce ?

Mr. Codrington fit signe que non.

— Il n'y avait que le fils. La femme de Roger Joyce est morte quand Annie avait cinq ans. Il n'a pas eu d'autres enfants et ne s'est pas remarié. Votre père versait une pension à Mrs. Joyce, mais il refusa de continuer avec Roger. C'était un être faible et inoffensif, plutôt enclin à exagérer l'importance de ses relations.

— Qu'a-t-il fait ?

— Nous lui avons trouvé un emploi de bureau dans une compagnie maritime. Il était du genre à s'encroûter... aucune initiative, pas d'ambition.

— Et sa femme ?

— Institutrice dans une école élémentaire... enfant unique et orpheline. Vous voyez qu'il n'y a personne à inviter du côté des Joyce.

Philip se redressa.

— Bien, tout est réglé. Essayez de réunir ce beau monde aussi vite que possible. Mais attention, j'accepte uniquement parce que c'est le meilleur moyen de la prendre en défaut. Si elle fait un procès, elle disposera de plusieurs mois pour découvrir tout ce qu'elle ignore encore... vous l'avez dit vous-même.

— Une minute ! Elle ne vous intentera pas de procès. Elle m'a prié de vous le dire.

— Foutaises ! Elle veut s'emparer de l'argent d'Anne. Aux yeux de la loi, Anne est morte. Elle doit se tenir prête à faire tout ce qu'il faudra pour lui rendre vie. Vous l'en avez déjà informée, n'est-ce pas ?

— Si personne ne s'y oppose, ce sera une simple formalité.

— Sauf que je suis obligé de m'y opposer.

— À moins de vous laisser convaincre à l'issue du conseil de famille.

Philip secoua la tête :

— Cela n'arrivera pas. Mais, si elle craque, l'affaire sera entendue une bonne fois pour toutes.

— Et si elle ne craque pas... qu'allez-vous faire ? Je vous ai informé des conditions qu'elle pose : six mois sous le même toit que vous.

— Pourquoi ?

— Elle veut qu'on lui donne une chance de vous convaincre. Elle m'a avoué sans détour qu'elle espérait sauver votre mariage.

— Mariage auquel la mort d'Anne a mis fin.

Mr. Codrington eut un mouvement d'impatience.

— Je vais vous répéter la teneur de ses propos : si aucune réconciliation n'a eu lieu au bout de six mois, elle demandera le divorce.

Philip se mit à rire.

— Réfléchissez bien, dit Mr. Codrington d'un air grave. Vous risqueriez de vous trouver dans une situation très difficile s'il était légalement admis qu'elle est Anne Jocelyn et que vous ne soyez ni réconcilié ni divorcé. Supposez que vous décidiez de vous remarier, elle pourrait vous en empêcher...

Il fit une pause, avant d'ajouter :

— Indéfiniment.

Ils étaient seuls, en tête à tête, derrière les épais rideaux rouges tirés ; dans l'âtre flambait un feu de bois et la lumière d'un seul plafonnier éclairait le bureau et les papiers en désordre. Un instant, un troisième personnage se glissa entre les deux hommes, invisible — Lyndall, petite et fluette, aux cheveux sombres et vaporeux, aux yeux gris brumeux, un gris très différent du gris Jocelyn. Les yeux de Lyndall étaient piquetés de brun et de vert. Ils avaient une expression douce et enfantine, semblaient sans défense et trahissaient sa souffrance si elle souffrait, son affection si elle en éprouvait. Quand elle avait du chagrin, ils se mouillaient de larmes. Ces derniers temps, elle était pâle à la suite de sa maladie et, si elle avait commencé à reprendre des couleurs, cela n'avait pas duré.

Philip s'approcha du feu et resta immobile à le regarder.

10

Les premiers gros titres apparurent le lendemain. Ils barraient la moitié de la une du *Daily Wire*, laissant assez peu de place à l'annonce de la dernière victoire de l'Armée rouge.

MORTE DEPUIS TROIS ANS ET DEMI, ELLE REVIENT POUR DÉCOUVRIR LA TOMBE OÙ ELLE EST ENTERRÉE

Sous la manchette, on voyait la photo d'une croix de marbre blanc dans le cimetière de Jocelyn's Holt. On pouvait clairement y lire :

Anne
Épouse de Philip Jocelyn
21 ans
Morte sous le feu de l'ennemi
26 juin 1940

Le texte comprenait une interview de Mrs. Ramage, cuisinière et gouvernante de Jocelyn's Holt.

Mrs. Armitage descendit à la cuisine, le journal à la main.

— Mrs. Ramage... comment avez-vous pu ?

Mrs Ramage éclata en sanglots, larmes dues pour

l'essentiel à l'excitation et dans une moindre mesure à ses remords. Son visage large et pâle brillait, lui donnant l'air d'un plat de blanc-manger.

— Il a jamais dit qu'il le mettrait dans le journal. Il est descendu de son vélo, à la porte de derrière, pendant que les filles étaient dans la salle à manger, et il m'a demandé, plutôt poliment, si je pouvais lui indiquer le cimetière, à quoi j'ai répondu qu'on pouvait pas le manquer vu qu'il était juste après le parc et je lui ai montré le clocher de la chapelle, depuis le seuil de la porte, et vous auriez agi de même, comme n'importe qui d'autre. Voilà, c'est fait, aussi vrai que je vous vois, et on n'y peut rien.

— Il semblerait que vous lui en ayez dit beaucoup plus que cela, Mrs. Ramage.

Mrs. Ramage farfouilla à la recherche d'un mouchoir de la taille d'un napperon et se l'appliqua sur le visage.

— C'est qu'y m'a demandé comment trouver la tombe de Lady Jocelyn, alors j'ai dit...

— Qu'avez-vous dit ?

Mrs. Ramage déglutit.

— J'ai dit : « On n'a pas envie de penser à des histoires de tombes ou à ce genre de choses, pas maintenant que Madame est de retour à la maison. »

Mrs. Armitage jeta un œil résigné à la première page du *Wire* : « Mrs. Ramage m'a avoué qu'elle était abasourdie... » Quel dommage qu'elle ne le fût pas ! « "Je revois encore Lady Jocelyn quand elle est apparue dans ses habits de mariée... Elle portait des perles si adorables... les mêmes que celles qu'on lui voit sur le tableau qu'on a fait d'elle, qui se trouvait à la Royal Academy. Et voilà qu'elle revient en les portant autour du cou, avec, en plus, son magnifique manteau de fourrure."... Quant à Miss Ivy

Fossett, la servante de Jocelyn's Holt, elle nous a déclaré : "Bien sûr, je ne savais pas qui était là quand j'ai ouvert la porte, mais dès que j'ai pu bien l'observer, j'ai vu qu'elle était habillée exactement comme sur le tableau du parloir." »

Mrs. Ramage continuait à déglutir et à s'essuyer le visage. Brusquement, Milly Armitage se détendit. À quoi bon tout cela ? Elle reprit d'une voix aimable :

— Oh, arrêtez donc de pleurer. Cela ne sert à rien... d'accord ? Je pense que vous n'aviez aucune chance avec lui... il était décidé à vous faire dire tout ce qu'il voulait entendre. Pourtant, je me demande comment ils ont su qu'il y avait quelque chose à découvrir.

Mrs. Ramage regarda autour d'elle. La grande cuisine était déserte. Ivy et Flo faisaient les lits à l'étage, mais c'est dans un murmure rauque qu'elle expliqua :

— C'est à cause d'Ivy... faut dire que ces filles sont difficiles à comprendre, mais j'ai pu la faire parler hier soir. Elle a une tante qui a reçu une guinée d'un journal auquel elle avait envoyé l'histoire d'une chatte qui élevait un lapin avec ses petits, et ça lui a donné des idées. Elle a écrit une carte postale au *Wire* pour leur raconter que sa maîtresse était de retour chez elle alors que tout le monde la croyait morte, même qu'il y avait sa croix dans le cimetière et tout ça. Pour sûr qu'avec moi ce serait pas arrivé, pour rien au monde, pas si ça devait fâcher Sir Philip.

— Bon, je ne crois pas que c'était votre faute, Mrs. Ramage. Les journaux auraient fini par l'apprendre.

Mrs. Ramage remit son mouchoir dans la vaste poche de son tablier.

— La photo de la croix est très jolie, fit-elle remarquer.

Mrs. Armitage considéra le journal.

Anne
Épouse de Philip Jocelyn
21 ans

Évidemment, il faudrait faire modifier l'inscription. Philip devrait s'en charger. Car, si Anne se trouvait bien à l'étage, dans le parloir, avec Lyn, ce n'était pas son corps qui était enterré sous la croix de marbre blanc. On ne saurait être dans deux endroits simultanément. Elle souhaita de tout son cœur pouvoir acquérir la certitude que l'inscription sur la croix était la bonne. Pensée sans doute très malveillante de sa part, mais elle préférait de loin être certaine qu'Anne se trouvait dans le cimetière et non pas dans le parloir. L'ennui, c'est qu'elle ne pouvait en être sûre. Parfois, en face de Philip, elle ne savait plus quoi penser, et parfois il en allait de même avec Anne. Qu'elle préférât qu'Anne fût vivante ou décédée n'avait guère d'importance, mais ils devaient en avoir confirmation. Il était tout à fait effrayant d'imaginer qu'Annie Joyce pût mettre la main sur l'argent d'Anne et s'en tirer à bon compte avec Philip et Jocelyn's Holt, mais il était encore plus effrayant de penser qu'Anne avait vraiment échappé à la mort pour s'apercevoir qu'elle était devenue indésirable.

Son regard demeurait fixé sur la première page.

Annie
Fille de Roger Joyce

C'est ce qu'on devrait y lire si Anne était vivante... quelle histoire abominable !

Elle leva les yeux, croisa le regard compatissant de Mrs. Ramage et lança, avec la franchise dévastatrice dont la famille faisait parfois les frais :

— On est dans un sacré pétrin, n'est-ce pas?

— Comme vous dites, oui...

Mrs. Armitage hocha la tête. Après tout, cela faisait douze ans que Mrs. Ramage travaillait à Jocelyn's Holt. Elle avait assisté au mariage de Philip. Il est impossible de cacher des choses au personnel de votre maison, alors, à quoi bon essayer... il fallait simplement faire de nécessité vertu.

— L'avez-vous reconnue... tout de suite? demanda-t-elle.

— Vous voulez dire, Lady Jocelyn, madame?

Mrs. Armitage fit signe que oui.

— L'avez-vous reconnue...

Elle s'interrompit et, une fois encore, ajouta :

— Tout de suite?

— Pas vous, madame?

— Bien sûr que oui. Je n'ai jamais pensé autre chose.

— Moi non plus.

Elles se regardèrent.

— C'est à cause de Sir Philip, n'est-ce pas? murmura-t-elle, hésitante. Il n'est pas sûr...

— Il est tellement persuadé qu'elle était morte... il lui est si difficile de croire qu'il a pu se tromper. Nous, nous ne l'avons pas vue... au contraire de lui. Pour lui, ce n'est pas facile à encaisser.

Mrs. Ramage réfléchit.

— J'ai vu beaucoup de morts, depuis le temps, dit-elle d'une voix lente. Certains, on aurait dit qu'ils étaient vivants et qu'ils venaient juste de s'endormir, mais d'autres, ils étaient si changés qu'on les reconnaissait à peine. Et, si vous pensez à

Madame, toute pâle, avec les cheveux raidis à cause de l'eau de mer, comme vous m'avez dit que Philip vous l'avait raconté... eh bien, ça pourrait être tout à fait différent, vous ne croyez pas ? Et, si cette autre dame lui ressemblait tellement...

— Je n'ai rien dit à propos d'une autre dame, Mrs. Ramage.

— Ah non, madame ? Il y a eu des rumeurs, vous pensez bien, parce que cela tombe sous le sens que si c'est Madame qui est là-haut, quelqu'un d'autre a été enterré par erreur à sa place, et on raconte que c'est Miss Annie Joyce, que nous avons tous vue quand elle est venue avec Miss Theresa, cela fait dix ou onze ans maintenant. Elle est restée une semaine et tout le monde s'est rendu compte à quel point elle aimait votre famille.

— Vous souvenez-vous d'elle... physiquement ?

Mrs. Ramage hocha la tête.

— Un longue fille gracile, maigre et voûtée... à croire qu'elle aurait eu besoin d'être gavée. Mais cela ne l'empêchait pas d'apprécier la famille... elle aurait pu passer pour la sœur de Sir Philip, si elle s'était remplumée et qu'elle s'était tenue droite, avec le teint plus coloré aussi, oui, je crois qu'elle aurait suffisamment pu ressembler à Madame pour que Sir Philip se trompe comme il s'est trompé, étant donné la différence qu'il y a entre une personne morte et une vivante. C'est comme ça que ça s'est passé, vous pouvez en être sûre.

Milly Armitage ouvrit la bouche pour parler, mais la referma et demanda précipitamment :

— Vous pensez que c'est Madame qui se trouve là-haut ?

Mrs. Ramage la regarda fixement.

— C'est que, on peut pas dire le contraire,

madame. Elle a l'air un peu plus vieille, pour sûr, mais comme tout le monde, n'est-ce pas ?

— Vous en êtes certaine ?

— Certaine ? Elle a franchi cette porte et est venue droit sur moi, et elle m'a dit : « J'espère vraiment que vous êtes contente de me revoir, Mrs. Ramage. »

Des larmes apparurent dans les yeux de Milly Armitage. Le retour d'Anne n'enthousiasmait personne. Elle s'insurgea aussitôt contre cette pensée, Lyn était plutôt ravie, mais elle avait l'air d'un fantôme maintenant, elle non plus ne savait quoi penser.

— Pas très facile de rentrer chez soi pour s'apercevoir qu'on n'est pas la bienvenue, madame, conclut Mrs. Ramage.

11

Vers le milieu de l'après-midi, le brouillard qui avait recouvert le cimetière toute la journée avait envahi le parc et rampait à l'assaut de la longue pente qui montait vers la maison. La présence, une heure à peine, d'un soleil pâlichon n'avait pas suffi à dégager le ciel. Milly Armitage entreprit de faire le compte des chambres et des rations dont elle disposait. Si jamais le temps brumeux s'installait, ni Inez ni Emmeline ne voudraient rentrer à Londres, et, au cas où elles resteraient, avec Thomas, bien sûr, il aurait été de loin préférable que Perry et Lilla passent également la nuit sur place. Trois chambres... Et des croquettes de poisson — le cabillaud durait plus longtemps cuisiné ainsi que bouilli ou grillé... Si Emmeline s'imaginait pouvoir suivre un régime en temps de guerre, elle repartirait la faim au ventre, car le plat suivant se composerait de saucisses et le dessert de pommes cuites au four... Mr. Codrington préférerait sans doute rentrer en ville, sauf si le brouillard était trop épais. Donc, s'il couchait là, il aurait la chambre bleue... Et Florence devrait glisser des bouillottes dans chaque lit... Autre question : si Mr. Codrington restait, faudrait-il également loger son employé ? Probablement, estima-t-elle — on lui donnerait le dressing-room de l'étage. C'était un homme d'un certain âge, inoffensif, en qui il avait toute confiance, dont le rôle consisterait à sténographier tout ce qui se dirait. Perspective peu agréable, mais Mr. Codrington avait parfaitement raison : par correction envers chacun des participants, il était nécessaire de disposer d'un compte rendu exhaustif de la réunion.

Les problèmes de nourriture accaparèrent de nouveau ses pensées. En supposant qu'il y ait deux personnes supplémentaires, Mrs. Ramage devrait mettre une bonne quantité de riz dans les croquettes, et il vaudrait mieux servir des pommes de terre en robe des champs... Peut-être qu'on échapperait au brouillard, finalement... Un coup d'œil par la fenêtre suffit à ruiner cette vision optimiste des choses.

Mr. et Mrs. Thomas Jocelyn arrivèrent les premiers. Milly, qui les avait accueillis dans le hall, les conduisit dans la salle à manger où la table de bois verni et les sièges assortis avaient été préparés pour la réunion de famille.

Personne n'aurait pu trouver un charme quelconque à l'endroit. Les murs étaient couverts d'un papier chinois sale et ancien, d'une valeur considérable — un de ces héritages particulièrement encombrants dont il aurait été trop coûteux de se débarrasser. Sa couleur dominante rappelait celle des petits pois trop cuits. Les tons sombres et effacés du tapis n'évoquaient en rien l'éclatant motif victorien de naguère. Le mobilier — des meubles en acajou d'un style imposant — ressemblait à une accumulation de buffets massifs et de dessertes. C'était le genre de pièce dans laquelle il fallait réunir au moins une vingtaine de convives pour qu'elle semblât habitée. Un grand feu de bois tentait en vain d'apporter un peu de chaleur à cet espace qui en manquait depuis trop longtemps.

Mrs. Thomas Jocelyn considéra la salle et décréta :

— Charmante pièce, comme je l'ai toujours pensé.

Puis elle reboutonna le col de son manteau de fourrure.

Mr. Codrington s'avança derrière elle et alluma le chandelier suspendu au-dessus de la table. Les ombres refluèrent vers les deux extrémités de la salle, laissant la table et les objets alentour nimbés d'une chaude lumière dorée. L'employé de Mr. Codrington se plaça dans ce cercle lumineux et disposa un bloc-notes et un crayon à un bout de la table et un petit attaché-case à l'autre. Puis il se retira près du feu où il resta à se chauffer.

Mr. Codrington désigna l'attaché-case d'un hochement de tête.

— Je m'assiérai ici. Philip souhaite me voir présider, en quelque sorte. Tout cela est très douloureux pour lui et j'espère que nous parviendrons à un arrangement définitif. Si vous n'y voyez pas d'inconvénient, je vous demanderai de ne pas évoquer l'affaire à l'avance. Il est si difficile de rester à peu près impartial...

Il indiqua les places qu'ils occuperaient autour de la table.

— Voyons voir, Philip sera à ma droite et la... bon, je crois que je ferais mieux de l'appeler la requérante... à ma gauche. Puis Mr. Jocelyn et vous-même, Mr. et Mrs. Perry Jocelyn près de Philip, ensuite Miss Inez Jocelyn, et Mrs. Armitage et Lyndall de l'autre côté. Mon secrétaire, Mr. Elvery, sera assis au bout de la table, où il prendra en sténo tout ce qui se dira.

Il tira la troisième chaise de la rangée de gauche, regarda la table et dit :

— Peut-être pouvez-vous prendre place. Il me semble que les Perry Jocelyn viennent d'arriver. Miss Jocelyn devait les accompagner. Ainsi pourrons-nous commencer tout de suite.

Mrs. Jocelyn s'assit. Comme elle ramenait sa chaise, la lumière inonda les ondulations impressionnantes de son épaisse chevelure rousse. À quarante ans, celle-ci était aussi fournie et brillante qu'à vingt-deux ans sous le voile de la nouvelle mariée qu'elle était alors, mais, tout comme sa ligne, elle en prenait beaucoup plus soin. Elle avait conservé un très joli teint qui ne devait presque rien au maquillage. Des yeux un peu plus écartés, d'un bleu plus prononcé, auraient fait d'elle une véritable beauté, et ses cils fardés, blonds à l'origine, ne pouvaient dissimuler l'éclat crémeux de sa peau. Chaque fois que Milly Armitage la revoyait, elle pensait au chat persan qu'elle et Louie possédaient, enfants. Louie n'était plus, de même que le chat, mais les yeux de l'animal vivaient encore dans le visage d'Emmeline, tout à fait semblables à deux soucoupes de lait écrémé. Pour le reste, Mrs. Thomas Jocelyn était une femme autoritaire qui ne portait rien que de très chic : petite toque en fourrure noire sur ses précieuses ondulations, coûteux manteau assorti et bas de soie et chaussures d'une extrême élégance.

À ses côtés, Thomas Jocelyn faisait pâle figure. Chez lui, tout ce qui rappelait le visage des Jocelyn semblait s'être rapetissé. Il n'avait guère plus de cinquante ans — cinq de moins que le père de Philip —, mais on lui en aurait facilement donné soixante-cinq. C'était peut-être dû à la vie recluse du bureau, ou à l'exubérante vitalité de son épouse.

Les Perry Jocelyn entrèrent. Perry venait d'éclater de rire et Lilla lui pinçait le bras pour l'obliger à bien se tenir. Leurs brèves rencontres les plongeaient dans un enjouement tel qu'il leur était difficile de respecter les convenances. Perry était blond, comme tous les Jocelyn, mais il était moins grand que Philip. Son visage était plus carré et sa bouche plus mobile. Lilla était une petite femme rose et potelée, avec de grands yeux bruns, une immense bouche rouge et un nez retroussé absolument ravissant. Ils étaient si amoureux l'un de l'autre que leur bonheur les accompagnait partout. Jusque dans cette pièce sinistre, il répandait des ondes de lumière et de chaleur.

Derrière eux, et plutôt mécontente de fermer la marche, Miss Inez Jocelyn fit son apparition, aussi volubile qu'à l'accoutumée. Quand elle surgit, Milly Armitage, qui venait d'embrasser Perry et Lilla et se tournait pour l'accueillir, dut faire un effort considérable pour ne pas montrer à quel point elle était choquée.

Même au beau milieu d'une réunion convoquée pour des raisons plutôt malheureuses, Inez Jocelyn faisait sensation. Le blond terne de ses cheveux s'était transformé en un blond platine agressif. Oubliant qu'elle avait atteint la cinquantaine, elle les laissait retomber en cascade sur les épaules et avait posé sur le sommet de sa crinière un petit chapeau noir de la forme et de la taille d'un couvercle de pot de confiture. Tout le reste était à l'avenant — jupe courte évasée, manteau très serré à la taille, bas noirs ultra-fins et chaussures à talons aiguilles. Hélas, cet accoutrement qui se voulait le dernier cri de la mode jeune jurait avec le visage d'Inez, très long et mince, qui faisait tout à fait son âge en dépit d'un maquillage généreux, mais appliqué sans discernement. Personne n'aurait manqué de voir en elle une Jocelyn, mais sous sa forme caricaturale.

Elle embrassa Milly, sans cesser de parler d'une voix criarde :

— Ma chère, je n'ai jamais rien entendu de si extraordinaire ! Je trouve ça incroyable ! Bonjour, Thomas... Ça va, Emmeline ? Où est Philip ? Il ne manquera sûrement pas de venir ! Comment allez-vous, Mr. Codrington ? Philip va arriver, je n'en doute pas ! Le contraire serait vraiment étonnant... mais toute cette affaire ne l'est-elle pas ? Personnellement, je ne parviens pas à comprendre comment on peut avoir le moindre doute. Soit Anne est vivante, soit elle est morte. Ce n'est même pas la peine d'en discuter.

— Certainement, Miss Jocelyn. Ne voudriez-vous pas vous asseoir ? Philip ne tardera pas. Perry, votre épouse et vous-même, par ici, s'il vous plaît... et Miss Jocelyn se mettra à côté. Bien, avant de poursuivre, je voudrais vous dire ceci : vous êtes réunis pour donner votre avis sur l'identité d'une personne qui affirme être Anne Jocelyn. Elle est arrivée mardi soir, dans la robe que portait Anne lors de sa lune de miel, avec son manteau de fourrure, son collier de perles ainsi que sa bague de fiançailles et son alliance. Elle possède également le sac à main d'Anne, ainsi que sa carte d'identité et son passeport. Sans hésitation aucune, Mrs. Armitage, Lyndall et Mrs. Ramage, la cuisinière, seul membre de l'ancien personnel encore en service, l'ont reconnue comme étant Anne. Philip était en ville. À son retour, le lendemain, il a catégoriquement nié que ce fût elle. Il a affirmé, et il continue à l'affirmer, qu'il s'agit d'Annie Joyce.

— L'Annie Joyce de Theresa ? demanda Inez Jocelyn d'une voix stridente.

— Oui.

— Cela ne doit sûrement pas être très sorcier, intervint Emmeline d'un ton décidé. Nous avons tous connu Anne... j'imagine que chacun de nous saura la reconnaître. Cette histoire est vraiment invraisemblable.

Mr. Codrington se tourna vers elle, plutôt soulagé.

— Oui, elle l'est... mais je pense qu'il vaut mieux ne pas en discuter pour l'instant. Ah... voilà Philip !

Philip Jocelyn se tint un moment dans l'embrasure de la porte. Il leva la main vers la rangée d'interrupteurs le long du montant. Toutes les lumières de la pièce s'allumèrent — une au-dessus de chacun des deux grands buffets, les deux de part et d'autre de la tablette de la cheminée, celle au-dessus d'une desserte et la dernière, à la porte d'entrée. La pièce n'en devint pas plus gaie pour autant, mais au moins y voyait-on clair. Chaque objet, chaque personne, la moindre expression des visages étaient généreusement éclairés. Les trois grandes baies noyées de brouillard semblèrent s'effacer. La lumière déclinante du dehors s'estompa et en parut négligeable.

Philip s'approcha de la table et serra les mains de son oncle et de sa tante, d'Inez et de Lilla. Il toucha l'épaule de Perry et prit place entre lui et Mr. Codrington qui, aussitôt, tourna la tête vers son homme de confiance et lui fit un petit signe. Mr. Elvery quitta la salle.

Milly Armitage devint songeuse : « On se croirait exactement à un enterrement, en pire. Lyn s'entête, mais je ne suis pas sûre que cela me déplaise. Elle s'est identifiée à Anne, et attend d'entrer en sa compagnie, ce qui ne va pas manquer de blesser terriblement Philip. Elle est en train de prendre parti contre lui. Non, il ne s'agit pas de cela. Elle est loyale... elle aime Anne et s'il y a la moindre chance pour que ce soit bien elle, elle ne la laissera pas tomber. »

Mr. Elvery revint et s'assit au bout de la table, se penchant sur son bloc-notes, prêt à écrire. Il avait laissé la porte ouverte et, presque aussitôt, Anne et Lyndall entrèrent ensemble.

Lyn se tourna pour refermer mais Anne continua droit vers la table. Elle portait la robe bleue dans laquelle on l'avait peinte, et le collier de perles. Elle était délicatement maquillée — cils noircis, mais pas de fard à paupières; peau enduite de crème et poudrée, avec très peu de rouge à joues; lèvres couleur de corail; ongles au vernis assorti. Sans hésiter, elle passa à droite de Mr. Elverly et s'approcha des Thomas Jocelyn, tendant une main à chacun.

— Oncle Thomas! Tante Emmeline!

Tous deux en restèrent abasourdis mais, sans leur laisser le temps de parler, elle alla s'asseoir à gauche de Mr. Codrington. Elle considéra l'assemblée d'un hochement de tête :

— Oh, Perry... c'est si bon de te revoir! Cela faisait tellement longtemps, n'est-ce pas? Je ne connais pas Lilla, mais c'est bien qu'elle soit présente elle aussi!

Ses yeux se portèrent plus loin.

— Ravie de vous voir, cousine Inez!

Philip se laissa aller en arrière sur son siège. S'il s'agissait d'un premier test, elle le passait haut la main. Mais Annie Joyce en aurait su assez pour le réussir. Theresa connaissait toute l'histoire de la famille et en possédait toutes les photos. Elle ne pouvait pas savoir à propos de Lilla, bien sûr, mais, sur ce point-là, Lyn avait dû mettre son grain de sel. Il lui lança un regard accusateur. Elle s'était installée près de Milly Armitage. Elle portait une robe vert foncé avec un col rabattu, une sorte de mousseline. La couleur la faisait paraître très pâle — peut-être que la couleur n'y était pour rien. Sa peau était aussi lisse et blanche que du lait. Ses étranges yeux tachetés avaient des reflets sombres derrière ses cils noirs. Elle ne le regardait pas. Il détourna les yeux, l'air renfrogné. « Il est en colère, pensa Lyndall. Il me déteste, mais c'est mieux ainsi. Qu'est-ce qu'il va nous arriver à tous ? Je ne pouvais pas la laisser venir seule. »

Mr. Codrington considéra la table et demanda :

— Quelqu'un a-t-il des questions à poser ?... Oui, Mrs. Jocelyn ?

Emmeline se pencha en avant :

— Vous venez de reconnaître mon mari... peut-être pourriez-vous nous dire quel est son lien de parenté dans la famille ?

Thomas Jocelyn se cala sur son siège et prit un air dédaigneux. Tout cela lui déplaisait souverainement. Il aurait préféré qu'Emmeline ne vînt pas ou, puisqu'elle était là, qu'elle demeurât assise sans mot dire et laissât les autres parler. Après vingt ans de mariage, ou peu s'en fallait, aucune de ces deux hypothèses ne lui semblait du domaine du possible. Mais il continuait à les ressasser.

Anne, quant à elle, répondit en souriant :

— Mais bien sûr... le père de Philip avait deux frères. Oncle Thomas est le plus jeune. Le père de Perry était plus âgé. Lui aussi s'appelait Peregrine[1].

1. Perry est le diminutif du prénom Peregrine. *(N.d.T.)*

— Et que pouvez-vous dire de nos enfants? poursuivit Emmeline.

— Vous avez quatre garçons. Je suppose que l'aîné doit aller sur ses seize ans, maintenant. Il s'appelle Tom... et les autres Ambrose, Roger et James.

— Nous l'appelons Jim, précisa Emmeline, ce qui déclencha le rire d'Anne.

— Vous savez, je ne crois pas que cette façon de procéder va nous mener quelque part. Je veux dire que si on me demande qui est la cousine Inez, et que je réponde qu'elle est la sœur de la cousine Theresa et que leur père était un cousin au premier degré de mon grand-père, eh bien, cela ne nous avancera pas du tout, car Philip semble penser que je suis Annie Joyce, et celle-ci connaîtrait ces détails aussi bien que moi.

Tout le monde la regarda, et Philip ne fut pas le dernier. Elle semblait incarner la franchise, son teint s'était légèrement coloré, elle souriait et sa main gauche, avec le gros saphir de la bague de fiançailles d'Anne glissé près de l'anneau de mariage en platine, était négligemment posée — fallait-il dire : délibérément ? — sur le bois sombre et brillant de la table. Toutes les femmes n'avaient d'yeux que pour ces deux bijoux.

— Tout à fait exact, dit Inez. Cela ne mène à rien, c'est une totale perte de temps.

Ses yeux clairs lancèrent un regard malicieux vers Emmeline.

— Nous devrions nous montrer plus pragmatiques. Pourquoi Philip dit-il qu'il ne s'agit pas d'Anne? Pourquoi pense-t-il que c'est Annie Joyce ? C'est par là qu'il nous faudrait commencer.

Il eût été impossible, raisonnablement parlant, de

présenter les choses de manière plus irritante. Sa voix, ses regards appuyés allant d'Emmeline à Lyndall, pour revenir à Philip, créaient un sentiment d'hostilité bien particulier.

C'est d'un air résigné que Mr. Codrington prit la parole :

— Philip saura peut-être vous répondre.

Philip regarda droit devant lui, au-dessus de la tête d'Anne, dans la direction de l'élégant portrait du Philip Jocelyn qui avait été page à la cour de Guillaume III et de Marie II. Haut-de-chausses blanc et serré, pourpoint jaune citron, cheveux très blonds rejetés négligemment au-dessus du front. Huit ans. À vingt-huit, il mourait dans un duel destiné à laver son honneur : sa femme lui était infidèle. Son portrait à elle — tout en falbalas vermeils et accroche-cœurs noirs — avait été exilé à l'étage, dans un recoin.

Philip raconta son histoire comme il l'avait racontée dans le parloir — la chute de la France, Dunkerque, la tentative désespérée pour sauver Anne, sa mort alors qu'elle touchait au but. Il parla d'une voix très calme et inexpressive. Il était pâle.

Quand il eut fini, Emmeline lui posa une question :

— Tu es retourné chercher Anne et tu l'as trouvée en compagnie d'Annie Joyce. Pour autant que je sache, personne d'autre n'a revu Annie depuis l'âge de quinze ans... sauf Inez, peut-être ?

Miss Jocelyn secoua sa crinière platine surmontée de son ridicule couvre-chef.

— Que Theresa se soit toquée d'elle me semblait stupide ! Je le lui ai fait comprendre et cela ne lui a pas plu. Rares sont les gens qui aiment entendre la vérité, mais je n'ai pas hésité à lui dire le fond de ma pensée. Après quoi, Theresa et moi nous sommes querellées. Personne ne pourra prétendre que c'était ma faute. Nous nous sommes croisées au mariage d'Anne, sans échanger un mot. Theresa était d'une nature très rancunière. Quant à Annie Joyce, je l'ai aperçue une fois, il y a une dizaine d'années. Une enfant godiche et dépourvue de charme. Rien qui justifiât un tel engouement. Si vous voulez mon avis, il s'agissait simplement d'enquiquiner la famille.

Tout le monde autour de la table partageait cette opinion et il n'y eut aucun commentaire.

Emmeline s'empressa d'intervenir :

— S'il te plaît, Inez, laisse Philip répondre à ma question. Il a vu Anne et Annie Joyce ensemble... c'est bien cela, Philip ?

— Oui.

— Quel était leur degré de ressemblance ? C'est tout ce que nous désirons savoir.

Philip la regarda. Milly Armitage ne put s'empêcher de penser : « Il est terriblement tendu. C'est pire qu'un enterrement... et ça va durer des heures. »

Il répondit, de la même voix inexpressive :

— Je crains de ne pas y avoir prêté attention. Il était minuit passé. J'ai dû enfoncer la porte de derrière pour entrer. Pierre s'est réveillé et est allé les chercher. Tu dis que je les ai vues ensemble... nous étions dans la cuisine, éclairée par une seule bougie. J'ai insisté pour qu'elles se préparent rapidement. J'ai demandé à Pierre de faire venir les autres personnes. Les deux femmes sont arrivées juste avant que nous partions.

Emmeline ne voulut pas en démordre.

— Il n'empêche que tu les as vues côte à côte...

tu as forcément remarqué s'il y avait ou non une ressemblance.

— Bien sûr qu'il y en avait une !

— Les cheveux d'Annie étaient plus foncés que ceux d'Anne, précisa Inez Jocelyn. Même quand elle avait quinze ans, je suis sûre qu'ils étaient plus foncés.

Emmeline lui décocha un regard mauvais.

— Les cheveux ne gardent pas toujours la même couleur... n'est-ce pas, Inez ?

Lilla eut envie de s'esclaffer, ce qui eût été horrible. Ces incroyables boucles platinées ! Pourquoi les gens ne pouvaient-ils se contenter de laisser leurs cheveux grisonner ? Soudain, son envie de rire l'abandonna et elle devint songeuse — « C'est affreux... ils se font du mal. »

Philip s'adressait à tante Emmeline.

— Annie Joyce avait une écharpe autour de la tête. Je n'ai jamais pu distinguer ses cheveux.

— Dans ce cas, il ne t'a pas été possible de te rendre compte à quel point elle aurait pu ressembler à Anne avec les cheveux lui retombant sur les épaules... si c'était ainsi qu'Anne continuait à les porter.

Pour la première fois, Thomas Jocelyn prit la parole :

— Tout cela est extrêmement pénible, mais il faudra tirer ce problème au clair. Tu dis qu'Anne est morte dans le bateau. Je pense que tu l'as identifiée par la suite... formellement, j'entends. Quelqu'un d'autre était-il présent ?

— Personne n'a demandé la présence d'un tiers.

— Et tu étais sûr que la femme qui est morte dans le bateau était bien Anne ?

— Absolument.

— Ce devait être une sacrée ressemblance pour que tu aies pu te laisser abuser. Mais, à première vue, elle devait être réelle. Si la personne qui est revenue n'est pas Anne, c'est quelqu'un qui lui ressemble tellement que Milly, Lyndall et Mrs. Ramage l'ont immédiatement prise pour elle. J'avoue que j'aurais réagi de même. Nous pouvons nous tromper. Je ne suis pas en train de dire que, selon moi, il s'agit d'Anne... pas encore. Mais ne crois-tu pas néanmoins possible que l'erreur provienne de toi et que ce soit Annie Joyce qui soit morte dans le bateau ?

— C'était Anne.

— Il est certain que tu as cru que c'était Anne. Il me semble qu'il doit être beaucoup plus facile de se tromper quand on a affaire à un mort et non à une personne vivante. La manière de se coiffer contribue énormément à différencier deux personnes qui se ressemblent. Annie Joyce portait une écharpe autour de la tête. Si celle-ci s'était dénouée, comme, j'imagine, cela aurait pu très facilement arriver, est-ce que la ressemblance familiale n'aurait pas été suffisamment accusée pour te faire confondre Annie avec Anne... surtout après sa mort, quand la personnalité et l'expression s'évanouissent et que seules subsistent les caractéristiques physiques ?

Les deux Jocelyn se dévisagèrent. Philip avait toujours respecté le jugement de son oncle, et il en allait ainsi en cet instant. En outre, il l'aimait beaucoup. C'est d'une voix pensive qu'il répondit :

— Je veux bien admettre que cela puisse arriver. Je n'admets pas que les choses se soient passées ainsi.

12

Anne eut une réaction très spontanée : sa main baguée se posa sur le bras de Thomas Jocelyn, l'autre, ouverte, désignant Philip.

— Oncle Thomas, je veux te remercier... sans attendre... car tu viens de m'ouvrir les yeux. Je comprends comment tout cela a pu arriver... sans que Philip s'en rende compte. Non seulement tu m'as montré que c'est arrivé, mais exactement de quelle façon.

Elle laissa retomber sa main tout en continuant à regarder Philip :

— Je crains d'avoir eu des paroles assez horribles quand nous en avons discuté, et je le regrette. Je voudrais que tu me pardonnes. Vois-tu, je ne comprenais pas comment les choses avaient pu se passer. J'étais incapable d'oublier que j'avais été abandonnée...

Sa voix mourut. Son regard se détourna de Philip qui, tout ce temps, l'avait ignorée. Elle se cala sur son siège et ferma un instant les yeux.

Immobile, Philip était conscient de tout ce qu'elle faisait. Sous le sang-froid absolu qu'il affichait, son cerveau bouillonnait, en proie à toutes sortes de pensées — bien joué... sacrément bien joué... ce petit geste de la main, la voix mourante. Anne n'était pas aussi futée. Anne n'était pas même intelligente. Elle avait adoré la vie, adoré n'en faire qu'à sa tête et, pendant une brève période, elle l'avait aimé. Et puis lui vint cette pensée, comme un filet d'eau glacée sur la peau : « Suppose que ce ne soit pas de la rouerie... suppose que ce soit vrai... suppose que ce soit Anne... »

Chacun autour de la table connut un moment d'embarras. Lilla se rapprocha de Perry. Sa main se glissa sous son bras et le serra. Elle ressemblait à un oisillon au plumage coloré qui cherche un abri. Par l'échancrure de son manteau de fourrure, on distinguait un chandail rose, un rang de perles d'un blanc crémeux, le diamant d'une broche. Tout en elle n'était que chaleur, douceur et gentillesse. Elle se pencha vers Perry qui était le plus mal à l'aise de tous ceux qui étaient présents. Les scènes, c'était l'enfer, mais les scènes de famille, c'était pire que l'enfer. Il pensait le plus grand bien de Philip et désirait que lui, et tout le monde, fussent aussi heureux qu'il l'était avec Lilla.

Emmeline brisa le silence. Les remarques de son mari l'avaient énormément surprise. Cela ne ressemblait pas à Thomas de... eh bien, de prendre les choses en main comme il l'avait fait. En outre, il l'avait interrompue au moment même où elle était sur le point de... prendre les choses en main, ce pour quoi elle se sentait tout à fait qualifiée... bien plus que son époux. C'est de sa voix la plus autoritaire qu'elle déclara :

— J'allais te faire part de plusieurs choses lorsque ton oncle m'a interrompue. Montrons-nous pratiques. L'écriture, pour commencer... qu'est-ce que ça donne ?

Mr. Codrington se chargea de répondre.

— Très bonne question, Mrs. Jocelyn. Bien évidemment, nous y avons aussitôt pensé. Ni Philip ni moi-même, non plus que Mrs. Armitage, n'avons pu remarquer la moindre différence entre les anciennes signatures d'Anne et celles qui datent de ces derniers jours.

Tout en parlant, il ouvrit l'attaché-case devant lui, en tira quelques feuillets pliés et les donna à Thomas Jocelyn.

— Je crois que chacun devrait les examiner. Certaines signatures sont récentes, d'autres non. Si l'un d'entre vous arrive à les différencier, il se montrera plus malin que je ne le suis.

Mr. Jocelyn prit son temps. Puis il secoua la tête et transmit les feuillets à son épouse.

— Je pourrais tenter de deviner à partir de la couleur de l'encre, mais certainement pas en comparant les écritures.

Emmeline non plus ne se pressa pas. Elle tenait une lettre, entièrement rédigée, qui commençait par ces mots : « Cher Mr. Codrington », et se terminait par la formule suivante : « Veuillez croire en l'expression de mes meilleures salutations, Anne Jocelyn. » Entre les deux, quelques lignes pour le remercier de lui avoir fait parvenir certains documents non spécifiés.

Elle saisit la feuille suivante. Trois ou quatre lignes pour conclure une autre lettre. Le temps était très humide — elle espérait vraiment qu'il allait bientôt s'améliorer. Et, une fois encore, elle lui présentait ses meilleures salutations.

On trouvait deux autres lettres, une qui demandait une copie de son testament, l'autre pour le remercier de la lui avoir expédiée.

— Je suppose que... commença Emmeline, avant de se raviser et de donner les lettres à Milly Armitage qui, les ayant déjà vues, les poussa sur la table vers Inez Jocelyn.

Celle-ci fit un grand bruit de papier froissé en les attrapant, en écarta une, qu'elle reprit aussitôt avant de les étaler toutes les quatre sur la table comme elle aurait fait de cartes à jouer.

— Bien sûr, les deux concernant son testament ont dû être écrites avant son départ pour la France. Ce n'est pas un choix très judicieux, si je puis me permettre. Elle aurait eu du mal à faire un testament depuis son retour... je me trompe?

Elle fit entendre son rire si déplaisant.

— J'y ai tout de suite pensé. Voyez-vous, vous ne devriez pas croire que nous allons seulement nous attacher à la graphie. Le contenu aussi peut servir de preuve, Mr. Codrington.

Et, après avoir rejeté ses boucles platine en arrière, elle abandonna les lettres à Perry, qui secoua la tête en les regardant et dit qu'elles se ressemblaient toutes.

— Les deux lettres concernant le testament ont été écrites il y a deux jours, sous ma dictée, fit froidement remarquer Mr. Codrington quand il eut repris possession des documents.

Mrs. Thomas Jocelyn ne put s'empêcher de sourire. Puis elle s'adressa à Philip :

— Bon, il nous fallait régler ce problème. Ce que j'aimerais te demander maintenant concerne la nuit de ton voyage en France. Je voudrais savoir comment ces deux filles étaient habillées. Parce que, sauf si leurs vêtements étaient identiques, je ne comprends pas comment tu aurais pu les confondre.

— J'ai bien peur de n'avoir pas remarqué grand-chose. Il faisait sombre. Elles portaient ce que les filles portent en général — le genre d'habits qu'on ne remarque pas —, une jupe en tweed et un chandail. Par la suite, je suppose qu'elles ont enfilé un manteau.

— Anne portait-elle son manteau de fourrure ?

— Je l'ignore... je n'y ai pas prêté attention.

— Oui, intervint Anne à voix basse, je le portais. Je l'ai... je l'avais sur le dos à mon retour.

— Oh... dit Emmeline.

Elle poursuivit :

— C'était un manteau de grande valeur... du vison, si je me rappelle bien. Milly devrait savoir s'il s'agit du manteau d'Anne. N'est-ce pas, Milly ?

— Il n'y a aucun doute, confirma Milly Armitage.

— Oh !... s'exclama de nouveau Emmeline.

Elle posa ensuite d'autres questions :

— Il nous faut tirer au clair cette histoire de vêtements, c'est très important. La fille qui est morte dans le bateau... celle dont tu pensais que c'était Anne... comment était-elle habillée ? Tu l'as reconnue, tu as donc dû la voir le lendemain.

Perry sentit que Lilla grimaçait. Thomas Jocelyn eut conscience d'une colère froide et muette. Lyndall baissa les yeux sur ses mains, qu'elle serrait sur son giron.

— Oui, je l'ai vue, répondit Philip, mais je crains de ne pas me souvenir de ses vêtements, sauf qu'ils étaient mouillés et pleins de taches... les vagues continuaient à nous inonder. J'ai peur que cela ne serve à rien, tante Emmeline. Nous avons déjà abordé cette question des vêtements et elle ne mène nulle part.

— Où étaient les bijoux d'Anne... les bagues et ses perles ? Les perles étaient réelles.

Une fois encore, c'est Anne qui répondit :

— Tout se trouvait dans mon sac à main. Je l'avais avec moi.

Elle hésita un court instant avant de préciser :

— Sauf mon alliance. Je l'avais retirée quand je m'étais disputée avec Philip à propos de mon voyage en France. Quand j'ai appris qu'il était venu me chercher, je l'ai remise.

— Philip, savais-tu qu'elle l'avait retirée ?

— Oui.

— Si je peux demander quelque chose... intervint Inez Jocelyn d'un ton crispé. Bien sûr, si tante Emmeline en a vraiment fini. Je crois qu'il nous faudrait être mis au courant du motif de cette dispute. Anne devrait être capable de nous l'apprendre, mais Annie Joyce sans doute pas.

Anne lui renvoya un sourire mal assuré.

— Certes, je peux vous le dire. C'était assez stupide... comme toutes les disputes en général. La cousine Theresa m'avait écrit pour me demander de me rendre en France. Elle m'annonçait qu'elle avait fait un testament en ma faveur quand elle était venue à mon mariage et elle voulait s'entretenir avec moi à propos de legs pour la famille. Philip était très en colère. Selon lui, elle n'avait pas le droit de priver Annie Joyce de cet argent et il m'a interdit d'y aller. Évidemment, il avait tout à fait raison en ce qui concerne l'argent, et je ne l'aurais pas accepté... mais je ne le lui ai pas dit, parce que moi aussi j'étais fâchée et je n'aimais pas qu'on me dicte ma conduite. Nous nous sommes donc querellés, j'ai ôté mon alliance et je suis partie en France sans que nous nous soyons réconciliés.

Inez Jocelyn tourna ses yeux pâles vers Philip et avança son menton tout aussi pâle.

— C'est vrai ?

— Parfaitement vrai, confirma-t-il.

Soudain, il lança un regard vers Anne :

— Cette dispute, où s'est-elle déroulée ?

Leurs regards se rencontrèrent. Ses yeux à lui étaient très froids, les siens brillaient. Quelque chose en eux lui échappa.

— *Où ?*

— Oui, où ? Dans quel endroit, et à quel moment de la journée ?

C'est d'une voix très lente qu'elle répondit, comme si elle prenait plaisir à faire durer chaque mot :

— Dans le parloir... l'après-midi... après le déjeuner.

Son regard froid ne céda pas devant l'étincelle de triomphe au fond du sien. Elle détourna les yeux la première.

— On ne peut plus vrai, dit-il.

Le silence s'installa. Mr. Elvery écrivait sur son bloc-notes.

— Il est fort peu probable qu'Annie Joyce eût été au courant de ce détail ! remarqua Inez Jocelyn.

Elle fit entendre son rire grinçant :

— Mais je suppose qu'Anne a pu le lui raconter. Ce serait surprenant mais les filles cancanent. Maintenant, il y a une limite, j'imagine. Bien sûr, on ne sait jamais, mais... Pourquoi ne lui demandes-tu pas de te dire où tu lui as proposé de l'épouser, et ce qu'elle a répondu ? Je vois mal Annie et elle être suffisamment intimes pour qu'elle le lui ait raconté.

Philip lança un regard par-dessus la table :

— Vous avez entendu ce qu'a dit cousine Inez. Vous sentez-vous disposée à répondre ?

Elle lui rendit son regard et ses yeux avaient une expression plus douce que la fois précédente.

— Nous n'avons droit à aucune intimité, n'est-ce pas ?

— Est-ce ce que vous allez invoquer pour votre défense ?

Elle secoua la tête.

— Non. Cela n'a pas vraiment d'importance, pas vrai ?

Puis, se tournant vers Inez :

— Il m'a fait sa demande dans la roseraie, le 7 juillet 1939. Lieu très romantique, certes, mais la discussion le fut beaucoup moins, j'en ai peur. Nous venions d'évoquer les travaux que Philip aurait aimé faire dans la maison s'il avait disposé de l'argent nécessaire. Il voulait abattre tout ce que grand-père avait ajouté. À l'entendre, ce n'étaient que des aménagements horribles et ruineux et j'ai été de son avis. Puis j'ai dit que j'aimerais apporter quelques modifications au jardin. « Quoi, par exemple ? » a-t-il demandé. Je lui ai donc répondu que j'aimerais que l'on construise un bassin à nénuphars et qu'on se débarrasse des rosiers grimpants... ce genre de choses. « D'accord, fais à ta guise », m'a-t-il répondu. « Qu'est-ce que tu veux dire par là ? », ai-je demandé, et c'est alors qu'il m'a passé un bras autour des épaules et m'a déclaré : « Je te demande de m'épouser, espèce d'idiote. Qu'est-ce que tu en dis ? » À quoi j'ai répondu : « Oh, j'en suis absolument ravie ! » et il m'a embrassée.

— C'est la vérité ? s'enquit Inez Jocelyn de sa voix stridente.

— Oui, répondit Philip.

Et ses lèvres se refermèrent durement sur ce mot.

Inez se pencha vers sa droite, poussant Lilla.

— Bon, il doit y avoir plein d'autres choses que tu pourrais lui demander... de ces choses que vous seriez les seuls à connaître. Après tout, vous êtes partis en voyage de noces, n'est-ce pas ?

Thomas Jocelyn jeta un regard effaré autour de lui. Mr. Codrington leva une main, comme pour émettre une objection, mais, avant que quiconque eût pu s'exprimer, Anne repoussa sa chaise et, sans cesser de sourire, contourna l'extrémité de la table et posa une main sur l'épaule de Philip. C'est d'une voix où perçait une tendresse amusée qu'elle lui déclara :

— Cousine Inez veut que tu aies la certitude que je t'ai accompagné dans notre voyage de noces. Ne crois-tu pas que la présence de la famille pourrait s'avérer *de trop** ? Je veux dire... enfin, même la cousine la plus affectueuse n'est pas vraiment la bienvenue lors d'un voyage de noces. Ne vaudrait-il pas mieux nous retirer et nous expliquer entre nous ?

Sans attendre de réponse, elle se dirigea vers la porte. Quelques secondes plus tard, Philip se leva et la suivit. Ils quittèrent la pièce ensemble. La porte se referma sur eux.

Tout le monde, hormis Inez, se sentit soulagé. Tout le monde eut également conscience qu'Anne avait montré beaucoup de tact et de savoir-vivre, qualités qui manquaient cruellement à Miss Jocelyn.

Emmeline haussa ses fins sourcils :

— *Franchement !* lança-t-elle.

— Franchement quoi, Emmeline ? Tu sais aussi bien que moi que la seule preuve définitive ne peut relever que de l'intimité. À quoi bon me lancer ton « *Franchement !* », simplement parce que tu n'as pas eu autant de courage que moi ? Nous sommes ici pour découvrir la vérité, non ? Alors j'aimerais savoir si tu as une meilleure idée. Quel intérêt de tourner autour du pot ? Si elle peut confier à Philip des choses que seule son épouse aurait pu connaître, eh bien, c'est Anne. Dans le cas contraire, ce n'est pas elle.

Inez n'avait pas fini de parler que Lilla s'était levée et avait contourné la table pour s'asseoir près de Lyndall. Elle posa sa petite main chaude sur les doigts de celle-ci, serrés sur ses genoux : ils étaient glacés.

— Lyn... j'aimerais vraiment que tu montes à Londres et restes avec moi. Perry s'en va demain. Ne pourrais-tu pas rentrer avec nous ?

Sans la regarder, Lyndall lui répondit :

— Pour votre dernière soirée ? Oh, non.

— Demain, alors ? Rends-moi ce service, tu seras un ange ! Cousine Inez lorgne notre chambre d'ami. Cela ne lui plaît pas d'être évacuée sur Little Claybury. Elle pense qu'il n'y aura plus de bombardements et elle veut retourner à Londres. Je ne me sens pas capable de la supporter, vraiment pas.

Elles parlaient derrière un écran de voix. Hormis Perry et Mr. Elvery, tout le monde avait quelque chose à dire.

— Oui, je viendrai, glissa rapidement Lyndall à voix basse.

— Je serai *enchantée* de t'avoir avec moi.

La famille était toujours en grande conversation quand la porte s'ouvrit. Anne entra, Philip derrière elle. Anne était tout sourire, Philip pâle comme la mort. Elle regagna sa place et s'assit, mais il resta debout. Comme tout le monde se tournait vers lui, il déclara :

— Je me suis trompé. J'ai dû faire une erreur, il y a trois ans. Je dois lui demander de me pardonner. C'est bien Anne.

13

En fin de compte, personne ne resta pour la nuit. La seule qui en manifesta l'envie fut Inez, mais, n'y étant pas encouragée, elle repartit comme elle était venue, avec Perry et Lilla.

Milly Armitage eut des scrupules et prit Lilla à part :

— Écoute, je ne veux pas d'elle... c'est déjà assez difficile sans Inez. Mais si elle doit s'installer chez vous et gâcher la dernière soirée de permission de Perry, eh bien, je peux la garder. Cependant, ce n'est pas vraiment à moi de décider. Anne étant revenue, elle est chez elle et je ne suis qu'une visiteuse.

Lilla lui lança un regard affectueux.

— Tout le monde adorerait avoir des visiteuses comme vous. Et tout ira bien avec cousine Inez, parce qu'elle est logée chez son amie, Roberta Loam, et elles ne se sont pas encore disputées, même si ça ne saurait tarder. Lyn a accepté de venir chez moi demain, tout est donc pour le mieux. Qu'allez-vous faire ?

Milly Armitage grimaça.

— Philip désire que je reste. Bien sûr, je ne peux pas... du moins, je ne vois pas comment cela me serait possible... sauf si Anne est d'accord. Elle affirme que oui, je dois donc essayer pendant quelques jours. Tout cela n'est pas facile, n'est-ce pas ?

— Non, répondit Lilla.

Puis elle pressa ses deux mains et l'embrassa très chaleureusement.

Après les avoir raccompagnées à la porte, Philip revint pour déclarer que cousine Inez était sans contestation possible la femme la plus désagréable qu'il connaissait. Au moment de le quitter, elle avait pris un air condescendant, avait secoué ses horribles bouclettes sous son nez, et, tandis que le taxi s'éloignait, avait passé la tête par la vitre pour lui lancer d'une voix criarde des allusions grivoises à sa seconde lune de miel.

— Theresa avait des défauts : elle ne cessait de jacasser ou de vous chercher noise et se mêlait de tout, mais il émanait d'elle une sorte de terrible *joie de vivre**. Cela dit, elle n'était pas vindicative et ne se teignait pas les cheveux... du moins ne l'avait-elle pas fait la dernière fois que je l'ai vue, car je me souviens que sa chevelure ressemblait à un gros nid d'oiseau gris.

— C'était lors de notre mariage, intervint Anne.

Elle avait parlé d'un ton léger et amusé, comme si aucune ombre ne s'était jamais glissée entre eux depuis ce jour-là.

Puis, avant que l'on pût remarquer le silence de Philip, elle se mit à faire assaut de charme auprès des Thomas Jocelyn et de Mr. Codrington. Elle n'était plus la « requérante » qui devait prouver la véracité de ses dires mais Anne Jocelyn en personne pressant ses invités de quitter le domaine portant son nom.

Quelques heures plus tard, profitant de ce

moment creux qui précède le repas du soir, Philip trouva Lyndall seule dans le parloir. Elle avait passé une robe d'intérieur en velours rouge foncé dont les plis reflétaient chaudement la lueur du feu. Une seule lampe brillait, celle à abat-jour, près de la fenêtre la plus éloignée. Elle éclairait Lyndall accroupie dans sa robe, les deux mains tendues vers la flambée. Il prit le temps de l'observer. Puis il s'approcha de l'âtre et ne bougea plus.

— Il faut que je te parle.

— Oui.

Il dirigea son regard non pas vers elle mais vers les flammes.

— Tout au fond de mon esprit, quelque chose me dit que c'est Anne — la raison, la logique, l'évidence. Mais quelque chose d'autre hurle : « C'est une étrangère. » Que peut-on faire dans ce cas-là ?

Lyndall prit une petite voix d'enfant fatigué.

— Je ne sais pas quoi te dire... comprends-tu ?

— Oui. Je suppose qu'en fait nous sommes devenus des étrangers. Ce qui nous réunissait a disparu depuis longtemps. Chacun a pris une direction différente. Je ne vois rien qui puisse nous unir à l'avenir. Elle pense qu'on pourrait trouver un terrain d'entente et essayer de nous retrouver. Je lui ai fait remarquer qu'elle ne me doit rien. Je suis incapable de lui dire que moi non plus je ne lui dois rien. De son point de vue, j'ai beaucoup à me faire pardonner. De quelque manière que cela se soit produit, il est vrai que je lui ai fait faux bond... elle a été aban donnée au danger alors que je rentrais me mettre en sécurité.

— Philip !

Elle se retourna, le regard implorant.

— Lyn, ne comprends-tu pas ce qu'elle a dû ressentir... ce que n'importe qui aurait pu ressentir ? Je suis parti sans elle... j'ai identifié le corps d'une autre femme comme étant le sien... et je suis entré en possession de son argent, jusqu'au dernier penny. Et, quand elle retrouve sa maison, tu la reconnais, ainsi que tante Milly... et Mrs. Ramage, Mr. Codrington, toute la famille, en fait. Mais moi, je m'entête, je continue à affirmer que ce n'est pas Anne, jusqu'à ce que je sois obligé de m'incliner devant la force de l'évidence. Inutile de te mettre les points sur les *i*, n'est-ce pas ? Est-ce que tu te rends compte ?... Je l'ai abandonnée, j'ai menti à ce sujet, je lui ai dénié son identité...

— Philip... s'il te plaît...

Le flot rapide et amer de ses paroles fut interrompu, un instant seulement. Il la fixa, non pas comme s'il la voyait, mais comme s'il découvrait quelque abîme fantastique dont les bords instables risquaient de céder et de l'engloutir.

— Ne comprends-tu pas ? Si tu ne comprends pas, il n'en va pas de même pour Mr. Codrington. Il m'a dit et répété que je devais lui être très reconnaissant de la manière dont elle prend les choses. Si elle avait préféré me poursuivre en justice, si elle avait montré du ressentiment et n'avait pas fait preuve d'une patience extraordinaire, mon nom aurait été traîné dans la boue. Elle veut que nous nous réconciliions, que nous devenions amis, que chacun donne à l'autre une chance. Pour l'heure, elle ne propose pas que nous vivions ensemble. Elle demande seulement que nous partagions le même toit, de façon normale et raisonnable — que nous nous montrions en public —, jusqu'à ce que les rumeurs et les potins se soient tus. Que puis-je faire ? Il m'est impossible de le lui refuser, n'est-ce pas ?

— C'est vrai, acquiesça Lyndall.

Elle se releva, lentement et d'un mouvement un peu raide, car, si elle n'avait pas contrôlé ses genoux, ils se seraient mis à trembler. Elle prit grand soin de les maîtriser, ce qui lui donna l'impression d'être une poupée articulée.

Une fois debout, elle lui dit d'une voix douce :

— Tu dois faire ce qu'elle demande. Tu l'as aimée. Cela reviendra.

— Tu crois ? *On revient toujours à ses premières amours**. Cette façon de voir m'a toujours paru être un mensonge particulièrement grossier. Je t'ai dit que nos chemins ont complètement divergé. Lyn, même maintenant, devant des preuves que je suis forcé d'admettre, crois-moi, ce n'est pas Anne pour moi.

— Qui est-ce ?

— Une étrangère. Je n'arrive pas à sentir que nous avons pu partager quoi que ce soit... pas même quand elle me dit des choses que seule Anne pouvait connaître.

Brusquement, il changea de position.

— Tu vas t'en aller ?

— Oui.

— Quand ?

— Demain.

Un long silence s'installa, pesant. Il emplissait toute la pièce et alourdissait leurs deux cœurs. Demain, elle serait partie. Ils n'avaient plus rien à se dire, car tout avait été dit. Il aurait pu avancer la main pour la toucher. Mais il en était incapable. Déjà, ils étaient séparés et, à mesure que ce silence persistait, chacun pouvait sentir la présence de l'autre s'estomper, car, entre eux, pensées et sentiments se déchiraient et se brisaient violemment.

Quand Milly Armitage survint, aucun n'avait quitté sa place, mais ils étaient déjà très loin l'un de l'autre.

14

Peu à peu, la nouvelle sensationnelle disparut des journaux. En fin de compte, elle avait été traitée discrètement. Le lien d'Annie Joyce avec la famille et la ressemblance à l'origine de l'erreur d'identification furent abordés avec tact et l'affaire ne tarda pas à se tasser. Une semaine après le retour d'Anne, le téléphone cessa de sonner et les journalistes laissèrent tomber.

Anne reçut une carte d'alimentation qui contenait en outre des bons d'habillement; elle se rendit à Londres pour faire ses achats. Dans son sac, elle emportait un chéquier et elle savait qu'une somme confortable était déposée sur son compte à la banque. Sa journée s'annonçait très chargée. Les vêtements allaient poser un problème. Elle possédait vingt bons à son nom — et elle était plutôt exaspérée à l'idée de ne pas pouvoir dépenser plus jusqu'à fin janvier. Une cinquantaine d'autres lui venaient de Mrs. Ramage, qui préférait économiser son argent qu'acheter ce qu'elle appelait « ces choses utilitaires ». Elle pouvait aussi compter sur une éventuelle allocation du ministère du Commerce quand son dossier aurait été étudié, ce qui prendrait du temps. Dix-huit bons pour un manteau, le même nombre pour un tailleur, onze pour une robe, sept pour des chaussures, sans compter les sous-vêtements — les bons allaient doucement s'écouler comme de l'eau par une passoire. Impossible, néanmoins, de reprocher à tante Milly d'avoir donné aux victimes du blitz la garde-robe d'une Anne Jocelyn considérée comme décédée — mais il y avait de quoi enrager.

Il lui fallait aussi une nouvelle mise en plis, un soin esthétique du visage, une séance de manucure. Oui, la journée s'annonçait bien remplie, et elle s'en serait réjouie à l'avance s'il n'y avait eu la lettre dans son sac à main. Elle essaya de se convaincre que c'était ennuyeux, sans plus.

Il était assez facile de régler cette affaire et elle aurait déjà pu s'en occuper elle-même. Guère difficile d'écrire, à la troisième personne peut-être, quelques lignes laissant entendre que « Lady Jocelyn craint de n'avoir rien à ajouter à ce qui a été rapporté par les journaux à propos de la mort d'Annie Joyce. Elle ne pense pas que... ». Non, cela n'irait pas... trop sec, trop *de haut en bas**. Cela ne valait rien de heurter les sentiments des gens. Une lettre plus simple conviendrait mieux : « Chère Miss Collins, je ne crois pas pouvoir vous apprendre quoi que ce soit que vous ne sachiez déjà sur la mort de cette pauvre Annie Joyce. La coupure de presse que vous joignez à votre lettre correspond exactement à mes informations. Je vous rencontrerais volontiers si j'y voyais quelque utilité, mais je suis persuadée que cela ne serait qu'une souffrance pour toutes les deux. »

Oui, cela ferait l'affaire.

Elle regretta vaguement de ne pas avoir écrit et posté une telle lettre. Après tout, qui donc apprendrait que Nellie Collins lui avait un jour adressé un courrier et qu'elle lui avait répondu? Et, alors même que cette pensée occupait son esprit, elle n'ignorait pas qu'elle ne pourrait le cacher, ça pas plus qu'autre chose, et que la nature de sa réponse, ou qu'elle écrivît ou non, faisait partie d'un schéma qui n'entrait pas dans son plan — un schéma très strict auquel elle ne pourrait absolument pas échapper. Elle eut une sorte de trou noir. Sensation vraiment étrange — dans l'intervalle entre deux secondes, elle ressentit un choc, comme si elle avait été frappée, et s'en trouva hébétée, médusée, privée de toute énergie. Puis cela disparut et, par la suite, elle aurait été effrayée si elle s'était laissée aller à y repenser.

Par chance, elle avait beaucoup d'autres préoccupations en tête. On pouvait encore acheter de nombreux vêtements tout à fait convenables, mais il fallait se donner le mal de les trouver, et ils étaient à un prix scandaleux. Elle paya vingt-cinq livres pour un tailleur en excellent tweed écossais, couleur beige sable moucheté de brun — très seyant. Dix-huit bons en moins. Une paire de chaussures de ville brunes et une paire pour la maison — quatorze bons. Six paires de bas — encore dix-huit bons. Elle finit par se soucier moins du prix des vêtements que du nombre de bons nécessaires pour les obtenir.

Ce n'est qu'à trois heures de l'après-midi qu'elle eut vraiment le temps de se souvenir qu'elle avait connu un moment d'inquiétude. Elle hésita imperceptiblement entre les deux vitrines plutôt étroites qui montraient, d'un côté, un mannequin de cire souriant dont la tête était très savamment coiffée d'une chevelure dorée, et, de l'autre, une main blanche comme neige, aux ongles teints reposant sur un coussinet de velours. Au fond de chaque vitrine pendait un rideau de couleur vive, *bleu roi**. Le coussinet qui soutenait la main et l'étoffe qui drapait la dame blonde étaient du même rose vif. Au-dessus de la porte, une arabesque en lettres d'or annonçait : *Félise.* Anne Jocelyn abaissa le loquet et entra.

Eût-elle hésité un peu plus, ou pas du tout, certaines choses se seraient produites différemment, et d'autres ne seraient peut-être pas arrivées. Si elle était entrée directement, Lyndall ne l'aurait pas aperçue. Si elle avait attendu, Lyndall l'aurait rattrapée avant qu'elle ne pénètre dans la boutique, auquel cas Anne n'aurait probablement pas maintenu son rendez-vous avec Mr. Felix et, tout aussi bien, elle aurait pu, éventuellement, répondre en personne à la lettre de Nellie Collins.

De fait, Lyn fut si surprise de la voir qu'elle s'immobilisa sur le trottoir opposé, mais juste un peu trop tard pour être sûre qu'il s'agissait d'Anne. Si elle en était restée là, cela n'aurait pas eu d'importance, mais elle n'était pas certaine de ne pas avoir elle-même été aperçue par Anne, car la moitié supérieure de la porte entre les deux vitrines était constituée par un miroir. Elle s'interrogea : dans quelle mesure avait-il capté son propre reflet et est-ce qu'Anne avait pu le remarquer avant de pousser la porte et d'entrer ? S'il s'agissait bien d'elle, et qu'elle eût surpris Lyndall en train de la regarder, elle avait dû se dire que..., qu'avait-elle pu se dire ? Que Lyn ne désirait pas traverser la chaussée pour lui parler ? Qu'elle avait une raison de l'éviter ? Cela aurait été particulièrement horrible qu'elle pût nourrir de telles pensées. Il ne fallait jamais laisser les choses en venir à ce point. Cela ne se passerait pas ainsi si elle avait une chance d'y remédier.

Elle dut patienter un moment qui lui parut interminable tant il y avait de circulation. Quand elle parvint enfin à traverser, son courage avait considérablement faibli, mais il lui en restait assez. Elle doutait encore d'avoir aperçu Anne mais elle voulait s'en assurer. Elle avait vu un manteau de fourrure et une tache bleue se glisser dans la boutique. Si, de l'autre côté de cette porte à miroir, elle tombait sur un manteau de fourrure et une robe bleue, il lui suffirait de quelques secondes pour savoir s'ils appartenaient à Anne.

Elle entra et vit deux femmes qui patientaient près du comptoir, ainsi qu'une employée aux formes généreuses — elle lui tournait le dos, cherchant à attraper quelque chose sur une étagère élevée. Aucune des deux femmes n'était Anne Jocelyn, mais aucune non plus ne portait un manteau de fourrure, et Lyndall était certaine d'en avoir vu un franchir cette porte décorée d'un miroir.

Elle attendit sans bouger que l'employée se retourne, ce qu'elle ne fit pas. Une des clientes était en train d'expliquer quelle sorte de fixatif elle désirait et, chaque fois qu'elle pouvait placer un mot, la grosse fille lui faisait remarquer qu'elle n'en avait pas, mais qu'un autre produit conviendrait tout aussi bien, sinon mieux. Lyndall comprit que la situation risquait de s'éterniser. Prise d'une impulsion soudaine, elle s'avança dans la boutique et franchit le rideau derrière lequel se trouvait le salon proprement dit, avec les cabines individuelles où l'on coiffait ces dames et où on leur prodiguait des soins de manucure. Si Anne se faisait coiffer, c'est là qu'elle devait être. Lyn le saurait sans tarder. Elle pourrait toujours prétendre qu'elle cherchait une amie.

Dès qu'elle passa derrière le rideau, elle distingua le bruissement caractéristique de l'eau qui coulait. Les cabines étaient fermées par des rideaux et non par des portes. Il était facile de jeter un coup d'œil discret. Une grosse femme à la nuque rougeaude — une autre, mince, la tête reposant au-dessus d'un lavabo — une petite fille brune qui se faisait manucurer — une permanente — une autre manucure. Rien qui signalât la présence d'Anne, aucune trace d'un manteau de fourrure. Elle devait donc se trouver ailleurs.

Au bout de la rangée de cabines s'ouvrait une autre porte à miroir. Elle vit son propre reflet s'avançant vers elle comme un *doppelgänger*[1] — Lyn Armitage en tailleur de tweed gris et chapeau rouge foncé, l'air peu rassuré. Fallait-il être stupide pour se mettre dans son tort en affichant ce visage apeuré ! Quand vous vous fourrez dans une situation délicate, au point de vous sentir moins à l'aise que vous le voudriez, le mieux est encore d'avoir du cran et d'adopter l'attitude de quelqu'un qui ne doute pas d'avoir le monde à ses pieds.

Elle poussa cette porte, comme précédemment celle de l'entrée, et pénétra dans un petit local carré avec, sur la gauche, un escalier en bois qui grimpait, très raide, et, à droite, une porte, ainsi qu'une autre, en face d'elle. Par contraste avec le salon brillamment éclairé, il semblait faire sombre, et froid également, après les vapeurs de chaleur qui flottaient entre les cabines. On sentait une odeur de moisi et d'humidité. À l'évidence, il s'agissait d'une pièce où rien n'était conçu pour recevoir la clientèle. Anne ne pouvait s'y trouver. Au moment même où

1. *Double, sosie,* en allemand. *(N.d.T.)*

cette pensée lui venait, elle entendit la voix d'Anne Jocelyn.

Elle prit peur, sans comprendre pourquoi. Elle ne distinguait que la voix, pas les mots, mais elle avait un doute — non, elle n'était pas certaine que ce fût la voix d'Anne. Si elle n'avait pas été justement en train de penser à elle, peut-être n'aurait-elle jamais cru entendre sa voix. Elle avança d'un pas, hésitante. Maintenant que ses yeux étaient habitués à la différence de lumière, elle remarqua que la porte devant elle n'était pas entièrement fermée, sans être ouverte pour autant, mais elle ne s'était pas correctement refermée quand on l'avait poussée. Il en va ainsi de certaines portes — le pêne entre et ressort, ou alors le pêne n'entre pas du tout dans la gâche.

Lyndall posa sa main sur le panneau. Cela se fit instinctivement, sans aucune intention ou préméditation. Elle vit sa main se lever et pousser la porte — sans effort. Un rai de lumière vertical, comme un fil d'or, emplissait l'interstice entre le battant et le chambranle. Elle entendit la voix qui ressemblait à celle d'Anne dire : « Vous feriez mieux de me laisser écrire à Nellie Collins. Elle est tout à fait inoffensive. » À quoi un homme répondit, dans un murmure : « Ce n'est pas à vous d'en juger. »

Lyndall retira sa main et se retourna. Son cœur s'était mis à battre si fort qu'elle en eut le souffle coupé. Elle se sentit honteuse et inexplicablement effrayée. Si elle ne se contrôlait pas, elle risquait de céder à la panique. Elle devait s'en aller. Rapidement, mais sans bruit. Elle crut un moment qu'elle serait incapable de bouger.

Arrivée aux cabines, elle fut assaillie par la chaleur et la vapeur parfumée. Elle passa sous le rideau et retrouva la boutique comme elle l'avait laissée —

les deux femmes près du comptoir, le babil de la conversation, l'employée, le dos toujours tourné, déplaçant des bouteilles. Elle regagna la rue et ferma la porte. On ne l'avait vue ni entrer ni sortir.

15

Comme l'avait laissé entendre Mr. Codrington, Pelham Trent était un homme extrêmement sympathique et ce n'était pas Lyndall Armitage qui allait dire le contraire. Il passait aussi souvent que possible rendre visite à Lilla Jocelyn dans son appartement et cette dernière était ravie de le recevoir. Comme elle l'avait confié à Milly Armitage : « Ils sont amis, rien de plus. Du moins, je crois que c'est ainsi qu'elle voit les choses... lui, je n'en suis pas sûre. Mais c'est exactement ce qu'il lui faut pour l'instant... quelqu'un qui la sorte et lui fasse sentir qu'elle existe. »

Lyn sortait donc avec Pelham Trent. Elle trouvait en lui un compagnon des plus agréables et le meilleur des hôtes. Cela valait mieux que de rester chez soi, à se demander si votre monde ne s'était pas effondré. Quand survenait ce genre de sentiment, il fallait, aussi rapidement que possible, se plonger dans un univers différent du sien. Le sien s'était écroulé — et celui de Philip. Celui d'Anne aussi, peut-être. Mais le monde de Pelham Trent continuait à tourner régulièrement sur son orbite. Monde fait de joie de vivre, où l'on se sentait en sécurité, rempli de rires et de bons moments — danse, cinéma, théâtre, cabaret —, de quoi repousser le plus tard possible le retour dans le désert froid et vide qu'était devenu votre propre univers, jadis si chaleureux.

Parfois, ils ne sortaient pas et restaient à bavarder dans le charmant petit salon de Lilla. Il lui arrivait de jouer aussi. Ses mains plutôt courtaudes, aux doigts forts, se montraient d'une agilité peu banale sur les touches du Steinway demi-queue. Il restait assis à interpréter un morceau après l'autre dans la compagnie des deux femmes. Quand le moment de se quitter arrivait, il prenait quelques secondes la main de Lyndall et lui demandait : « Cela vous a plu ? » « Oui », disait-elle parfois — ou bien elle se contentait d'un regard, car il ne lui était jamais facile de traduire en mots un sentiment profond. Sauf avec Philip, qui, presque à coup sûr, savait deviner ce qu'elle pensait ; alors, parce que les mots étaient inutiles, ils lui venaient facilement.

La musique la faisait pénétrer dans un monde qui n'était ni le sien ni celui de Pelham Trent, bien que son jeu fût la porte qui lui en donnât l'accès. Dans ce monde-là, les sentiments et les émotions étaient sublimés jusqu'à ne plus représenter que l'essence de la beauté, les notes dissipaient le chagrin et le manque trouvait sa consolation. Quand elle en revenait, elle se sentait reposée et régénérée.

En fin de compte, Milly Armitage ne demeura pas à Jocelyn's Holt. Non pas qu'elle préférât décliner l'invitation de Philip, mais elle n'avait jamais répondu avec tant d'empressement à un des appels assez fréquents de sa belle-sœur, Cotty Armitage. Cotty souffrait d'une santé déplorable. Cela faisait vingt-cinq ans qu'elle était la proie de crises régulières sur lesquelles aucun médecin n'avait su mettre un nom. Il en résultait un maximum de désagréments pour sa famille et un minimum d'embarras pour elle. Elle avait poussé un mari dans la tombe, deux de ses filles vers le mariage et conduit la troisième au bord de la dépression nerveuse. Quand Olive était sur le point de basculer, Cotty prenait une plume et du papier pour inviter sa très chère Milly à venir les voir. Et Milly, incapable de résister à son bon cœur, accourait invariablement.

— Bien sûr, ce qu'il lui faudrait vraiment, c'est quelqu'un qui lui rive son clou une fois pour toutes.

— Eh bien, pourquoi n'êtes-vous pas celle-là ? demanda Lilla, avec laquelle elle déjeunait alors que Milly se rendait à l'autre bout de Londres.

— C'est au-dessus de mes forces, ma chère. Mais quelqu'un devrait s'en charger. Chaque fois que je vais là-bas, je décide de lui dire qu'elle a une âme de négrier et qu'Olive est simplement en train de couler, mais je ne le fais pas.

— Et pourquoi ?

— D'abord, Olive ne me remercierait pas. C'est ce qu'il y a de si terrible chez ces gens qui se laissent traiter comme des esclaves... dans le pire des cas, la victime ne veut même pas être libre. Vous savez, Lyndall est partie à temps. Elle a passé deux ans chez Cotty après le décès de ses parents. Ils ont été tués dans un accident de la route quand elle avait neuf ans, et elle a failli en mourir. Elle est sensible, voyez-vous... aucune cuirasse. Les choses ne sont guère faciles pour les gens comme elle. Vous êtes un ange de la prendre chez vous, Lilla.

— J'adore l'avoir chez moi, tante Milly.

Milly Armitage émiettait son pain sans prendre garde au gâchis. Lady Woolton[1] n'aurait pas appré-

1. Allusion à la *Woolton pie,* tourte sans viande, très en

cié, non plus que Milly elle-même si elle avait remarqué ce qu'elle faisait, ce qui n'était pas le cas. Elle voulait dire quelque chose à Lilla, mais ne savait comment s'y prendre. Elle pouvait se montrer chaleureuse, généreuse et d'une gentillesse infinie, mais faire preuve de tact, non. Elle était là à émietter son pain, dans son tailleur de tweed moutarde trop ample, la chevelure en bataille, le chapeau posé de manière comique sur l'oreille.

Lilly, en chandail jaune et courte jupe brune, avait cet air de simplicité élégante qui semble être l'apanage de la femme américaine. Ses boucles sombres brillaient. Tout en elle s'accordait à merveille avec sa personne et avec l'occasion. Elle était d'une élégance minutieuse qui semblait aussi naturelle que celle d'un colibri ou d'une fleur. Il en émanait, tout comme du parfum de la fleur ou du chant de l'oiseau, un sentiment d'amitié qui n'appartenait qu'à elle. Elle eut un petit rire :

— Pourquoi ne vous contentez-vous pas de le dire, tante Milly, sans chercher midi à quatorze heures ?

Milly Armitage parut moins soucieuse. Un grand sourire navré révéla l'état excellent de sa denture.

— C'est ce que j'aurais de mieux à faire, n'est-ce pas ? Personnellement, je ne vois rien de bon à tourner autour du pot, mais les gens semblent d'un avis différent. Ma mère me reprochait toujours de parler étourdiment, et je n'ai pas changé. Si ce qu'on a à dire est plaisant à entendre, à quoi bon prendre des pincettes ? Si ça ne l'est pas, eh bien, cela ne fait pas de mal de s'en débarrasser une

faveur pendant la dernière guerre, alors que le comte de Woolton était ministre du Ravitaillement. *(N.d.T.)*

bonne fois pour toutes. Alors, voilà : Philip et Anne vont venir s'installer à Londres. C'est trop difficile pour lui, ces allers et retours quotidiens. Il en a parlé un soir, au cours du dîner, et, le lendemain, Anne est allée louer un appartement. Si vous me le demandez, ce n'était pas du tout son intention à lui, mais il ne pouvait guère s'y opposer. Bien sûr, elle a agi avec tout le tact nécessaire. Comme le tact et moi ça fait deux, je ne suis pas béate d'admiration devant les gens qui en ont — j'y vois quelque chose de mièvre. Vous savez, on parle tout bas, on se fait toute gentille, on hésite. Elle espérait qu'il serait content. Elle pensait que ce serait terriblement ennuyeux pour lui, en hiver, de devoir faire la navette avec Londres, et, quand elle a entendu parler de cet appartement, elle a compris que c'était une occasion à ne pas laisser filer. Il y avait urgence, quelqu'un d'autre était intéressé, et tout et tout.

Elle grimaça, en manière d'excuse.

— Bon... je ne devrais pas parler d'elle en ces termes, n'est-ce pas ? Mais le fait est que je ne l'ai jamais aimée, et ça ne risque pas de changer.

Lilla la regardait, le menton dans la main, ses yeux bruns perplexes, à peine amusés.

— Pourquoi ne l'aimez-vous pas, tante Milly ?

— Qu'est-ce que j'en sais... c'est comme ça. Pour Philip, c'est une catastrophe... elle l'a toujours été... mais ils auraient pu finir par s'habituer l'un à l'autre s'il n'y avait pas eu cette séparation. Maintenant, quand un homme vient de comprendre qu'il a épousé la femme qui ne lui convenait pas et que, pendant trois ans et demi, il a cru avoir recouvré sa liberté, que croyez-vous qu'il puisse ressentir quand il se retrouve de nouveau dans le pétrin jusqu'au cou ? Même s'il n'était pas aussi épris de Lyn ?

— Il l'aime?

Les yeux bruns paraissaient extrêmement troublés.

Milly Armitage hocha la tête.

— Je suppose que c'est une des choses dont je ne devrais pas parler. Mais c'est la vérité. Et tout allait pour le mieux avant le retour d'Anne. Lyn, c'est la femme qu'il lui faut, et il est l'homme qu'il faut à Lyn. Que croyez-vous qu'il éprouve? Quand j'affirme que je suis heureuse d'aller voir Cotty, je ne saurais mieux dire. Voyez-vous, le pire, dans cette affaire, c'est qu'ils font tous les deux des efforts désespérés... je n'ai jamais connu personne se donnant autant de mal. Anne tente de le reconquérir en se montrant telle qu'elle ne fut jamais. J'en ai la chair de poule à la voir se montrer si gentille, si prévenante et pleine de tact, et tous les efforts de Philip pour se maîtriser et rester poli. Il croit devoir se réconcilier, pour se faire pardonner de ne pas l'avoir reconnue dès l'abord, mais ça lui coûte énormément. Si le ton montait entre eux, ou s'ils avaient une bonne prise de bec, ce serait un soulagement... mais ils continuent à s'appliquer du mieux qu'ils peuvent.

— Cela a l'air horrible, dit Lilla d'une voix peinée.

Milly Armitage fit la grimace qu'on lui avait interdite quand elle avait dix ans. Celle-ci lui donnait une extraordinaire ressemblance avec une grenouille et traduisait mieux que n'importe quel discours le malaise qui régnait au sein du *ménage** Jocelyn.

— Ce sera très difficile à vivre pour Lyn, de les avoir en ville, poursuivit-elle. Elle est toute dévouée à Anne... du moins l'était-elle. Je ne sais ce qu'il en est aujourd'hui, mais elle estimera qu'elle devrait continuer à l'être et elle va se sentir déchirée. Forcément, ils seront amenés à se rencontrer. Je ne pense pas qu'Anne sache quoi que ce soit... je ne pense pas que ça lui vienne à l'esprit. Elle voit Lyn comme elle était avant la guerre... la petite écolière qui s'était entichée d'elle. Et Lyn ne se trahira pas. Elle s'obligera à lui rendre visite, à avoir des rapports amicaux avec elle, parce qu'elle estime que c'est ce qu'elle doit faire et, quand elle pense qu'une chose est juste, elle la fait. Elle n'a pas de cuirasse... elle va souffrir horriblement. Et je ne peux supporter l'idée de la voir souffrir... voilà pourquoi je raconte tout ça.

— Oui ?

Milly Armitage tendit soudain la main.

— C'est la raison pour laquelle je suis si heureuse qu'elle fréquente Pelham Trent. Je ne veux pas dire que je souhaite que cela devienne sérieux... il est un peu âgé pour elle.

— Il n'en a pas l'air.

— Dans les trente-sept ans, dirais-je. Mais cela n'a pas d'importance. C'est un vrai don du ciel, cet homme qui l'admire, qui la sort, qui l'occupe. J'imagine que rien n'en résultera, mais elle l'aime beaucoup et il l'aidera à franchir cette mauvaise passe.

La conversation s'acheva, comme elle avait commencé, sur Pelham Trent.

16

Miss Nellie Collins s'installa dans le coin d'un compartiment vide de troisième classe. Elle espérait avoir de la compagnie — quelqu'un de gentil. Elle n'appréciait vraiment pas de voyager dans un compartiment vide, car, bien entendu, il y avait toujours le risque de voir surgir un voyageur qui ne serait *pas* gentil. Quand elle était petite, elle avait entendu l'histoire d'un cinglé qui était monté dans le train avec une amie de tante Chrissie et l'avait obligée à manger des carottes et des navets tout le long du trajet de Swindon à Bristol — expérience qui avait valu à l'amie de tante Chrissie une très grave dépression nerveuse. Certes, cela s'était déroulé il y avait une bonne cinquantaine d'années et cet omnibus, qui reliait Blackheath à la gare de Waterloo, s'arrêtait trop souvent pour laisser toute liberté d'agir à un vrai cinglé, mais Miss Nellie préférait prendre ses précautions. Elle s'installa, très droite dans son plus beau tailleur, avec son chapeau du dimanche et le col de fourrure qu'elle gardait pour les grandes occasions, car il commençait à perdre ses poils et on ne pouvait pas savoir combien de temps il devrait durer avec l'argent fou que coûtait la fourrure aujourd'hui. Son tailleur était d'un bleu assez vif, car, dans sa jeunesse, quelqu'un avait conseillé à Nellie Collins de porter des vêtements qui s'accordaient à la couleur de ses yeux. Le quelqu'un en question en avait épousé une autre, mais elle était toujours restée fidèle à cette couleur. Son chapeau, il est vrai, était noir. On lui avait inculqué qu'un chapeau noir était un signe de distinction ; certes, il s'enorgueillissait d'un ruban bleu qui n'allait pas réellement avec son tailleur, ce qui n'était pas le cas du petit bouquet qui le décorait. Sous le bord plutôt large, on voyait dépasser des cheveux vaguement crêpés, jadis couleur de blé, mais qui n'avaient plus que l'aspect vieillot et poussiéreux du chaume au mois d'août. Disparu aussi, le teint de pêche qu'elle avait eu jeune fille. Seuls ses yeux étaient encore étonnamment bleus.

Elle commençait à se dire qu'elle n'aurait pas de compagnie quand une demi-douzaine de personnes dépassèrent l'employé qui vérifiait les billets. Deux d'entre elles étaient des hommes. Ils traversèrent le quai et pénétrèrent dans le compartiment le plus proche. Miss Collins poussa un soupir de soulagement, car elle leur avait trouvé l'air un peu trop gai, et l'un d'eux semblait mal assuré sur ses jambes. Ne restaient plus qu'une femme solidement bâtie et deux enfants, ainsi qu'une petite silhouette toute droite, vêtue d'une jaquette noire au col de fourrure qui avait connu des jours meilleurs.

La famille suivit les deux hommes dans le train, mais la petite dame à l'habit démodé continua à longer le quai. Miss Collins se prit à espérer de tout son cœur qu'elle montât avec elle. Elle se permit même de débloquer la fermeture de la portière et d'esquisser une manière de sourire pour détendre son visage. La portière s'ouvrit soudain, au moment où le train démarrait, et la dame en noir entra et prit place dans le coin opposé. Ce faisant, elle croisa le regard aimable de Miss Collins et entendit celle-ci lui dire :

— Il était moins une, vous avez failli le manquer !

La nouvelle passagère était Miss Maud Silver. C'était une ancienne préceptrice, qui, par bien des côtés, en avait gardé l'apparence, même si depuis nombre d'années son élégante carte professionnelle portait, inscrite dans un coin, la mention suivante : *Enquêtes privées.* Se montrer sociable faisait partie de son métier. Sa réussite était due pour beaucoup à la facilité avec laquelle elle entrait en contact avec les gens, car elle ne se montrait ni distante ni exubérante, ce qui eût pu les rebuter. S'il existe un juste milieu entre ces deux extrêmes, disons qu'elle s'y maintenait avec bonheur. C'est d'un ton léger mais amical qu'elle répondit et remarqua qu'il était toujours extrêmement désagréable de rater un train — « mais ma montre ne marche pas, et j'ai dû me fier à l'horloge de la salle à manger de ma nièce, qui, je le crains, n'est pas aussi exacte qu'elle me l'a laissé entendre ».

C'était exactement le genre de propos dont on pouvait être sûr que Miss Collins allait faire son miel.

— Vous étiez chez votre nièce ? Comme c'est charmant !

Miss Silver secoua la tête. Elle portait un chapeau de feutre noir datant d'avant la guerre, mais le ruban en avait été changé et le bouquet de violettes n'avait connu qu'un seul hiver.

— Je n'y ai pas séjourné, précisa-t-elle. J'y suis allée déjeuner et j'aurais été absolument navrée de rater ce train, car je suis invitée à prendre le thé à Londres.

Miss Collins la dévisagea avec envie. D'abord un déjeuner avec une nièce, puis une invitation à prendre le thé — cela semblait on ne peut plus agréable !

— Que c'est charmant ! répéta-t-elle. J'ai souvent imaginé combien ce serait bon d'avoir des nièces auxquelles rendre visite, mais chez nous, nous n'étions que ma sœur et moi, et aucune ne s'est mariée.

Miss Silver toussota.

— Le mariage peut être la meilleure comme la pire des choses.

— Ce doit quand même être très appréciable d'avoir des nièces. Ce n'est pas une aussi grande responsabilité qu'avoir des enfants, si vous me comprenez, mais c'est une relation assez intime pour vous procurer un sentiment d'appartenance.

Miss Silver eut un sourire poli. Si elle avait rendu visite à sa nièce Ethel Burkett, elle aurait eu une réaction plus chaleureuse, mais elle avait toujours été encline à penser que Gladys était une enfant gâtée, et sa visite ce jour-là n'avait rien fait pour infirmer ce jugement. Plus jeune qu'Ethel, et beaucoup plus jolie, Gladys était également bien plus riche, ayant épousé un veuf qui avait le double de son âge et qui dirigeait un cabinet de notaire florissant. Certes, il n'était pas question d'en parler avec une étrangère, mais, en son for intérieur, Miss Silver considérait Gladys comme une personne guère plus fiable que la pendule de sa salle à manger. En outre, elle s'était permis de se montrer condescendante à propos d'Ethel et de son mari, qui était directeur de banque, ainsi qu'avec leurs enfants, auxquels Miss Silver était profondément attachée. Elle ouvrit son sac à main et en sortit la chaussette grise, objet utile s'il en était, qu'elle tricotait pour Johnny Burkett.

— Il est certain, reprit Miss Collins, qu'élever des enfants est une grande responsabilité, qu'ils appartiennent à votre famille ou non. Ma sœur et moi-même avons élevé une petite fille à laquelle, si elle était vivante, j'aurais pu rendre visite... un peu comme si elle avait été ma nièce, voyez-vous.

Miss Silver lui retourna un regard exprimant une sympathie discrète.

— Elle est morte ?

— Je le suppose.

Miss Collins avait hésité. Une légère rougeur apparut sur ses pommettes.

— Voyez-vous, ma sœur et moi nous occupions d'un petit commerce de jolis objets. Je l'ai d'ailleurs gardé — ouvrages d'agrément, quelques jouets et des calendriers pour Noël. Nous étions propriétaires de toute la maison et, quand ma mère est morte, nous avons loué le premier étage — des gens tout à fait tranquilles et convenables, avec une petite fille qui avait entre trois et quatre ans —, oui, tout allait pour le mieux. Nous nous sommes entichées de l'enfant... vous savez comme ça se passe. Et, quand Mrs. Joyce est décédée... ma foi, que pouvions-nous faire ? Il nous était impossible de congédier ce pauvre Mr. Joyce... il était tellement accablé. Disons-le, c'est nous qui avons fini par élever Annie. J'imagine que ça a fait jaser, mais Carrie était beaucoup plus âgée que moi et, après tout... il faut se montrer humain, non ? Parce que, je dois vous dire, personne, parmi les excellentes relations qu'il avait, ne s'est jamais soucié de lui quand il s'est retrouvé dans cette situation.

Les aiguilles de Miss Silver cliquetaient et la chaussette tournait rapidement sur elle-même. Ses yeux trahissaient une attention extrême. Quand Miss Collins s'interrompit, « Mon Dieu ! », lui lança Miss Silver avec sympathie pour l'encourager à poursuivre.

— Jamais personne n'a pris de ses nouvelles, reprit Nellie Collins avec emphase. Lui, il nous en parlait toujours, de ses relations, parce que, voyez-vous, si son père avait été correct avec sa mère, il aurait hérité du titre de baronnet, ainsi que d'un beau domaine, au lieu d'occuper un emploi de bureau dans une compagnie maritime. Oui, vous auriez pu penser que ceux qui en ont hérité à sa place auraient pu s'intéresser un tant soit peu à lui... mais non. Pendant douze ans, il a occupé notre premier étage, et, croyez-moi ou pas, personne n'est entré en relation avec lui, jamais... du moins, pas comme on l'entend s'agissant de gens de votre famille, si vous me suivez bien, personne jusqu'à son dernier souffle.

— Quelqu'un s'est-il manifesté après sa mort ?

Miss Collins rejeta la tête en arrière.

— Une cousine, d'après elle.

Miss Silver toussota légèrement.

— Miss Theresa Jocelyn, je suppose.

— Oh ! s'exclama Miss Collins dans une sorte de hoquet. Mais je n'ai jamais dit... je suis bien sûre que...

Miss Silver sourit.

— Vous avez mentionné le nom de Joyce, et dit que la fillette s'appelait Annie. Pardonnez-moi, mais je n'ai pu m'empêcher de faire le lien. Toute la presse a parlé du retour de Lady Jocelyn, qui avait été considérée comme morte pendant trois ans et demi, et du fait que la personne enterrée à sa place, enfant naturelle d'un membre de la famille et adoptée par Miss Theresa Jocelyn, s'appelait Annie Joyce.

Miss Collins en était complètement retournée.

— Croyez bien que je n'en aurais jamais soufflé mot si j'avais pu penser que... le nom a dû m'échapper. Pour rien au monde je n'aurais dû... surtout après avoir donné ma parole !

— Après avoir donné votre parole ?

Miss Collins confirma de la tête.

— Au gentleman qui m'a téléphoné pour me fixer un rendez-vous avec Lady Jocelyn. Il ne s'est pas présenté et je me suis demandé s'il ne s'agissait pas de Sir Philip... parce que, bien sûr, on lit des choses sur ces baronnets, mais je n'ai jamais parlé à aucun d'entre eux, que je sache, sauf si c'était lui.

Miss Silver lui prêta une attention plus qu'encourageante.

— Je vous en prie, qu'a-t-il dit ?

— Eh bien, voyez-vous, j'avais écrit à Lady Jocelyn... mais n'allez pas croire que c'était pour me faire valoir...

— Je suis certaine que vous en seriez incapable.

Miss Collins la remercia d'un hochement de tête.

— Mais bon, je pensais en avoir le droit, puisque j'avais élevé Annie.

— Que lui écriviez-vous ?

— Je voulais me présenter et disais que j'aurais aimé la rencontrer, si elle était d'accord, à la suite de tout ce que j'avais appris sur cette pauvre Annie. Et, bien sûr, j'ajoutais que j'étais impatiente de connaître sa réponse. C'est alors que ce gentleman m'a appelée. J'ai fait installer le téléphone quand ma sœur est tombée malade. Comme la dame qui loge dorénavant au premier étage paye la moitié de la facture, cela ne revient pas trop cher. Depuis la mort de Carrie, je vous avoue que ça fait de la compagnie, parce qu'on peut appeler ses amis quand on veut. J'avais donc inscrit le numéro du téléphone en haut de la lettre et il m'a appelée, comme je vous l'ai dit. Mais il ne m'a donné aucun nom... il s'est contenté de m'avertir que Lady Jocelyn désirait me rencontrer, et il me demandait si je pourrais me trouver sous l'horloge de Waterloo Station à quatre heures moins le quart, avec un journal dans la main gauche pour qu'elle me reconnaisse.

Le journal était posé à côté d'elle, bien plié. Les yeux de Miss Silver se portèrent vers lui avant de revenir se poser sur le visage de Miss Collins. L'attention qu'elle lui témoignait était particulièrement flatteuse pour celle-ci.

— Mais, comme je le lui ai dit, c'était tout à fait inutile, parce que si Lady Jocelyn ressemble tellement à cette pauvre Annie, au point que Sir Philip ait pu les confondre, eh bien, je pourrais la reconnaître dès que je la verrais. « Oh, vraiment ? », a-t-il alors demandé. « Sans aucun doute, j'ai répondu, parce que j'ai vu une photo de Lady Jocelyn dans un journal et je la reconnaîtrais n'importe où. » À cause de la ressemblance avec Annie, vous comprenez — ce sont les mêmes traits, et c'est une chose qui ne varie pas. Depuis que j'ai commencé à prendre soin d'elle, quand elle avait cinq ans, les traits d'Annie n'ont jamais changé. Voyez-vous, il arrive que certaines fillettes changent considérablement — une année, elles grossissent, l'année suivante, elles maigrissent, et vous avez du mal à vous y retrouver. Pas dans le cas d'Annie... elle avait des traits bien marqués, et ça ne change pas. C'est ce que j'ai dit à ce gentleman : « D'accord, je prendrai un journal, mais ce sera inutile, parce que je la reconnaîtrais n'importe où. »

Miss Silver continuait à la regarder avec grande attention.

— Qu'a-t-il répondu ?

Nellie Collins se pencha en avant. Elle profitait pleinement de ce moment. Elle menait une vie solitaire et Carrie lui manquait beaucoup. Mrs. Smithers, qui logeait dans l'appartement du premier, avait toujours beaucoup d'histoires à raconter, mais elle ne lui prêtait qu'une oreille distraite. Elle avait eu huit enfants, qui tous étaient mariés et vivaient dans divers pays, ce qui fait que le flot de nouvelles sur sa famille ne tarissait jamais — naissances, maladies, fiançailles, accidents, promotions, morts violentes, baptêmes, enterrements, événements heureux ou non, récompenses scolaires, faillite de l'un, liaison désastreuse d'un gendre avec une strip-teaseuse —, cela n'en finissait jamais, au point que Nellie en était parfois découragée. C'était réconfortant de pouvoir raconter une anecdote qui la concernait à cette dame posée et curieuse qui semblait n'avoir d'autre désir que de l'écouter.

Le train s'était déjà arrêté plusieurs fois, mais aucun passager n'était entré dans leur compartiment. Elle se pencha, l'air de vouloir entrer dans les confidences, et dit :

— Eh bien, il m'a demandé si la photo ressemblait beaucoup à Annie et je lui ai dit que oui. Il a alors voulu savoir si je pensais pouvoir faire la différence entre elles — entre Lady Jocelyn et Annie, n'est-ce pas —, et j'ai répondu que non, pas à partir d'une photo, mais que si j'avais l'occasion de les voir en chair et en os, l'une ou l'autre, cela me serait très facile. « Comment ? », a-t-il alors demandé.

« Ça, c'est mon secret ! », je lui ai lancé. Alors il a ri et m'a dit : « Très bien, vous pourrez le confier à Lady Jocelyn quand vous la rencontrerez. » Il m'a eu l'air d'un gentleman tout à fait charmant et je me suis demandé si ce n'était pas Sir Philip. Croyez-vous que cela aurait pu être lui ?

Miss Silver toussota.

— Franchement, je ne saurais vous le dire.

Nellie Collins aurait été fort satisfaite que l'on pût penser qu'elle avait conversé avec un baronnet. Elle fut quelque peu dépitée et continua à bavarder pour ne pas le montrer.

— J'ai estimé que cela pouvait être lui. Peut-être devrais-je demander à Lady Jocelyn quand je la verrai. Qu'en pensez-vous ?

— Oui, certainement.

— Je crois vraiment que c'était lui, car il m'a demandé si j'avais parlé à quelqu'un de ma lettre, puis il m'a priée de ne dire à personne que j'allais la rencontrer. Ils avaient connu des moments horribles à cause des journalistes, m'a-t-il confié. Oui, il aurait pu s'agir de Sir Philip... ne croyez-vous pas ?

La chaussette grise tournait vivement.

— Oui, déclara Miss Silver.

— Alors, bien sûr, j'ai promis de n'en souffler mot à personne, et c'est ce que j'ai fait... pas même à Mrs. Smithers. C'est la dame qui loue mon premier étage dorénavant... celui où vivaient les Joyce. Elle est tout à fait convenable, sauf que c'est une sacrée bavarde, on ne peut pas dire le contraire, et après, tout le monde est au courant.

— Effectivement. Je crois que vous avez été bien avisée de ne pas en parler.

Miss Silver toussota.

— Vous venez d'affirmer que vous étiez absolument sûre de ne jamais confondre Annie Joyce avec Lady Jocelyn. Entendez-vous par là qu'il existe une marque distinctive... quelque chose qui permettrait d'identifier Miss Joyce de manière irréfutable ?

Nellie Collins remua la tête d'une manière qui eût pu ressembler à un hochement si elle y avait mis plus d'ampleur. Mais elle se reprit, pinça les lèvres et se cala sur son siège. Au bout d'un moment elle déclara :

— Je n'ai rien dit du tout à ce propos.

— Oh, non... certes non. Je pensais seulement à la difficulté qu'il y a à identifier quelqu'un de façon indiscutable. Les journaux se sont montrés très discrets, mais il me semble que les membres de la famille n'ont pas été immédiatement convaincus que c'était bel et bien Lady Jocelyn qu'ils retrouvaient parmi eux. Dans ce genre d'affaire, toute connaissance particulière en votre possession pourrait s'avérer capitale.

Pour la première fois depuis des années, Nellie Collins se sentit considérée comme une personne qui comptait. Cela lui monta un peu à la tête. C'est les joues enflammées qu'elle déclara :

— Et c'est pratiquement ce que je lui ai fait comprendre. « Moi, vous ne pourriez pas me rouler, je lui ai dit, en aucun cas. » Il a ri, très charmant, je l'avoue, puis a demandé : « Vous êtes bien catégorique, Miss Collins »... c'est mon nom, Nellie Collins. « Bien sûr que oui », ai-je répondu, mais sans lui expliquer pourquoi. Sauf que c'est tout à fait normal, quand vous avez élevé un enfant depuis l'âge de cinq ans, que vous avez fait sa toilette et l'avez habillé et tout et tout... s'il y a quelque chose de particulier à savoir sur lui, vous le saurez... vous ne croyez pas ?

« Oui, certainement », s'apprêtait à répondre Miss Silver quand le train stoppa de nouveau. Mais, cette fois, il y avait foule sur le quai. Et avant l'arrêt complet, la portière avait été violemment ouverte et plusieurs personnes pénétrèrent dans le compartiment, occupant non seulement les banquettes mais aussi les places debout.

Miss Silver rangea son ouvrage et Nellie Collins ramassa son journal. Toute conversation était devenue impossible.

Mais, quand elles arrivèrent à Waterloo, Miss Collins se retourna sur le quai pour saluer poliment Miss Silver.

— C'est toujours si agréable d'avoir de la compagnie en voyage. Peut-être nous reverrons-nous, si vous retournez voir votre nièce.

Les traits fins et délicats de Miss Silver exprimèrent une réponse courtoise. Il était extrêmement improbable qu'elle renouvelât sa visite à Gladys — pas avant très longtemps, du moins... mais elle n'estima pas nécessaire de le préciser.

— J'habite tout près de la gare. N'importe qui peut vous indiquer l'adresse — *The Lady Workbox* — rideaux lavande et bleu. Je m'appelle Collins... Nellie Collins.

Miss Silver n'eut d'autre choix que de lui rendre la pareille et, aussitôt, Nellie Collins ouvrit son sac et en tira du papier et un crayon.

— Je vous en prie, écrivez-le-moi. J'ai tellement de mal à me souvenir des noms !

Ce que fit Miss Silver, d'une écriture claire et lisible. Après réflexion, elle ajouta son adresse : 15, Montague Mansions, West Leaham St.

Miss Collins rangea le bout de papier derrière le petit miroir placé dans une poche latérale de son sac. Après quoi, elle lui serra la main avec beaucoup d'émotion.

— J'espère vraiment que nous nous reverrons !

Miss Silver ne dit rien. Elle était quelque peu soucieuse en gagnant l'extrémité du quai pour rendre son ticket. Quelque part devant elle, parmi la foule, elle pouvait distinguer le bouquet de fleurs bleu vif du chapeau de Nellie Collins. Il surgissait, disparaissait, réapparaissait comme un objet dansant sur les vagues. Elle finit par le perdre de vue. Il y avait vraiment une foule considérable — et l'on remarquait bon nombre de soldats américains si sympathiques, et des Canadiens, ou des marins français avec leurs bérets à pompon rouge si seyants, qui ressemblaient plutôt à des bérets écossais. Des Polonais aussi — étonnant comme leur peau était hâlée, avec des cheveux si blonds. Très cosmopolite, très intéressant, tout cela. Elle leva les yeux vers l'horloge et vit qu'il était déjà quatre heures moins dix. Abaissant le regard, elle surprit pour la dernière fois une tache de bleu dans la cohue. C'était peut-être le bouquet de fleurs du chapeau de Nellie Collins, peut-être pas. Elle ne le saurait jamais.

17

Miss Silver poursuivit son chemin. Le plaisir qu'elle éprouvait à l'idée d'aller prendre le thé était un peu atténué par un sentiment qu'elle ne parvenait pas à préciser. Il n'est pas exagéré de dire que Miss Nellie Collins l'avait beaucoup intéressée et elle aurait aimé être témoin de sa rencontre avec Lady Jocelyn. C'était ça le pire quand on était de petite taille — on ne pouvait voir très loin dans une foule, l'horizon était tristement limité. Miss Silver n'aurait jamais admis devant un tiers que son manque de centimètres constituait un handicap. En fait, c'est seulement quand elle était dans la foule qu'elle le reconnaissait. En toute autre circonstance, son port digne le lui faisait oublier.

Elle entra dans une pièce où trois ou quatre personnes conversaient et fut chaudement reçue par son hôtesse, Janice Albany, qui, naguère, s'appelait Janice Meade.

— Il ne faut jamais compter sur Garth pour le thé, mais il vous demande de penser à lui et il est désolé de vous avoir manquée... Mr. et Mrs. Murgatroyd... et Lyndall Armitage... un genre de cousine.

Les Murgatroyd étaient véritablement d'une taille

imposante. Mr. Murgatroyd affichait un air jovial. C'est en riant qu'il demanda :

— Une cousine de quel genre, Mrs. Albany ?

Janice aussi se mit à rire. Sa chevelure courte et bouclée reflétait la lumière et s'accordait parfaitement à la couleur de ses yeux.

— Du genre qu'on dit être une parente très proche quand on l'aime, et Lyn nous est très proche.

Miss Silver serra les mains qu'on lui tendait et commença à prendre poliment des nouvelles du colonel Albany, ainsi que du bébé de six mois baptisé Michael, en l'honneur de l'inventeur du harschite[1], et de la tante du colonel, Miss Sophy Fell. Il apparut que Garth allait bien et était très pris par son travail au ministère de la Guerre — « Bien sûr, il rentre à des heures indues » — et que Michael était à Bourne avec Miss Sophy. « Cela vaut mieux pour lui que de vivre à Londres. Quant à moi, je fais la navette. J'ai la chance d'avoir pu conserver ma bonne vieille nounou, ce qui me permet de travailler à mi-temps tout en tenant Garth à l'œil. »

Deux ou trois autres invités entrèrent. Miss Silver se retrouva assise près de Lyndall et c'est de la manière la plus naturelle du monde qu'elle apprit très rapidement que Miss Armitage faisait partie des Wrens, qu'elle avait été souffrante et était actuellement en congé maladie — « mais j'aimerais tellement retourner travailler ! ».

Miss Silver avait un faible pour les jeunes femmes. Elle considéra Lyndall avec tendresse et lui dit :

1. Invention due au personnage créé par Patricia Wentworth, Michael Harsch, qui apparaît pour la première fois dans *Le Mystère de la clef*, 10/18, n° 2709. *(N.d.T.)*

— Vous devriez néanmoins profiter au mieux de votre congé. Les moments que l'on passe agréablement sont étonnamment courts, ne trouvez-vous pas ?

— Oui, c'est vrai.

Miss Silver devina que, pour Lyndall Armitage, le temps ne passait ni agréablement ni rapidement. Elle était pâlichonne et avait les yeux cernés. Certes, elle relevait de maladie, mais, chez une femme jeune, cela ne suffisait pas à expliquer ce regard souffrant. Miss Silver en fut désolée.

— Vous demeurez chez des amis ? s'enquit-elle.

— Chez une cousine. Enfin, je ne crois pas que ce soit réellement une cousine, mais la tante qui m'a élevée est également sa tante, car Lilla a épousé son neveu, Perry Jocelyn.

Parvenue à ce point de son explication, elle s'interrompit, eut un sourire timide, et dit :

— Tout cela semble horriblement compliqué, n'est-ce pas ?

Miss Silver lui répondit d'une voix enjouée :

— Les relations familiales sont toujours difficiles à comprendre pour un étranger. Avez-vous dit que votre cousin s'appelait Jocelyn ?

— Oui.

— Mon Dieu ! Quelle coïncidence ! Savez-vous qu'aujourd'hui je suis revenue à Londres en compagnie d'une certaine Miss Collins qui avait rendez-vous avec Lady Jocelyn ?

Lyndall sembla surprise et même un peu interloquée.

— *Lady Jocelyn ?*

Miss Silver toussota, avec un soupçon de désapprobation.

— Serait-elle aussi une de vos parentes ?

— Oui... c'est la femme de mon cousin Philip.

C'était dit de manière on ne peut plus simple, pourtant. à peine les mots avaient-ils franchi ses lèvres que Lyndall sentit qu'ils n'exprimaient pas la vérité. Philip n'était pas plus son cousin que Perry, mais, alors qu'il était assez aisé de situer Perry, il lui sembla impossible d'en faire autant pour Philip. Il n'y avait pas de relation de cousinage entre eux, cependant, si l'on excluait ce seul lien, d'autres, bien plus nombreux, demeuraient. Elle était incapable de prononcer son nom sans éprouver un pincement au cœur.

Miss Silver, qui l'observait avec attention, fut consciente d'un sentiment douloureux qui disparut aussitôt, avec un infime tressaillement. Quelqu'un de moins observateur, de moins sensible à l'atmosphère, n'aurait rien remarqué. C'était une réaction aussi légère que fugitive — non pas, songea-t-elle, parce qu'elle était de nature éphémère, mais parce que son interlocutrice avait une grande capacité à se maîtriser.

Presque comme si de rien n'était, Lyndall poursuivit :

— Mais Anne n'avait rendez-vous avec personne aujourd'hui... du moins, je ne sais pas comment elle aurait fait. Ils sont en train d'emménager dans un appartement, à Tenterden Gardens. Elle devait monter de Jocelyn's Holt cet après-midi, après avoir expédié des affaires. Lilla Jocelyn, la cousine chez qui je loge, est allée l'aider à défaire ses bagages. Je ne vois pas comment elle aurait pu avoir rendez-vous avec Miss Collins.

— Miss Collins ne doutait pas de rencontrer Lady Jocelyn...

Miss Silver fit une pause avant d'ajouter :

— ... sous l'horloge de Waterloo.

Lyndall la considéra d'un air absent. Il lui semblait avoir raté une marche dans le noir. Elle était estomaquée, à tel point qu'elle se demanda où elle était... oui, ni plus ni moins. Elle eut la vision d'un fin rai de lumière courant le long d'une porte. La porte n'était pas tout à fait close et le rai descendait jusqu'en bas, comme un fil doré. Elle entendit une voix qui disait : « Vous feriez mieux de me laisser écrire à Nellie Collins. » Cela ressemblait à la voix d'Anne, mais elle n'en était pas certaine — elle ne pouvait en dire plus. Et un homme répondait : « Ce n'est pas à vous d'en juger. » Le sentiment incompréhensible de peur et de honte qui l'avait saisie dans le couloir, derrière le salon de coiffure, l'envahit de nouveau. Elle ne put s'empêcher de frissonner et proposa :

— Laissez-moi remplir votre tasse, s'il vous plaît.

Sur ce, quelqu'un d'autre entra. Elle n'eut plus l'occasion de se rasseoir près de Miss Silver. Mrs. Murgatroyd l'intercepta comme elle passait à sa hauteur. Rien ne faisait jamais autant plaisir à Mrs. Murgatroyd que de trouver une oreille prête à écouter ce qu'elle avait à dire sur sa fille Edith et le bébé, tout à fait extraordinaire, de cette dernière.

On supposait qu'Edith était également pourvue d'un mari, mais jamais il n'apparaissait dans la conversation. Il n'y en avait que pour Edith, le teint d'Edith, son visage, ses talents, et tout ce qu'elle faisait — son merveilleux bébé, son teint, ses talents, et tout ce qu'il faisait — ce qu'avait dit Sir Ponsonby Canning lors du premier bal d'Edith — ce qu'avait dit le capitaine Wilmot quand il l'avait demandée en mariage alors qu'il lui avait été présenté depuis moins d'une demi-heure — ce qu'Amory avait dit quand il avait proposé de faire son portrait. Et cela n'en finissait pas, les mots coulaient, gentiment, interminablement, et vous n'aviez d'autre choix que d'apprécier et de vous exclamer, de temps à autre, « Comme c'est merveilleux ! ». Lyndall avait eu maintes fois l'occasion d'en faire les frais. À vrai dire, elle semblait avoir toujours connu les Murgatroyd, et ne se rappelait pas une seule journée au cours de laquelle Mrs. Murgatroyd ne lui eût pas parlé d'Edith. La seule différence notable était la suivante : au fur et à mesure que Mr. et Mrs. Murgatroyd prenaient du poids, année après année, les qualités d'Edith augmentaient d'autant.

Lyndall se contentait de fixer attentivement le visage de Mrs. Murgatroyd, un visage large, rond et pâle qui parfois lui rappelait un peu trop une crêpe épaisse.

Mrs. Murgatroyd voyait en elle une très bonne auditrice. Grande était l'affection qu'elle éprouvait pour Lyndall et elle lui tapotait la main très gentiment quand Pelham Trent apparut pour l'emmener voir *The Dancing Years*.

18

Les Jocelyn avaient loué un appartement meublé. Ils emménagèrent avec presque autant de naturel que s'ils en avaient été propriétaires et le retrouvaient après une brève absence. Philip, profondément malheureux, l'esprit sans cesse préoccupé par un emploi nouveau et absorbant, fut cependant incapable de s'ôter de l'esprit que trois années et demie passées dans un village français avaient développé chez Anne un talent d'organisatrice qu'il aurait été bien en peine d'imaginer. La jeune fille qui avait pour habitude de jeter son chapeau, son manteau et son écharpe où bon lui semblait s'était muée en une femme qui, avec un minimum de gestes, savait tenir une maison propre et en ordre — la jeune fille tout juste bonne à mettre une bouilloire sur le feu, éventuellement à préparer des œufs durs ou des pommes de terre, était devenue une femme capable de concocter d'excellents repas à partir des ingrédients disponibles par ces temps de guerre. Quand il proposa de faire venir Mrs. Ramage, elle ne voulut pas en entendre parler :

— Elle serait horriblement malheureuse. Et c'est inutile... je sais cuisiner.

— Depuis quand ? interrogea Philip.

Le regard limpide de ses yeux gris se posa sur lui :

— Depuis que j'ai vécu en France, chéri. Le pays idéal pour apprendre, non ?

Cette scène touchante lui laissa un drôle de goût dans la bouche — presque indéfinissable, certes, mais son palais en garda longuement la saveur. Pour le reste, le quotidien était moins pénible qu'à Jocelyn's Holt. Ils n'étaient pas obligés de rester assis côte à côte, dans une horrible parodie de *solitude à deux**. Presque toujours, il rapportait du travail à terminer chez lui — parfois il revenait en compagnie d'un collègue. Anne, elle, allait voir ses amis. Elle téléphonait souvent, invitant l'un à venir déjeuner, l'autre pour le thé — reprenant le cours d'une vie interrompue quatre années auparavant. Toutes ces activités constituaient un grand soulagement pour Philip. Plus la vie d'Anne était remplie, plus leurs relations en étaient facilitées. Il désirait moins que tout au monde la voir s'intéresser à sa personne ou à son travail. Que celui-ci fût hautement confidentiel et ne pût fournir l'occasion d'en discuter n'affectait guère leurs rapports, car, de toute façon, il n'aurait en aucun cas soufflé mot d'un domaine strictement privé.

Malheureusement, Anne ne semblait pas s'en rendre compte. Il se demandait si son éducation n'avait pas tourné autour de cette maxime : « Il faut toujours parler aux hommes de leur métier... ils en sont ravis. » D'après ce qu'il savait de sa mère, elle était bien le genre de femme à répéter une telle affirmation. Il finit par être obligé d'adopter un ton ferme :

— Je ne peux pas parler de mon travail... d'ailleurs, ça t'ennuierait à mourir.

Elle sembla quelque peu réprobatrice.

— Oh, non... certainement pas. Mais... veux-tu dire que... c'est... secret ?

Elle le vit froncer les sourcils.

— Comme l'essentiel des activités de l'état-major, dit-il d'une voix maîtrisée. En outre, j'y passe la journée. Je n'aimerais pas en parler, même si c'était aussi public que Hyde Park.

— Je croyais que les hommes aimaient parler de leur travail.

Il tourna une page du *Times*, sans répondre.

Cet échange eut lieu lors de leur première soirée dans l'appartement. Ce fut également ce soir-là que Nellie Collins ne reparut pas chez elle.

Au matin, Mrs. Smithers appela la police.

— Ma logeuse, Miss Collins... elle n'est pas rentrée chez elle. Je ne sais vraiment pas quoi en penser.

Au poste de police, en bon père de famille qu'il était, le sergent Brown chercha à calmer les choses.

— Depuis combien de temps est-elle partie ?

— Depuis hier après-midi ! lança Mrs. Smithers d'un ton hargneux. C'est aussi inconvenant qu'injustifié... m'abandonner comme ça, seule dans la maison ! Et la boutique est fermée, et c'est pas à moi de l'ouvrir, bien sûr, ni de rentrer le lait, sauf que, vu que c'est la guerre, faut pas compter sur moi pour le laisser se perdre !

— Assurément, répondit le sergent Brown.

Et puis :

— Quand dites-vous qu'elle est partie, déjà ?

— Hier en début d'après-midi. Elle a mis son plus beau tailleur et m'a annoncé qu'elle allait voir une amie. Pas un mot pour me prévenir qu'elle ne revenait pas, ou pour que je ne m'inquiète pas si elle restait à Londres... rien du tout ! Maintenant, il est dix heures, et j'ignore toujours où elle se trouve ou quand elle rentrera, et j'estime que ce n'est pas une façon de me traiter !

Mrs. Smithers semblait tellement contrariée que le sergent Brown se surprit à prononcer le mot « accident ».

— Elle a pu avoir un accident.

— Dans cas, pourquoi elle ne prévient pas ? s'exclama Mrs. Smithers de très méchante humeur.

Quand le sergent Brown raccrocha, il se sentit plutôt désolé pour Miss Collins. Il lui faudrait pouvoir invoquer un accident vraiment sérieux pour amadouer Mrs. Smithers. Il téléphona aux hôpitaux londoniens. Quand il apparut qu'aucun n'avait de nouvelles à lui donner sur une dame d'un certain âge vêtue d'un tailleur bleu vif et d'un chapeau noir avec un bouquet de fleurs bleues, il appela Scotland Yard.

19

Miss Silver avait pour habitude de se montrer religieusement et sincèrement reconnaissante non seulement pour le succès que remportait son activité professionnelle, mais aussi pour le modeste confort que lui avait apporté cette réussite. Une part de sa gratitude était due au fait qu'elle considérait comme un privilège de s'opposer aux forces du mal et de servir la justice, mot qu'elle aurait sans aucun doute écrit avec une majuscule. Son travail lui avait fourni maintes fois l'occasion de protéger les innocents ou d'œuvrer pour leur bon droit. Elle aimait à se souvenir avec bienveillance de ces affaires. Garth et Janice Albany avaient fait partie des protagonistes de l'une d'elles.

Le lendemain de son expédition à Blackheath, Miss Silver était assise près d'un beau feu de cheminée, dans son appartement de Montague Mansions. Elle avait presque achevé la paire de chaussettes destinée à Johnny Burkett, qu'elle tricotait dans le train, la veille. Celle-ci terminée, elle en commencerait une autre, car elle en avait promis trois paires avant Noël à sa nièce Ethel. Elle se félicitait d'avoir eu la bonne idée de stocker en grande quantité de cette excellente laine avant l'instauration du système des coupons. Non pas qu'elle eût rien prévu de semblable — oh, certes non ! — mais elle se souvenait trop bien du prix de la laine pendant et juste après la dernière guerre, et avait pris ses précautions en conséquence. Dès lors, tricoter des chaussettes pour Johnny ne lui donnait pas le sentiment de défavoriser ses frères, Derek et le petit Roger, qui eux aussi en auraient besoin pour l'hiver.

Tout en travaillant, elle considéra la pièce autour d'elle d'un air satisfait. Elle démontrait un goût sûr et était aussi agréable que confortable. La couleur dominante était le bleu, une variété de bleu qui datait de la jeunesse de Miss Silver et qu'on appelait le bleu paon. Les rideaux de velours, si faciles à nettoyer, et qu'elle n'avait pas encore tirés ; le tapis, disposé de telle sorte que la partie usagée restât dissimulée sous le meuble de la bibliothèque ; la tapisserie des fauteuils victoriens, aux pieds en noyer finement ciselé — tout était dans ces tons. Le grand bureau professionnel, disposant de deux rangées de tiroirs, était du même bois jaune brillant que les fauteuils et cette couleur se retrouvait sur les cadres d'érable des gravures qui décoraient les murs — *Bulles, L'Éveil de l'âme, Le Brunswicker noir, Le Souverain du val.* Une autre sélection de ces œuvres victoriennes, qui avaient sa prédilection, se trouvait dans sa chambre ; pour éviter la monotonie, il lui arrivait de les accrocher dans l'une ou l'autre pièce. Sur le manteau de la cheminée, le haut de la bibliothèque et le guéridon entre les deux fenêtres, on apercevait d'innombrables photographies, la plupart dans des cadres d'argent ou d'argent filigrané sur velours. On reconnaissait de nombreux bébés, ainsi que des jeunes mères, et une ribambelle de garçonnets et de fillettes, avec, parfois, un grand jeune homme en uniforme — certains étaient des membres de sa famille, mais beaucoup d'autres des personnes qu'elle avait aidées lors d'une de ses croisades pour la Justice, et dont les enfants auraient pu ne jamais voir le jour si elle n'était pas intervenue. Mieux qu'une galerie de portraits, c'était la preuve éclatante de sa réussite.

Vêtue d'une robe d'intérieur, Miss Silver, quant à elle, avait une chevelure largement grisonnante, ramenée en une sorte de chignon impeccable sur la nuque, avec, sur le front, une frange très bouclée qui se terminait en pointe entre les sourcils, à la façon de feu la reine Alexandra. Passée de mode depuis plus d'une trentaine d'années, cette coupe connaissait de nouveau une certaine vogue, mais, qu'elle fût ou non dans l'air du temps, Miss Silver continuait à coiffer ainsi ses cheveux, l'ensemble étant maintenu par une résille invisible. Sa robe en laine était de couleur vert olive, agrémentée à hauteur du cou par une modestie en tulle, avec un col renforcé de petites baleines. Tout en étant d'une longueur qui respectait les convenances, la robe laissait entrevoir des chevilles plutôt fines, des pieds emmitouflés dans des bas de laine noire et des chaussons ornés de perles dont elle était la seule à connaître l'origine. En outre, elle était fermée sur le devant par une rose en chêne des tourbières sertie d'une perle. Un pince-nez, qui lui servait occasionnellement pour déchiffrer des caractères minuscules, était accroché à une fine chaînette en or, mais, comme elle l'utilisait peu, il pendait du côté gauche de la robe, maintenu par une broche démodée décorée de quelques perles.

Lorsque la sonnerie du téléphone retentit, elle posa la chaussette de Johnny sur le bras du fauteuil et se dirigea vers son bureau. Comme elle approchait l'écouteur de son oreille, elle entendit une voix familière prononcer son nom.

— Miss Silver... c'est vous ? Ici, l'inspecteur Abbott, de Scotland Yard. Pourrais-je passer vous voir ?

— Mais certainement, répondit-elle d'un ton cordial.

— Cela vous conviendrait-il, maintenant ?

— Tout à fait.

Elle avait tricoté deux centimètres supplémentaires quand l'inspecteur Abbott fut introduit et accueilli comme s'il s'était agi d'un jeune parent très apprécié. Il était évident qu'il éprouvait pour Miss Silver autant de respect que d'affection. Devant elle, et devant quelques rares élus, la superbe qu'il affichait généralement se muait en une véritable admiration. Son regard d'un bleu glacial prenait un reflet chaleureux. Pour le reste, c'était un grand jeune homme élégant, pur produit de l'enseignement privé et de la nouvelle École de Police. Ses plus anciens amis continuaient à l'appeler Schlingo, surnom que lui avait valu l'usage immodéré de la brillantine lors de sa scolarité. Il portait toujours les cheveux relativement longs et impeccablement lissés en arrière. Son costume noir était admirablement coupé et le cirage de ses chaussures était immaculé. En public, Miss Silver se serait adressée à lui par son grade, mais, dans l'intimité de son appartement, il devenait « Mon cher Frank ». Si ce jeune homme plein d'avenir, étoile montante de Scotland Yard, lui vouait une vénération non dénuée d'humour, elle-même le considérait comme un élève très prometteur.

Après force salutations, chacun prit place dans un

fauteuil. Miss Silver retourna à son ouvrage avant de s'enquérir de la raison de sa visite.

— Que puis-je pour vous, Frank ?

— Je ne sais pas, répondit celui-ci.

Puis il ajouta :

— Quelque chose, je l'espère... beaucoup, peut-être... ou peut-être pas.

Il sortit son portefeuille, y prit un morceau de papier et se pencha en avant pour le déposer sur un genou de Miss Silver.

— Le reconnaissez-vous ?

Miss Silver mit son ouvrage de côté et ramassa le bout de papier. Il avait la forme d'un triangle ; sa base, plus ou moins déchirée, mesurait moins de cinq centimètres, les deux autres côtés étant plutôt droits. À l'évidence, il s'agissait du coin d'une feuille de carnet qui avait été arrachée. Le côté qu'elle étudiait était vierge. Elle le tourna et, au-dessus du bord inférieur, elle distingua les syllabes suivantes, disposées les unes sous les autres : — ver ; — sions ; — ham St. Elle considéra le tout avec une extrême attention. Le reste était maculé de boue.

— Eh bien ? demanda Frank Abbott.

Miss Silver toussota.

— Il s'agit de mon nom, de mon adresse et de mon écriture. Vous ne seriez pas là si vous ne les aviez pas reconnus.

Il hocha la tête.

— Vous les avez notés pour quelqu'un. Vous souvenez-vous de qui ?

Elle avait repris son ouvrage. Le bout de papier était resté sur son genou et son regard demeurait posé dessus tandis que les aiguilles cliquetaient.

— Oh, certainement.

— Vous en êtes tout à fait sûre?

Elle toussota, exprimant un léger reproche.

— Je ne vous dirais pas que je m'en souviens si je n'en étais pas certaine.

— Non, je le sais. Mais c'est important. Voudriez-vous me dire à qui vous avez communiqué cette adresse, quand et dans quelles circonstances?

Le regard attentif de Miss Silver alla du triangle de papier à son visage.

— Hier, je me suis rendue à Blackheath. Lors du retour, je me suis retrouvée seule dans un compartiment avec une certaine Miss Collins... Miss Nellie Collins. Elle m'a raconté qu'elle tenait une petite boutique d'ouvrages d'agrément non loin de la gare de Blackheath et qu'elle allait à Londres pour rencontrer une personne qui, espérait-elle, pourrait lui donner des nouvelles d'une jeune femme dont elle s'était occupée enfant, et qu'elle croyait maintenant décédée. Elle avait rendez-vous avec cette personne à quatre heures moins le quart, à Waterloo. Quand nous nous sommes quittées, elle m'a invitée à venir lui rendre visite si je repassais à Blackheath. C'est à ce moment que je lui ai donné mon nom. Elle m'a demandé de le lui écrire, ce que j'ai fait. Que lui est-il arrivé, Frank?

— Vous avez ajouté votre adresse, dit-il. Pourquoi? Aviez-vous une raison personnelle... ou professionnelle?

— Pourquoi cette question?

Un éclair passa dans les yeux bleu pâle.

— Parce que j'aimerais savoir si vous avez communiqué vos nom et adresse à une inconnue par intérêt pour elle, et désir de la revoir, ou parce que vous pensiez qu'elle pourrait avoir besoin d'une aide professionnelle.

Miss Silver toussota.

— Je crois que ce n'était pas aussi clair que cela. Dites-moi, je vous prie, si cette pauvre femme est morte.

— Je le crains. Pour l'heure, on n'a pas encore identifié le corps. J'ai peur de devoir vous demander...

Miss Silver inclina la tête.

— Est-ce la meilleure façon de procéder? Réfléchissez-y. Elle m'a donné son adresse et a mentionné celui de sa locataire... Mrs. Smithers. Il vaudrait mieux qu'elle soit officiellement identifiée par celle-ci. Bien sûr, je ne refuse pas d'identifier la femme avec laquelle j'ai voyagé, mais il serait plus sage que les choses se passent en privé, dans l'intérêt de la police. Je crois que nous sommes peut-être confrontés à une affaire très grave, Frank. J'aimerais que vous m'en disiez un peu plus. Où a-t-on retrouvé le corps et où était ce bout de papier?

— Vous lui avez écrit vos nom et adresse sur un bout de papier. Avez-vous vu où elle l'a rangé?

— Certainement. Elle a ouvert son sac, l'a plié et l'a inséré dans une poche, derrière un petit miroir. Dites-moi, est-ce là qu'on l'a découvert?

L'inspecteur Abbott laissa aussi cette question en suspens.

— Ce matin, votre Mrs. Smithers a appelé le poste de police local. Celui-ci nous a prévenus et fourni une description de Mrs. Collins, ainsi que de ses vêtements. Elle ne se trouvait dans aucun hôpital londonien. Mrs. Smithers, qui a donné l'alerte, affirmait que Miss Collins était allée rencontrer une amie. Elle aurait pu décider, sur un coup de tête, de demeurer avec elle. Cela ne regardait pas Mrs. Smithers. Elle avait sa clef et se débrouillait très bien. À l'évidence, les habitants de Blackheath croyaient que Miss Collins était partie en virée. Cela arrive tous les jours et les gens qui agissent ainsi ne comprennent pas pourquoi on devrait se fâcher ou s'inquiéter à cause d'eux. Bref, vers la fin de l'après-midi, nous avons reçu un rapport en provenance de Ruislip.

Miss Silver répéta ce nom d'un ton interrogateur.

— Ruislip ?

— Sur la ligne de Harrow.

— Je le sais, Frank. Quel genre de rapport, je vous prie ?

— Accident de la circulation. Un corps retrouvé dans un chemin... une femme entre deux âges, en tailleur bleu... avec un chapeau cabossé décoré d'un bouquet de fleurs bleues. Écrasée... le véhicule lui était passé sur le corps. Comme il y avait du verglas, aucune empreinte de pneus identifiable. Pour le médecin de la police, la mort remontait au moins à douze heures. Le chemin est très isolé et peu fréquenté. Il n'est pas du tout exclu que le corps soit resté sur place pendant tout ce temps. Il a été aperçu par un petit livreur de journaux. Il passait à vélo pour aller chercher son paquet. Il dit n'avoir touché à rien. Il a juste sauté de son vélo pour se rendre compte avant de filer vers le poste de police, où il est arrivé à sept heures trente.

Il fit une pause.

Miss Silver avait cessé de tricoter.

— Poursuivez, dit-elle.

— Le corps était au milieu du chemin, en diagonale, un peu sur la gauche. Le visage tourné vers le sol, les mains projetées en avant... une attitude très naturelle. Le chapeau se trouvait à environ un mètre sur sa droite. Le sac, à gauche du corps, assez près.

Dedans, un mouchoir, un crayon fantaisie et un porte-monnaie contenant un billet d'une livre, une pièce de onze pence et une de six en argent, de la menue monnaie, plus la moitié retour d'un ticket de troisième pour Ruislip...

Miss Silver l'interrompit

— Dans quelle direction semblait-elle se diriger... allait-elle vers la gare de Ruislip ou s'en éloignait-elle ?

— Elle s'en éloignait. Le chemin où on l'a découverte est à un kilomètre et demi. Pour en revenir au sac à main, dans une poche latérale se trouvait un miroir cassé et rien d'autre, apparemment. Mais l'agent qui le maniait s'est coupé le doigt sur un éclat de verre et a préféré tout vider. C'est alors qu'il a trouvé ce bout de papier.

Il y eut quelques secondes de silence. Miss Silver reprit son ouvrage.

Frank Abbott continua sa narration. Si elle voulait intervenir, elle le ferait, dans le cas contraire, il était inutile d'attendre — il la connaissait, sa Miss Silver.

— Les bribes de mots sur le papier m'ont fait penser à vous, même avant de reconnaître votre écriture. Lamb m'a demandé de passer vous voir.

Miss Silver inclina la tête.

— J'espère que l'inspecteur principal Lamb va bien ?

Frank eut, l'espace d'un instant, la vision de son supérieur qui le regardait d'un air exaspéré, les yeux comme des boules de gomme à la menthe, et qui lui lançait, d'une voix encore plus exaspérée : « Qu'elle aille au diable, cette bonne femme ! Est-ce qu'on ne pourrait pas avoir ne serait-ce qu'un accident de la route dans le Middlesex sans qu'elle surgisse au beau milieu ? Ça va, allez donc la voir si ça vous chante... et je vous parie que vous reviendrez bredouille et la queue basse ! »

Il repoussa cette vision plaisante et assura à Miss Silver que son chef était dans une forme excellente.

— C'est un homme de valeur, dit-elle, tricotant rapidement.

Elle posa alors une autre question :

— Comment pensez-vous que s'est déchiré le coin du feuillet sur lequel j'ai écrit mon adresse ?

— Quelle était la taille de l'original ?

— La moitié d'une petite feuille de carnet, qu'elle avait prise dans son sac.

— Vous l'avez vue la ranger dans la pochette derrière le miroir. Avez-vous remarqué si celui-ci était brisé à ce moment-là ?

— Je ne saurais le dire. Le bord supérieur était intact, mais ces petits miroirs sont très fragiles... ils ne durent sûrement pas longtemps. Quant au sac, il n'était pas du tout récent. Elle s'en servait sans aucun doute avant la guerre, on n'en trouve plus de semblables, de nos jours. Je crois donc qu'il est fort probable que le miroir était cassé.

— Auquel cas le coin de la feuille aurait pu y rester accroché et se déchirer quand on l'a retirée. Mais ne l'aurait-on pas remarqué ?

Les aiguilles de Miss Silver cliquetaient.

— Qui, Frank ?

— La personne qui estimait que cela valait la peine de s'emparer de ce papier. Elle n'aurait pu manquer de s'apercevoir qu'il manquait un coin... n'est-ce pas ?

— Sauf si cela s'est passé dans le noir.

Frank Abbott émit un sifflement.

— Vous voulez dire, après l'accident?

— Après le meurtre, corrigea Miss Silver.

Cette fois, il ne siffla pas. Les yeux d'un bleu glacial s'étrécirent un peu.

— Le meurtre? s'étonna-t-il.

— Absolument.

— Qu'est-ce qui vous amène à le penser?

Miss Silver toussota.

— N'y avez-vous pas songé vous-même?

— Rien n'aurait pu me le suggérer.

Elle sourit.

— Avez-vous l'habitude de discuter aussi longtemps à propos d'un vulgaire accident de la route?

— Peut-être pas. C'est à cause de votre écriture que j'ai décidé de vous voir et, à peine avions-nous commencé à parler, j'ai été à peu près sûr que vous me réserviez une petite surprise.

Avec un changement d'expression infime, Miss Silver laissa entendre qu'elle n'était pas exactement satisfaite de cette manière de formuler les choses.

Frank Abbott lui décocha un sourire doucereux.

— C'est le cas... n'est-ce pas?

La chaussette de Johnny tournait rapidement.

— Miss Collins s'est montrée bavarde dans le train, reprit Miss Silver. Nous disposions de tout le compartiment. Elle m'a donné le nom de la personne qu'elle allait rencontrer. Elle m'a également appris qu'elle avait promis de ne révéler cette information à personne. Cela peut vous sembler étrange qu'elle en fasse l'aveu à une inconnue, mais, ayant laissé étourdiment échapper un autre nom... un nom qu'elle n'avait aucune raison de supposer que je le reconnaîtrais...

— Ce qui fut le cas?

— Oui. Et, quand elle l'a compris, elle a dû se dire, à mon avis, que cela n'avait plus d'importance qu'elle m'en parle ou non.

— Quel nom avait-elle mentionné ?

Miss Silver s'efforça de parler lentement, avec précision.

— Elle m'a raconté que, pendant quelques années, elle s'était occupée d'une petite fille. À la mort du père, quand l'enfant avait quinze ans, elle fut recueillie par un membre de la famille avec laquelle elle était liée illégitimement. Cela devait se passer il y a dix ou onze ans. C'est au moment où elle m'en parlait que le nom de Joyce s'est glissé dans la conversation, ainsi que celui de l'enfant, Annie.

Le visage de Frank Abbott changea du tout au tout.

Miss Silver toussota.

— Je vois que ce nom vous suggère la même chose qu'à moi : Annie Joyce. Miss Collins n'a pas mentionné les deux noms en même temps. Elle parlait soit de Mr. Joyce, soit de l'enfant, Annie. Elle vivait seule et était très excitée et désireuse de parler — elle était très sensible au fait d'avoir un lien avec une affaire dont la presse avait parlé et impatiente de rencontrer la personne avec laquelle elle avait rendez-vous. Dès qu'elle se fut rendu compte que j'avais reconnu le nom de Joyce, elle m'a tout raconté.

— Qu'a-t-elle dit ?

Miss Silver réfléchit. Puis elle expliqua :

— Comme tout le monde, elle avait lu les journaux. Bien sûr, elle a compris que le retour de Lady Jocelyn impliquait la mort d'Annie Joyce, trois ans et demi auparavant. Je pense qu'elle en a été bouleversée, mais elle ne l'avait pas vue depuis dix ans, et elle manifestait aussi pas mal d'excitation. Elle avait eu une vie très monotone. La sœur qui partageait son logement et qui, à mon avis, menait la barque, était décédée ; sa locataire, elle, était trop prise par ses propres soucis familiaux. Miss Collins avait décidé d'écrire à Lady Jocelyn pour lui demander une entrevue, ostensiblement dans le but d'en savoir plus sur la mort d'Annie, mais, en fait, je crois que c'était plutôt parce qu'elle y voyait l'occasion d'être associée à une affaire qui avait défrayé la chronique.

Elle s'interrompit avant d'ajouter :

— Je suis persuadée que l'idée de la faire chanter ne l'a pas effleurée.

— Du chantage ! s'exclama Frank Abbott... Miss Silver !

Il lissa de la main sa chevelure toujours impeccablement ordonnée.

— *Sérieusement ?* demanda-t-il. Bon sang... continuez !

Cette réaction amena un léger froncement de sourcils sur le visage de Miss Silver. Elle se voulait indulgente avec les jeunes, mais son expérience de préceptrice lui avait laissé le sentiment qu'elle était responsable de leurs manières.

— Je suis convaincue que cette pauvre Miss Collins n'envisageait rien de la sorte, mais je crains qu'elle n'ait donné une impression tout à fait erronée à la personne qui lui a téléphoné.

— Quelle personne ?

— Elle n'a cité aucun nom. Miss Collins m'a avoué avoir écrit à Lady Jocelyn, à Jocelyn's Holt, j'imagine, mais elle n'a pas reçu de réponse. Au lieu de quoi, un gentleman l'a appelée. Il n'a pas décliné son identité, laissant seulement entendre qu'il parlait au nom de Lady Jocelyn. Je crois que Miss Collins avait le sentiment de parler à Sir Philip. Cette idée la flattait et l'enchantait, oui, car elle n'avait jamais conversé avec un baronnet. Je vous raconte tout cela afin que vous puissiez vous rendre compte de l'état d'esprit qui était le sien... elle était aussi émue qu'excitée, voilà tout.

— Philip Jocelyn... je me demande si...

Il parut dubitatif.

Les aiguilles de Miss Silver continuaient à cliqueter.

— Comme je vous le dis, mon cher Frank. Mais, d'un autre côté... j'estime que nous devrions nous abstenir de juger.

Il hocha la tête.

— Très bien. Un individu a téléphoné à Miss Collins. Qu'a-t-il dit ?

— Il lui a demandé si elle avait confié à quelqu'un avoir écrit à propos d'Annie Joyce. Elle a répondu par la négative. Il l'a priée de bien vouloir rencontrer Lady Jocelyn devant l'horloge de Waterloo à quatre heures moins le quart, hier après-midi. Elle devait tenir un journal dans la main gauche, afin d'en être facilement reconnue. Elle a affirmé à l'homme qui téléphonait qu'elle saurait reconnaître Lady Jocelyn n'importe où, si elle ressemblait tant à Annie, puis elle lui a expliqué que si la ressemblance pouvait l'aider, elle ne se laisserait jamais abuser par elle. Je ne cite pas exactement ses propos, car elle était très prolixe, je vous en donne simplement la teneur. Après qu'elle lui eut dit avoir vu les photos de Lady Jocelyn dans la presse, l'homme a voulu savoir si elle aurait été capable de la distinguer d'Annie. Non, a-t-elle répondu, pas sur une photo, mais, si elle les voyait en chair et en os, elle saurait faire la différence. « Comment ? » a-t-il demandé. « Ça, c'est mon secret ! » lui a-t-elle rétorqué. C'est quand elle me l'a confié que je me suis sentie quelque peu mal à l'aise. Cela ne me regardait pas, mais je n'ai pu m'empêcher de penser que Miss Collins avait eu tort de parler de la sorte. Même quand elle a répété ce qu'elle lui avait dit, il était indéniable qu'elle voulait faire allusion à un détail particulier, dont elle avait connaissance. Je lui ai demandé comment elle pouvait se montrer aussi certaine de différencier à coup sûr Annie Joyce et Lady Jocelyn — s'il existait, par exemple, une marque susceptible d'identifier Miss Joyce sans risque de se tromper. J'ai ajouté qu'il m'avait semblé que la famille n'avait pas été immédiatement convaincue que la femme qui était revenue parmi eux fût bien Lady Jocelyn, et que si Miss Collins savait quelque chose à ce propos, cela pouvait s'avérer très important.

— Vous avez dit ça ?

— Oui, Frank. C'est alors qu'elle s'est mise à parler avec beaucoup d'excitation. La pauvre, elle a dû être particulièrement ravie, et flattée, de se savoir dépositaire d'un secret de cette importance, j'en ai peur.

— Qu'a-t-elle dit ?

— Je vais vous répéter ses propos aussi fidèlement que possible : « C'est exactement ce que je lui ai dit. "Vous ne pourriez pas me tromper, en aucun cas." » Puis d'ajouter que le gentleman avait ri très plaisamment, lui faisant remarquer qu'elle se montrait bien catégorique, ce qu'elle n'a pas nié, mais sans lui dire pourquoi. Ensuite, elle m'a dit que quand on avait élevé un enfant depuis l'âge de cinq ans, qu'on avait fait sa toilette, qu'on l'avait habillé et s'était occupé de lui, eh bien, il était normal de tout savoir sur lui. Je ne sais pas ce qu'elle m'aurait encore appris, car le train s'est arrêté et une foule de gens est entrée. Il est devenu impossible d'avoir une conversation privée mais, sur le quai, elle s'est tournée vers moi et m'a demandé de lui rendre visite à mon prochain passage à Blackheath. Je lui ai alors donné mon nom et mon adresse.

Frank Abbott l'observait avec attention.

— Oui... et pourquoi donc ?

Miss Silver posa les mains sur son ouvrage.

— Je pensais qu'elle s'était montrée imprudente. Je craignais qu'elle n'ait donné une fausse impression. J'estimais qu'elle pourrait s'attirer des ennuis. Je ne pensais pas qu'elle connût quelqu'un susceptible de lui venir en aide... il me semblait qu'elle aurait pu en avoir besoin. Quelque chose comme ça, Frank, mais sans doute n'était-ce pas aussi clair dans mon esprit. Il est facile de faire preuve de sagesse après coup.

Il demeura momentanément silencieux. Puis il dit :

— Pour résumer... Nellie Collins détenait, ou prétendait détenir, une information concernant Annie Joyce. Si Annie Joyce est morte, cette information ne présenterait le moindre intérêt pour personne... sauf si les Jocelyn continuaient à douter que ce soit Lady Jocelyn qui ait survécu, auquel cas ils seraient très heureux de disposer d'une preuve corroborant leurs doutes, et ils en sauraient gré à Nellie. Par ailleurs, si c'est Annie Joyce qui a survécu, et que Lady Jocelyn soit décédée depuis trois ans et demi, comme sa tombe le proclame, la femme qui a pris sa place aurait joué très gros — elle pouvait estimer avoir réussi son coup. Et voilà que Nellie Collins surgit de nulle part avec son « Je l'ai lavée et habillée, et s'il y a quelque chose à savoir sur elle, je suis bien placée pour le savoir, vous ne trouvez pas ? ». Inutile de chercher un autre mobile.

— Non, confirma Miss Silver.

— Mais c'est un homme qui a téléphoné pour prendre rendez-vous...

— Oui... pour Lady Jocelyn.

— Vous êtes sûre que ce sont bien les paroles de Nellie Collins ?

— Je n'ai aucun doute, Frank.

Il repoussa son fauteuil et se leva.

— Lady Jocelyn aura un alibi en béton, j'en mettrais ma main au feu.

20

Anne Jocelyn ouvrit la porte de son appartement et considéra avec surprise les deux hommes qui attendaient derrière. Elle vit un individu entre deux âges, aussi massif qu'un pilier d'église, et un autre, jeune et élégant, qu'on imaginait plutôt dans un salon.

L'homme le plus âgé, qui s'était présenté comme l'inspecteur principal Lamb, franchit le seuil, tout en indiquant rapidement que son collègue était l'inspecteur Abbott, et, d'une voix où subsistait une légère trace d'accent campagnard, déclara :

— Voudriez-vous bien nous accorder un petit entretien, Lady Jocelyn ?

Elle demeura quelques secondes immobile. Le palier, dans leur dos, était presque entièrement plongé dans le noir, et le vestibule de l'appartement éclairé par la seule lumière du salon, dont la porte était à moitié ouverte. Si elle se retournait, elle devrait affronter la lumière. Mais elle ne pouvait faire autrement, sauf à leur laisser deviner qu'elle avait peur. Peur — quel était le mot capable d'exprimer le sentiment que tout s'écroulait ? Elle se fit violence pour obliger son corps à lui obéir. Il ne s'écoula vraiment qu'un temps infime avant qu'elle ne les précède vers cette porte à demi ouverte.

La pièce où ils pénétrèrent ne manquait pas de charme. Au plafond brillait un luminaire de Lalique. Un autre, en verre très épais, décoré d'oiseaux picorant des fruits, contenait un bouquet de chrysanthèmes brun-jaune. Les rideaux de brocart, tirés, étaient couleur de miel. Ils donnaient à l'endroit une dominante vaguement dorée. Tous les tons offraient des nuances allant du miel au roux.

Lady Jocelyn portait une robe bleue et deux rangs de perles étincelantes.

— Vous désirez me voir...

Mieux valait ne pas faire semblant. Il aurait fallu être stupide pour ne pas remarquer sa frayeur, et aucun de ces hommes ne l'était, pas même le plus âgé, avec son air plus policier que nature et son visage impassible au teint rubicond. Elle eut un petit geste désarmant qui fit sourciller le vieux Lamb — habitude étrangère, à n'en pas douter.

— Vous allez penser que je suis idiote... mais vous m'avez effrayée. Vous savez, j'ai vécu plus de trois ans en France occupée et, quand la police s'appelle la Gestapo, ce n'est pas toujours facile...

Elle s'interrompit de nouveau, avant de dire, souriante :

— Mes nerfs m'ont joué un tour. Que puis-je pour vous ? Ne voulez-vous pas vous asseoir ?

Ce qu'ils firent. Ils étaient assis directement sous la lumière. Frank Abbott prit le temps de l'examiner. Jolie femme — très nerveuse — elle avait rapidement recouvré son calme, mais cela devait être naturel. *Ars est celare artem*[1] — cependant, si

1. Tout l'art est de cacher l'art. *(N.d.T.)*

c'était de l'art, il lui tirait son chapeau. Certes, elle n'avait peut-être rien à cacher. Quand on vivait dans un pays occupé, penser à la Gestapo suffisait à vous mettre les nerfs à vif, sans raison particulière.

Après avoir respecté un moment de silence, Lamb déclara :

— Je suis désolé que nous vous ayons effrayée. J'ai des raisons de croire que vous pourriez nous aider dans une affaire sur laquelle nous enquêtons...

— Une affaire ? Je... bien sûr, dans la mesure du possible... mais je ne vois pas...

L'inspecteur principal Lamb continua, comme si elle n'avait rien dit. Ses yeux, qui, pour son irrévérencieux inspecteur, évoquaient tant ceux d'un taureau, étaient braqués sur elle exactement comme ils l'auraient été sur un fauteuil ou un canapé. Ils semblaient totalement ignorer qu'elle était jeune, charmante et jolie et qu'elle s'appelait Lady Jocelyn. Ils se contentaient de la regarder. Elle aurait aussi bien pu être une vieille femme de ménage, un montant de porte ou un chat. C'est de sa solide voix de campagnard qu'il expliqua :

— Il s'agit d'un accident de la route fatal. La victime a été identifiée par sa locataire comme étant Miss Nellie Collins, qui tenait le *Lady Workbox*, à Blackheath Vale. La connaissiez-vous ?

Frank Abbott nota que le visage de Lady Jocelyn perdait toute couleur naturelle, ne laissant subsister que deux taches rouges et le dessin écarlate de la bouche. Son maquillage était si parfait qu'un moment auparavant il aurait été difficile de faire la part de la nature et de l'art. En cet instant, plus aucune trace d'artifice ne subsistait. Sur la peau blême, ce qui restait de couleur donnait l'impression de quelque barbouillage sur un masque de lin.

Preuve, s'il en était besoin, qu'elle accusait le coup, les muscles de son cou se raidirent et, d'une voix contrôlée, elle répondit :

— Non.

— Vous ne connaissiez pas Nellie Collins ?

— Non.

— Vous n'aviez jamais entendu parler d'elle ?

Frank Abbott jeta un coup d'œil aux mains d'Anne Jocelyn, posées sur son giron. Généralement, c'est par les mains que les gens se trahissaient. Chez les femmes, il les avait souvent vues démentir ce qu'affichait leur visage. Mais les mains d'Anne Jocelyn ne lui apprirent rien — elles reposaient tranquillement, ni jointes ni serrées, tranquillement ou tout à fait maîtrisées. Elles ne remuèrent pas le moins du monde quand elle répondit :

— Si... elle m'a écrit.

L'inspecteur principal Lamb se tenait immobile comme une statue, une main posée sur chaque genou. Il avait posé son chapeau melon sur un coffre, dans le vestibule, se contentant de déboutonner son manteau, sans l'ôter. Son regard n'abandonna pas une seconde le visage de Lady Jocelyn, sans montrer aucune expression. On eût pu croire qu'il posait pour un photographe — une de ces photographies qui montrent le chef de famille adresser un regard vide à l'appareil.

— Voulez-vous m'en donner la raison ? demanda-t-il.

— Elle désirait me rencontrer.

— Quel motif a-t-elle invoqué, Lady Jocelyn ?

Elle inspira très profondément. Si elle avait été surprise, cela était passé. Son visage reprenait des couleurs.

— Je suis désolée... je suis stupide... vous m'avez vraiment effrayée. En fait, c'est on ne peut plus simple. Je pense que vous avez lu dans la presse que ma famille me croyait morte. Quelqu'un d'autre a été enterré à ma place... une femme du nom d'Annie Joyce. C'était une parente illégitime de la famille... une cousine germaine, en fait... et il y avait une grande ressemblance entre nous. Miss Collins avait connu Annie enfant. Elle m'a écrit pour me dire qu'elle avait eu beaucoup d'affection pour elle. Elle demandait si elle pouvait venir me voir. Elle désirait tout savoir à propos d'Annie.

— Je comprends. Que lui avez-vous répondu ?

— Eh bien, il se trouve que je ne lui ai pas répondu.

— Vous ne lui avez pas répondu ?

— Non. J'ai reçu sa lettre il y a seulement quelques jours et j'étais très prise par le déménagement. Nous venons juste d'emménager.

— Quand avez-vous déménagé, Lady Jocelyn ?

— Hier.

— Hier ? Et vous veniez de...

— De Jocelyn's Holt... dans le Surrey. Mon mari travaille au ministère de la Guerre. Il estimait que cela prend trop de temps de faire la navette avec Londres.

— Hier... répéta Lamb, s'attardant sur le mot. Dans ce cas, où étiez-vous l'après-midi ?

— Le matin, je me suis occupée des bagages qui devaient quitter Jocelyn's Holt, et je suis partie après un déjeuner rapide. Je suis arrivée ici vers trois heures, où j'ai passé le restant de la journée et toute la soirée à mettre de l'ordre.

— Seule ?

— J'étais accompagnée d'une des domestiques de Jocelyn's Holt. Je ne désire pas qu'elle reste car il s'agit d'une jeune fille de la campagne, mais, hier, elle m'a aidée et a passé la nuit sous mon toit. Je l'ai renvoyée cet après-midi.

— Voudriez-vous avoir l'obligeance de me donner son nom et son adresse ?

— Ivy Fossett. Elle habite à Jocelyn's Holt.

Frank Abbott avait noté les questions et les réponses. Il inscrivit le nom d'Ivy.

Lamb poursuivit.

— Avez-vous quitté votre appartement à un moment ou à un autre, après votre arrivée... à quelle heure disiez-vous ?

— Trois heures moins dix. Non, je ne suis pas ressortie.

— Vous ne vous êtes pas rendue au rendez-vous de Miss Collins, à la gare de Waterloo ?

— Non, bien sûr que non... je n'avais aucun rendez-vous avec elle. Je ne suis tout simplement pas sortie.

— Hormis Ivy Fossett, quelqu'un peut-il le confirmer ?

Anne Jocelyn avait retrouvé ses couleurs. Elle sembla étonnée.

— Je ne comprends pas. Ma cousine, Mrs. Perry Jocelyn, est arrivée vers trois heures. Elle est restée pour prendre le thé et m'a aidée à défaire les bagages.

— Combien de temps est-elle demeurée présente ?

— Elle est partie un peu avant sept heures.

— Puis-je avoir son adresse, s'il vous plaît ?

Abbott en prit note.

Soudain, Anne Jocelyn leva les mains.

— Pourquoi toutes ces questions ? Qu'est-ce que ça peut bien faire si je suis sortie ou non ? Je n'avais aucun rendez-vous avec Miss Collins, mais, dans le cas contraire, quelle importance cela aurait-il eue ?

Lamb continua à la fixer.

— Miss Collins semblait penser qu'elle avait rendez-vous avec vous sous l'horloge de Waterloo, à quatre heures moins le quart, hier après-midi.

— Mais c'est absurde...

— Elle est venue de Blackheath à cause de ce rendez-vous, Lady Jocelyn.

— Mais elle n'aurait pas pu... j'étais ici, dans cet appartement, chez moi, en train d'ouvrir mes bagages. Je ne lui ai même jamais écrit. Comment aurait-elle pu avoir rendez-vous avec moi ?

— Écrire n'est pas la seule façon de prendre rendez-vous. Il y a le téléphone, Lady Jocelyn. Miss Collins n'avait-elle pas inscrit son numéro en tête de la lettre qu'elle vous a envoyée ?

— Je l'ignore... c'est possible... franchement, je ne l'ai pas remarqué.

— Puis-je voir cette lettre ?

— C'est que... je crains de ne pas l'avoir conservée.

Son visage était toujours aussi inexpressif.

— Vous ne l'avez pas gardée. Mais vous n'y avez pas répondu... n'est-ce pas ?

Elle eut un autre de ces gestes, léger et gracieux, plutôt étranger.

— Eh bien, elle tenait une boutique, voyez-vous. Je me souvenais de son nom... je pouvais lui écrire plus tard. Pour ne rien vous cacher, je n'étais pas du tout sûre d'en avoir envie. Je n'avais vraiment rien à lui dire à propos d'Annie. Tout ce qui avait trait à la famille Joyce était... déplaisant. J'ai pensé que

Miss Collins pouvait... rechercher le scandale. Si vous aviez lu les lettres que nous avons reçues de gens que nous ne connaissions même pas !

— Vous l'avez donc détruite ? Vous en rappelez-vous le contenu ?

— Je crois. C'était assez théâtral... elle disait combien elle avait aimé Annie et demandait à me voir, parce qu'elle voulait que je lui parle de sa triste fin... ce genre de choses.

— Sa lettre laissait-elle entendre qu'elle avait connaissance d'un détail particulier sur Annie Joyce ?

— Je ne vois pas ce que vous entendez par là.

— Ne suggérait-elle pas qu'elle aurait pu identifier Annie Joyce ?

Un instant, elle soutint son regard — le sien était froid sous l'arc des sourcils.

— Non... bien sûr que non. Quelle idée extraordinaire ! Comment pouvait-elle identifier Annie Joyce ? Elle est morte.

— Voulez-vous dire qu'Annie Joyce est morte ? demanda Lamb. Ou que c'est Nellie Collins, qui aurait pu l'identifier, qui est morte ?

Elle retint son souffle.

— Pourquoi dites-vous cela ?

— Parce que j'aimerais savoir, Lady Jocelyn.

C'est d'un ton soudain plus bas qu'elle répondit :

— Annie Joyce est morte.

— Tout comme Nellie Collins, conclut gravement Lamb.

21

— Je vous l'avais bien dit qu'elle aurait un alibi inattaquable.

Frank Abbott se cala dans son fauteuil, guettant la réaction de Miss Silver. Elle passa presque inaperçue. Elle avait commencé la deuxième chaussette de Johnny et presque achevé les côtes supérieures. Le mouvement des aiguilles se poursuivit et son expression ne changea pas quand elle répondit :

— Et, bien sûr, vous êtes très pressé de me faire savoir que vous aviez raison.

Il leva les mains, en manière de rire.

— Révérée préceptrice !

Miss Silver s'autorisa un très léger sourire.

— Quand vous aurez fini de proférer des inepties, Frank, peut-être pourrez-vous continuer à me parler de Lady Jocelyn. Tout cela est particulièrement intéressant.

— Voyez-vous, après avoir quitté l'appartement, le chef m'a demandé ce que je pensais d'elle. Il a une manière bien à lui de vous questionner, et, quand vous lui avez répondu, il ne souffle mot. Qu'il estime votre réponse sans intérêt ou sublime, il n'en laissera rien paraître — il se cache derrière un masque impassible et, dès que l'occasion se présente, il a le chic pour ne pas vous rater. J'ai dans l'idée que sa façon de vous rembarrer est inversement proportionnelle à la valeur qu'il accorde à votre opinion. De fait, plus il se montre cassant, plus il l'estime. Du palier à la dernière marche de l'escalier, il m'a joué l'air du supérieur qui met en garde son subordonné contre sa propension à avoir la grosse tête.

Miss Silver toussota.

— Et, si vous permettez, qu'avez-vous pensé de Lady Jocelyn ?

— Ah... c'est là que ça devient très intéressant. Je crois que le chef partageait mon avis... d'où son sermon. C'est elle-même qui nous a ouvert et elle n'aurait pas été plus interloquée si elle s'était trouvée devant deux types de la Gestapo armés de pied en cap.

Une nouvelle fois, Miss Silver toussota.

— Après tout, elle a vécu plus de trois années sous sa botte.

— Ce qu'elle n'a pas manqué de nous rappeler. Elle a pris le taureau par les cornes avec beaucoup de fermeté et une grande présence d'esprit, disant que nous lui avions fait une peur bleue, avant de nous conduire au salon, où elle a failli s'évanouir quand le chef lui a annoncé que nous venions l'interroger sur Nellie Collins, qui était morte. Je ne crois pas avoir jamais vu personne si près de défaillir et parvenir à l'éviter. Et pour une seule raison : par la force de sa volonté. L'effort qu'elle a dû fournir faisait peine à voir... on aurait dit un ressort qui s'enroule sur lui-même. Et elle a réussi son coup. Mais le plus extraordinaire a été l'effort de concentration qu'elle a fourni — les muscles de son cou étaient tendus à l'extrême, pourtant ses mains. sur ses genoux, sont demeurées tranquilles. Bizarre, voyez-vous, et preuve qu'elle a une grande capacité à se maîtriser. Sauf qu'on peut se demander à quoi rime tout cela. Dès qu'elle nous a vus, elle a été horriblement effrayée, puis elle a lentement retrouvé son aplomb. Ensuite, le chef lui a appris que Nellie Collins était morte, et elle en est presque tombée dans les pommes. Je suis prêt à jurer qu'elle l'ignorait et qu'elle en a été très choquée. Pourquoi ? Elle avait déjà peur avant de savoir que Nellie Collins était décédée — une peur terrible. Quand elle apprend sa mort, elle s'évanouit, ou peu s'en faut. Je veux savoir pourquoi. Si elle n'avait aucune raison de se sentir coupable, pourquoi se montrer apeurée, dès l'abord ? Dans le cas contraire, pourquoi ce choc ? Qu'est-ce que ça pouvait lui faire que Nellie Collins eût succombé à un accident de la route ? Se prendrait-elle pour Hécube[1] ?

Miss Silver le regarda un moment sans mot dire.

— Annie Joyce aurait pu avoir deux excellentes raisons de se montrer troublée. Le soulagement, qui peut souvent avoir un effet déstabilisant, ou l'affection — il n'est pas impossible qu'elle ait vraiment beaucoup aimé Nellie Collins.

— Annie Joyce ?...

Les aiguilles cliquetaient.

— Assurément, mon cher Frank. L'intérêt anormal qu'elle a manifesté envers Nellie Collins laisse fortement penser que c'est Annie Joyce qui a survécu, et non pas Anne Jocelyn. Lady Jocelyn n'aurait aucune raison de s'inquiéter si Nellie Col-

1. Hécube, personnage de l'*Iliade*, épouse de Priam, vit presque tous ses enfants périr lors de la guerre de Troie. Symbole de la douleur maternelle. *(N.d.T.)*

lins savait quelque chose de particulier. Mais Annie Joyce, si elle avait pris la place de Lady Jocelyn, aurait toutes les raisons de se faire du souci. Je n'en vois aucune pour que Lady Jocelyn soit affligée par la mort de Nellie Collins. Cette nouvelle ne représenterait rien de plus pour elle que celle de la mort d'une personne dont elle viendrait d'entendre parler mais qu'elle n'aurait jamais rencontrée. Ces choses-là arrivent tous les jours et on s'en débarrasse avec une formule de politesse conventionnelle. « Que c'est triste ! », s'exclame-t-on, avant d'oublier. Si l'annonce de la mort de Nellie Collins a produit un tel effet, je suis obligée d'en conclure que c'est Annie Joyce qui a réagi de cette manière.

Il la considéra avec une grande attention. La qualité de leur relation était due au fait que chacun admirait et stimulait l'autre. En sa présence, toutes ses facultés mentales étaient avivées et intensifiées, ses pensées lui semblaient plus tranchantes.

— S'il en va ainsi, dit-il, je crains que votre deuxième raison ne tienne pas. Elle n'a sûrement pas été troublée par la mort de Nellie Collins à cause de l'affection qu'elle lui portait. Cela se voyait comme le nez au milieu de la figure... c'est le genre de réaction qui ne peut pas vous échapper. Le chef a continué à parler d'elle et il n'y avait pas la moindre trace d'affection dans les réponses de Lady Jocelyn. Bien sûr, s'il s'agit d'Annie Joyce, elle n'aura pas voulu montrer de sentiment particulier, mais, si elle cachait quelque chose, je crois que je l'aurais remarqué. Or, tout ce que j'ai pu noter — ce n'est pas facile à exprimer, mais l'indifférence vient en premier, une indifférence naturelle pour la personne de Nellie Collins, à laquelle s'ajoutait un choc véritable à l'annonce de sa mort. Maintenant, allez savoir comment ces deux réactions pouvaient cohabiter ? Mais elles étaient présentes... je le jurerais.

Miss Silver hocha doucement la tête.

— Oui... c'est tout à fait intéressant, dit-elle. Si l'on admet que Lady Jocelyn est Annie Joyce, il nous faut logiquement en déduire qu'elle considérait Nellie Collins comme une menace. Je vous ai dit que je craignais que la pauvre femme n'eût donné une fausse impression. Il est hors de doute que les propos qu'elle a tenus au téléphone avec l'inconnu qui prétendait parler au nom de Lady Jocelyn peuvent avoir donné à ce dernier des motifs de croire qu'elle voulait se livrer au chantage. Rien n'est plus dangereux qu'une tentative de chantage proférée par un amateur aux dépens d'un criminel endurci. Je suis sûre que Miss Collins n'en avait pas l'intention, mais j'ai peur qu'elle n'ait donné l'impression... très forte... que son existence constituait dorénavant une menace. Je dois attirer votre attention sur cet inconnu. Il est clair qu'il n'ignorait pas que Miss Collins avait écrit à Lady Jocelyn... celle-ci lui a probablement montré sa lettre. Cela expliquerait cette façon de se comporter qui vous semble déconcertante. Considérant toujours que nous avons affaire à Annie Joyce, une visite de la police constitue naturellement un sujet d'inquiétude. En outre, apprendre soudainement que Nellie Collins a été assassinée — car, dans ces circonstances, le meurtre ne fait aucun doute — ne peut que provoquer un choc très violent. Il est tout à fait possible, et même extrêmement probable, qu'elle ignorait de quoi il retournait. Elle devait penser qu'on pouvait traiter le cas de Nellie Collins autrement... la dissuader de la rencontrer, la convaincre qu'elle n'avait rien à y gagner, la décourager de chercher à établir un lien qui ne lui aurait rien apporté. Se retrouver impliquée dans un meurtre a très bien pu déclencher le genre de réaction émotive que vous avez si finement décrite.

Il acquiesça d'un hochement de tête.

— Oui... c'est très possible. Je crois qu'il est évident qu'elle n'a pas pris part à la mise à mort du gibier, si l'on peut dire.

Miss Silver pinça les lèvres.

— Métaphore on ne peut plus malvenue, Frank.

— Toutes mes excuses... vous voyez ce que je veux dire. La fille de Jocelyn's Holt, Ivy Machinchose, affirme avoir accompagné Lady Jocelyn à Londres sans jamais la quitter ou la perdre de vue plus d'une minute ou deux jusqu'au moment où elles sont allées se coucher, vers onze heures du soir. Toutes les portes de l'appartement étaient ouvertes, et elles vaquaient d'une pièce à l'autre, occupées à défaire les bagages et à mettre de l'ordre. Mrs. Perry Jocelyn est arrivée juste avant trois heures et toutes les trois ont poursuivi ce travail de rangement. Elle est restée jusqu'à sept heures, quand Lady Jocelyn s'est rendue à la cuisine pour préparer le repas du soir. D'après Ivy, c'est une excellente cuisinière, mais je crois qu'elle y mettait une petite note dépréciative. Sir Philip est rentré à sept heures et demie. Après le dîner, il a travaillé dans son bureau tandis qu'Ivy et Lady Jocelyn ont continué à emménager. Cela est confirmé par Mrs. Perry Jocelyn — présente de trois à sept heures. Elle et Ivy assurent que Lady Jocelyn n'a pas un seul instant quitté l'appartement. Bref, s'agissant de sa participation active au crime, elle est blanchie. Elle est hors de cause pour un laps de temps qui va de l'après-midi jusqu'à près de onze heures du soir, quand les trois personnes présentes dans l'appartement sont allées se coucher. Selon le médecin légiste, il est fort probable que la mort de Nellie Collins remonte à bien plus tôt. Lady Jocelyn, ou, si vous préférez, Annie Joyce, n'est absolument pas le suspect numéro un. Bien sûr, c'est trop facile à comprendre : le principal suspect est sans aucun doute ce charmant gentleman que Miss Collins espérait être un baronnet. Il ne nous reste qu'à le retrouver.

Quand les petits yeux indéfinissables de Miss Silver croisèrent son regard, on put y lire une étincelle ironique plutôt inattendue.

— Seriez-vous par hasard en train d'évoquer l'histoire de l'aiguille dans la botte de foin ?

Il rit.

— Dites plutôt : toute la récolte de foin ! Le chef m'a chargé de suivre la moindre piste. Pour commencer, nous devons nous attacher à la description que Miss Collins a faite du si charmant gentleman, qu'elle supposait être Philip Jocelyn, en quoi, à l'évidence, elle se trompait. Cela étant, vous lui avez parlé, contrairement à moi. Doit-on déduire que cet individu était ce qu'on appelle un gentleman ? Autrement dit, pensez-vous qu'elle aurait pu en reconnaître un à sa voix ?

— Je suis encline à le croire.

— Cela, voyez-vous, nous fournirait un indice — meurtrier distingué, sachant fort bien s'exprimer au téléphone. Par ailleurs, et nous pénétrons sur un terrain plus ferme, c'est quelqu'un qui connaît drôlement bien Ruislip et ses environs. Voyez-vous, je ne crois pas qu'on l'ait tuée là-bas. Je pense qu'on l'y a conduite après coup. Voici pourquoi :

le chemin dans lequel on l'a retrouvée est l'endroit idéal pour dissimuler un corps pendant toute la durée du black-out. Et regardez encore une fois ceci.

Il lui montra le triangle de papier arraché à la demi-page sur laquelle Miss Silver avait inscrit ses nom et adresse pour Nellie Collins.

Miss Silver observa la partie tachée.

— Cela m'a préoccupée, remarqua-t-elle. Comment est-ce arrivé ?

— Je crois que c'était intentionnel. Une salissure faite avec un mouchoir mouillé, sans doute. Il n'y avait pas d'empreintes. Voyez-vous, tous deux, nous avons estimé que ce coin était resté coincé dans le miroir brisé. Maintenant, ce n'est plus mon avis... je pense que c'était ce que l'on voulait faire croire. En réalité, je suis sûr que c'était délibéré. Car il existe une Cuningham Street à Ruislip, et une Miss Oliver qui vit dans une maison appelée Soissons. Comprenez-vous maintenant pourquoi on a sali la partie sur laquelle vous aviez écrit *Mansions* ? La police locale s'est crue très futée et était à peu près certaine d'avoir établi un lien entre l'adresse déchirée et cette pauvre Miss Oliver, vieille fille on ne peut plus digne et qui s'est montrée tellement bouleversée à l'idée qu'elle devrait peut-être identifier un corps ou participer à une enquête qu'elle a dû donner l'image du coupable idéal. La pauvre femme m'a assuré d'une voix tremblante qu'elle n'avait jamais de sa vie entendu parler de Nellie Collins. Je veux bien la croire, mais, si je n'avais pas reconnu votre écriture et si vous-même n'aviez pas identifié ce bout de papier, nous nous serions lancés sur une fausse piste royale. Et la pauvre Miss Oliver aurait dû affronter cette enquête.

Miss Silver toussota et dit :

— C'est vrai. Il y a un cerveau, derrière tout cela, Frank.

Il approuva.

— Bon, notre gentleman cultivé connaît bien Ruislip. Certes, il a pu se contenter d'ouvrir un annuaire et de chercher un nom qui corresponde à votre bout de papier, mais je n'y crois guère. Cela aurait pris trop de temps et n'en aurait pas valu la peine. Je pense que c'est venu d'une inspiration géniale. Il s'est souvenu de Miss Oliver et l'a mouillée pour attiser le feu. Tout cela a un air spontané.

Miss Silver acquiesça. Il poursuivit :

— Bon, culture et Ruislip... aucune piste très brûlante. Il faut ensuite considérer Lady Jocelyn. Il doit y avoir un lien de ce côté-là, si nous pouvons le trouver.

Miss Silver toussota.

— Ce lien, à mon avis, pourrait être Annie Joyce.

Frank passa une main dans sa chevelure brillante.

— Qui a quitté l'Angleterre il y a dix ans et dont les fréquentations et tous les papiers la concernant sont enfouis en France occupée. On peut toujours rêver !

22

C'est le lendemain que Lyndall vint rendre visite à Anne Jocelyn. Impossible de s'abstenir. Impossible de se montrer distante alors que Lilla, qui ne connaissait même pas Anne auparavant, avait passé des heures à l'aider à défaire ses bagages et à s'installer. Même s'il n'y avait rien d'autre à faire, elle, qui avait été sa demoiselle d'honneur, se devait au moins d'aller la voir. Elle s'exécuta de mauvaise grâce. Si elle n'avait pas été attendue, elle aurait été très tentée de rentrer chez elle. Non, c'était absurde. Il fallait ne pas prêter attention à de telles pensées, refuser de se laisser influencer. Pourtant, elle traînait les pieds et son cœur était rien moins qu'enthousiaste.

Il faisait très froid dans la rue. Des nuages bas donnaient l'impression de pouvoir se transformer en neige d'une minute à l'autre. À chaque coin de rue, un vent inhabituel la surprenait, lui cinglant le visage, les genoux, les jambes, malgré ses bas de soie, essayant de faire s'envoler son chapeau. Elle n'avait pas long à marcher mais elle se sentit fatiguée avant d'atteindre Tenterden Gardens.

Elle aurait dû apprécier le salon d'Anne, bien chauffé, aux couleurs dorées, et pourtant, quelque chose en elle s'attarda dans la rue glaciale. Anne la salua en souriant et elles s'embrassèrent. C'est-à-dire qu'Anne lui offrit une joue froide, que Lyndall toucha de ses lèvres froides — elle fut aussitôt parcourue par un frisson douloureux. Jusqu'alors, son amour pour Anne reposait au fond de son cœur, comme un bien réel et précieux, même si le chagrin n'en était pas absent. Or, voilà qu'un simple contact de ses lèvres avait suffi — il ne restait rien. Elle ne savait à quel point elle paraissait pâle quand elle s'écarta, quels grands yeux ébahis elle offrit à ceux, interrogateurs, d'Anne.

— Que se passe-t-il, Lyn ? Tu as l'air gelée. Va te réchauffer près de la cheminée. Le thé nous attend. Je vais chercher la bouilloire.

À son retour, Lyndall avait ôté ses gants. Elle était penchée au-dessus du feu, les mains tendues vers les flammes. Elle éprouvait un terrible sentiment d'irréalité. La pièce agréable, la chaleur, les fleurs dans le vase Lalique, le service à thé — tasses dans le style reine Anne, au bord vert pomme et doré, décorées de fleurs d'argent brillantes —, Anne dans sa robe bleue, le collier de perles autour du cou, le saphir de Philip au doigt, tout était suspendu dans une sorte de vide clair. Elle était insensible à ces objets et elle-même éprouvait un sentiment d'absence.

Elle se détourna lentement du feu, but le thé qu'Anne lui offrait et émietta un morceau de cake. Soudain, l'émotion revint. Son cœur s'accéléra, oui, elle était bien dans cette pièce, tout près de la flambée, et Anne lui versait une deuxième tasse de thé. C'était comme se réveiller d'un cauchemar ; pourtant, elle avait du mal à accepter son propre soulagement. Elle avala une gorgée et écouta Anne lui expliquer avec quelle rapidité ils s'étaient installés.

Ensuite, elle lui fit part de ce qu'elle avait eu l'intention de lui dire. Elle n'avait pas été sûre d'en être capable, mais elle savait qu'il le fallait. Parce que, dans le cas contraire, elle ne parviendrait jamais plus à le chasser de ses pensées et le taire aurait un effet pernicieux — cela empoisonnerait toute son existence.

Elle posa sa tasse au bord du plateau d'argent et demanda, en toute simplicité :

— Anne, où es-tu allée te faire coiffer?

Celle-ci manifesta une très légère surprise.

— On m'a fait une permanente à Westhaven, quand j'ai débarqué. Je crois te l'avoir dit. C'était plutôt réussi. Bien sûr, je n'aurais pas dû faire des ondulations, parce que ça abîme les boucles naturelles, et mes cheveux étaient bouclés, mais ils avaient été trop négligés et, en attendant qu'ils retrouvent leur forme d'origine, je ne voulais pas ressembler à un épouvantail.

Lyndall ne tenait plus sa tasse mais sa main était restée posée sur le rebord du plateau. Du doigt, elle en suivait le motif.

— Mais chez qui es-tu allée, à Londres?

— Pourquoi? Tu pourrais me recommander quelqu'un?

— Non... ce n'était qu'une question. Connais-tu un salon qui s'appelle *Félise*?

Elle l'avait dit... enfin! Le premier pas était toujours le plus difficile. Puis les autres suivaient sans effort. Mais elle était incapable de regarder Anne. Elle considéra le rebord du plateau d'argent. Une goutte de thé y était tombée et avait séché. Elle avait eu le temps de tomber, et de sécher. Preuve que tout n'était pas figé. La goutte de thé dessinait une petite tache brune sur la surface brillante du plateau.

— Je ne sais pas, répondit Anne... il me semble avoir remarqué ce nom. Pourquoi ?

— Il se trouve que je suis passée devant et je crois t'avoir vue y entrer. C'était mercredi, la semaine dernière.

— C'est possible... je l'ignore. Je fréquente beaucoup ce genre d'endroits. Je n'ai pas encore trouvé de poudre qui me convienne, ni le bon rouge à lèvres, entre autres. C'est si difficile... pas vrai ?

Lyndall leva les yeux. Elle ne distinguait pas bien ce qui l'entourait, car elle avait le regard brouillé, mais, pour Anne Jocelyn, la peine qu'il exprimait équivalait à une accusation.

— Anne, je dois te dire... je pense qu'il le faut...

Celle-ci haussa l'arc délicat de ses sourcils. C'est d'une voix douce qu'elle demanda :

— De quoi veux-tu donc me parler ?

Cette douceur avait un goût de saccharine, à la fois écœurant et amer. Anne était en colère. Mais Lyndall ne pouvait détourner les yeux, non plus que se taire maintenant. Quelque chose la poussait en avant.

— Je crois t'avoir vue entrer dans la boutique, dit-elle, et je t'ai suivie. Je ne voulais pas que tu t'imagines que j'avais filé après t'avoir aperçue, je suis donc entrée...

Anne posa sur elle un œil brûlant de colère.

— Et je suppose que nous nous sommes rencontrées et avons eu une longue conversation... dans ton rêve !

— Non... tu n'étais pas là.

— Vraiment très surprenant !

— Je suis carrément entrée. Il y avait deux femmes. Une employée cherchait quelque chose sur une étagère derrière le comptoir. Personne n'a fait attention à moi. J'ai pensé que tu pouvais être dans une des cabines, et je me suis donc avancée. Je suis parvenue à une autre porte, que j'ai ouverte, ne me demande pas pourquoi. Il y avait un petit couloir sombre, avec un escalier, et d'autres portes. L'une d'elles laissait filtrer un rai de lumière... elle n'était pas complètement fermée. Je t'ai entendue dire : « Vous feriez mieux de me laisser écrire à Nellie Collins. Elle est tout à fait inoffensive. » Et un homme a répondu : « Ce n'est pas à vous d'en juger. » Puis j'ai fait demi-tour et j'ai couru vers la sortie.

Le visage d'Anne n'avait rien d'engageant. Lyndall aurait aimé regarder ailleurs, mais cela lui était impossible. Les yeux d'Anne l'hypnotisaient — des yeux chargés de mépris, qui rejetaient non seulement ses paroles mais aussi sa personne, qui la renvoyaient dans un monde de choses stupides et négligeables.

— Franchement, Lyn ! Quelle histoire ! Et tu voudrais que je la croie ?

Lyndall ne dit rien. Son regard était aussi ferme que douloureux. Anne se mit à rire.

— Continue ! s'exclama-t-elle. Je suis sûre qu'il y a autre chose. Frissons garantis au prochain épisode ! Qu'est-il arrivé ensuite ?

— Je suis rentrée à la maison.

— Pas terrible, comme rebondissement.

— Je n'étais pas sûre que c'était toi. Je n'avais jamais entendu parler de Nellie Collins... pas à ce moment.

— Nellie Collins ?

— Oui. J'ignorais son nom quand il a été prononcé dans la boutique, mais, aujourd'hui, il se trouve dans le journal, parce qu'elle est morte. Étais-tu au courant ?

— Lyndall... qu'est-ce que tu veux dire ?

— À en croire le journal, elle avait rendez-vous avec quelqu'un devant l'horloge de la gare de Waterloo, à quatre heures moins le quart, lundi après-midi. Il donne sa description et dit que la police aimerait entendre toute personne l'ayant vue ou ayant été témoin de son rendez-vous. On l'a retrouvée morte dans un chemin près de Ruislip, tôt le lendemain matin, et la police voudrait savoir comment elle est arrivée là, car ce n'était pas du tout son itinéraire. Elle venait de Blackheath. Elle pensait te rencontrer... c'est bien ça ?

Le visage d'Anne était aussi dur et impénétrable qu'une porte verrouillée.

— Ça, c'est toi qui l'inventes ! lança-t-elle. Ce n'était pas dans le journal. Comment aurais-je pu la rencontrer ? J'étais ici, avec Lilla.

— Oui, c'est vrai. Mais cette dame s'attendait à te voir. Tu sais, j'ai fait la connaissance d'une personne qui a voyagé avec elle dans le train. Elle lui a parlé et lui a raconté qu'elle venait te voir. Cette personne est une amie de Janice Albany. Je l'ai croisée chez elle, en prenant le thé, cet après-midi-là. Elle m'a demandé où j'habitais et, dès que j'ai eu mentionné le nom de Lilla, elle a remarqué que c'était curieux parce qu'elle était revenue de Blackheath en train avec une certaine Miss Collins qui avait rendez-vous avec Lady Jocelyn. Est-ce qu'elle était de la famille ? m'a-t-elle demandé. Oui, ai-je dit, mais j'ai pensé qu'il devait y avoir erreur, puisque tu étais en train d'emménager dans ton appartement avec Lilla qui te donnait un coup de main. Je ne voyais donc pas comment tu aurais pu aller voir quelqu'un à Waterloo. C'est à ce moment qu'elle a dit : « Miss Collins ne doutait pas de rencontrer Lady Jocelyn... sous l'horloge de Waterloo, à quatre heures moins le quart. »

Le visage d'Anne ne se départit pas de son air impénétrable, mais les lèvres sourirent. Le rouge les faisait briller et cela aurait très bien pu être la couleur même de la colère. Lyndall se sentit méprisée.

— Quelle farce ! dirent ces lèvres. À quoi peut bien rimer tout cela ?

— Je l'ignore.

Elle avait dit ce pour quoi elle était venue. Elle en fut horrifiée. Les choses étaient pires quand vous les aviez exprimées — elles prenaient une forme. Elle avait pensé qu'elle serait capable de s'en débarrasser. Non, pas pensé — cela était trop précis. Elle avait espéré très fort, et craint aussi, qu'Anne lui dise ou fasse quelque chose qui eût tout remis dans l'ordre. Elle ne savait pas comment elle réagirait. Le petit espoir tremblotant qu'elle entretenait s'éloigna et disparut.

Anne repoussa son fauteuil et se leva. Elle s'approcha tranquillement du feu, s'agenouilla devant et y plaça avec un soin étudié deux ou trois morceaux de charbon. Puis, sans se relever, elle se tourna et s'adressa à Lyndall.

— Tu dis que tu ne sais pas où tu veux en venir. Moi non plus, crois-moi. Tout cela ne facilite pas les choses... n'est-ce pas ? Franchement, je me demande ce que je pourrais te répondre à ce propos. Ces derniers jours, nous avons dû supporter pas mal de rumeurs... je n'aurais pas cru que tu voudrais y contribuer. Tu disais que tu m'aimais, et...

Elle eut un petit rire.

— ... tout le monde peut se rendre compte que tu es amoureuse de Philip. Puis-je te demander pourquoi tu veux faire courir une histoire désobligeante sur notre compte ? Oui, j'aimerais vraiment savoir.

Lyndall aussi s'était tournée. Il y avait une belle flambée derrière l'épaule d'Anne et ses yeux aussi flamboyaient, étincelants, brûlants, impitoyables.

— Je n'ai fait courir aucune histoire, répondit Lyndall. Tu es la seule personne à laquelle j'en ai parlé.

— Bon, c'est déjà ça. Il faut que tu saches que tu risquerais de causer beaucoup de mal... à Philip. Je vais être claire : nous ne pouvons plus nous permettre d'apparaître dans les journaux, dorénavant. Philip est ambitieux... j'imagine que tu le sais. L'emploi qu'il occupe, on ne le donne pas au premier venu et cette mauvaise publicité risquerait de lui coûter cher. Maintenant, je vais t'expliquer tout ce qu'il y a à expliquer et je fais confiance à ton amitié et à ton bon sens pour que tu ne t'imagines pas voir des montagnes là où il n'y a que des taupinières. Nellie Collins connaissait les Joyce — il me semble qu'elle était leur logeuse. Il y a de cela une semaine ou une dizaine de jours, j'ai reçu une lettre d'elle. Elle avait lu ce qu'avaient raconté les journaux et, écrivait-elle, maintenant qu'Annie était morte, aurait-il été possible de me rencontrer ? Elle désirait en savoir plus sur ses derniers instants. Tout cela m'a paru très fastidieux et morbide et, comme j'étais en plein déménagement, je ne lui ai pas répondu. Je ne sais même pas ce qu'est devenue cette lettre. La police voulait la voir, mais j'ai été incapable de la retrouver.

— La police...

Toute trace de colère avait abandonné Anne. Elle adressa un regard très franc à Lyndall.

— Oui. Il semblerait que Miss Collins ait laissé entendre qu'elle venait pour me rencontrer. Je dirais qu'elle a pris ses désirs pour la réalité. Je suis bien certaine de ne pas l'avoir invitée. Pourtant, elle a parlé, apparemment, et on n'y peut rien. Pourquoi est-elle allée à Ruislip, et comment s'est-elle fait écraser, je n'en ai évidemment pas la moindre idée. Quant à ton histoire, comme quoi tu aurais surpris une conversation à son propos dans un salon de coiffure... pour ne rien te cacher, ma chérie, ne m'en veux pas, mais ça m'a l'air complètement loufoque. Bien sûr, Collins est un nom très répandu. Tu as pu l'entendre n'importe où... et chez ton coiffeur également, j'imagine. Mais quelle idée d'établir un lien entre cette conversation insensée et ma personne? Allez, dis-moi, Lyn, es-tu prête à jurer que c'est moi que tu as vue?

— Non... je l'ai pensé...

— Et tu as pensé m'avoir entendue. Pourrais-tu jurer l'avoir entendue, cette voix... au travers d'une porte fermée? Es-tu certaine qu'il s'agissait de la mienne?

— Non, répondit Lyn sans hésiter. J'ai cru que c'était ta voix.

— Parce que tu pensais m'avoir vue entrer? demanda Anne.

— Peut-être.

Anne rit, d'assez bonne humeur.

— Eh bien, tu sais, il ne reste pas grand-chose de ton histoire, non? À ta place, je ne l'ébruiterais pas. Pardonne-moi de te le dire, mais ce n'est guère flatteur pour toi. Je suis sûre que ce n'était pas ton intention, mais ça fait un peu pipelette qui écoute aux portes...

Elle leva la main.

— Non, c'est horrible, ce que je dis là. Je ne voulais pas. Mais... honnêtement, Lyn, je ne *veux pas* que Philip s'attire des ennuis supplémentaires actuellement.

Lyndall ne répondit rien du tout. Quand Anne parlait de Philip en ces termes, cela lui faisait mal au cœur, physiquement. Aucun mot n'aurait pu exprimer ce qu'elle ressentait. Ses yeux parlaient pour elle.

Anne avait les réponses aux questions qu'elle se posait.

— Bon, restons-en là. Je crois que nous nous sommes un peu échauffées. Il faut dire que Philip et moi détestons tout le bruit qu'on fait autour de nous et il nous serait par trop pénible que cela recommence au moment où on espérait que ça se calmerait. Je pense donc que tu ne m'en voudras pas si je te prie de ne pas aller raconter que tu crois m'avoir entendue parler de cette pauvre Miss Collins dans l'arrière-salle d'un salon de coiffure.

— Je n'en ai parlé à personne d'autre que toi. J'ai été stupide de venir t'en parler. Personne n'en saura rien.

Ce disant, elle sentit revenir le frisson de peur qui l'avait fait quitter en courant le petit couloir sombre derrière la porte-miroir. Elle avait promis de ne plus reparler de cette histoire. Elle devait essayer de l'oublier, à jamais. Elle ignorait qu'elle ne pourrait respecter sa promesse et qu'elle essaierait, de toutes ses forces, de revivre chaque détail de la scène qui s'était déroulée dans le salon de *Félise*. Elle ignorait quelles circonstances l'y obligeraient. Si elle avait pu deviner, elle aurait été à peine plus effrayée qu'elle ne l'était en ce moment précis.

Anne passa devant elle et s'assit derrière le plateau avec son argenterie patinée et ses tasses fleuries. Elle avait les joues roses et souriait.

— Prends donc encore du thé, proposa-t-elle.

23

Ce soir-là, Philip Jocelyn rentra de bonne heure. Comme il passait le seuil, il entendit Anne qui téléphonait. Il resta un moment à écouter, pas tant ses propos que sa voix, se demandant, comme chaque fois qu'il donnait libre cours à ses pensées, pourquoi, bien que ce fût celle d'Anne telle qu'il s'en souvenait, elle lui était étrangère, tout comme sa personne. Il ne s'agissait pas d'une conversation privée. En fait, elle prenait rendez-vous avec son coiffeur. Il l'entendit dire :

— *Félise ?* C'est Lady Jocelyn. Je voudrais un rendez-vous avec Mr. Felix. Il est absent, je suppose ?... Bon, voudriez-vous l'informer que le traitement qu'il m'a prescrit ne convient pas du tout à mes cheveux. J'en suis extrêmement contrariée... le lui direz-vous ? Je désire le voir le plus tôt possible. Expliquez-lui qu'il m'est impossible de poursuivre ce traitement et qu'il doit le changer. Je suis disponible demain après-midi... c'est un de ses jours, n'est-ce pas ? Voudriez-vous lui demander à quelle heure il pourrait me recevoir et me prévenir par téléphone ? Je serai chez moi toute la soirée.

Elle raccrocha et se détourna de la table du bureau pour découvrir Philip qui se tenait à l'entrée.

— Je ne t'ai pas entendu arriver.

— Tu étais occupée au téléphone, dit-il.

— Je prenais juste rendez-vous pour mes cheveux.

Elle s'était approchée de la fenêtre et arrangeait les rideaux.

— J'ai bien entendu. Les femmes y consacrent vraiment un temps incroyable.

Elle revint vers le bureau, un demi-sourire aux lèvres.

— Les miens se sont tellement abîmés... il faut vraiment que je m'en occupe. On dit que ce coiffeur est très bon, mais le produit qu'il m'a donné ne me convient absolument pas.

— Dans ce cas, je ne l'utiliserais pas.

— Je viens de prendre rendez-vous pour lui demander de me conseiller autre chose. Pourquoi rentres-tu si tôt?

Il s'était approché pour poser un attaché-case sur le bureau

— J'ai un travail que je peux faire ici. Je me coucherai tard, sans doute.

— Quand voudrais-tu dîner?

— Oh, comme d'habitude. Après, j'aimerais du café, dans le bureau, si ça ne te dérange pas.

— Bien sûr que non.

Elle lui décocha un nouveau sourire et quitta la pièce.

« Petit tableau domestique entre le mari et la femme... la si charmante et tendre épouse », se prit-il à penser. Elle essayait de ne pas devenir envahissante, mais il avait toujours conscience que c'était ainsi qu'elle apparaissait. L'appartement était magnifiquement tenu, on ne manquait jamais d'eau chaude, les repas étaient servis à l'heure et les mets admirablement cuisinés. Il avait droit à un sourire et à un mot gentil aussi souvent que nécessaire. Jamais il ne l'avait vue se mettre en colère ou se départir de sa bonne humeur. La fille qu'il avait épousée ne montrait ni ce tact ni cette efficacité. Si elle n'aimait pas quelque chose, elle le faisait savoir. S'il avait désiré travailler tard et la laisser seule, elle lui aurait lancé : « Oh, Philip, que c'est ennuyeux ! » Il ouvrit son attaché-case et commença à en sortir ses documents. De quelque manière qu'on considérât les choses, Anne s'était améliorée, et il y avait gagné. Sauf qu'il ne le ressentait pas ainsi. C'était faire montre d'ingratitude, mais il n'y pouvait rien. Ce qu'il éprouvait était plus proche de ce sentiment évoqué par Ben Jonson :

Encore à se coiffer, encore à s'habiller
Comme pour aller festoyer ;
Encore à se pomponner, encore à se parfumer :
Lady, on pourrait supposer,
Sans connaître vos raisons de vous mettre en beauté,
Que tout n'est pas si doux, tout n'est pas si parfait[1]

Il eut un rictus en s'installant devant le bureau.

La sonnerie du téléphone retentit pendant qu'ils dînaient. Anne se leva, laissant la porte ouverte. Il l'entendit répondre de l'autre côté du couloir : « Oui, cela me va. »

Elle revint et ferma la porte.

— C'était juste pour confirmer mon rendez-vous. C'est un spécialiste... il ne vit pas dans le bâtiment qui abrite le salon.

1. Ben Jonson (1572-1637), *Épicène ou la femme silencieuse. (N.d.T.)*

Il était préoccupé par son travail et remarqua à peine ce qu'elle avait dit.

C'est plus tard, au cours du repas, qu'il se souvint d'avoir quelque chose à lui annoncer.

— J'ai rencontré une de tes amies, lors du déjeuner.

— Ah bon ? Qui donc ?

— Une de tes demoiselles d'honneur... la grassouillette... Joan Tallent. Une auxiliaire de l'armée de terre. Vraiment grosse, mais elle s'est arrangée depuis la dernière fois. Elle aimerait te rendre visite.

— Quand ?

Il rit.

— Tu ne sembles pas enchantée.

— Non, pas vraiment. Elle était plutôt pénible.

— Pourquoi l'avoir choisie comme demoiselle d'honneur ?

— Oh, je ne sais pas. Je la voyais souvent quand j'étais chez tante Jane... c'était une sorte de cousine très éloignée des Kendall. Aujourd'hui, je suis sûre qu'elle va me casser les pieds.

— Eh bien, il faudra la supporter. Elle était absolument enthousiaste.

Anne parut se résigner.

— Quand viendra-t-elle ?

— Elle a parlé de ce soir et je crains de l'y avoir encouragée. Je me suis dit que vous pourriez prendre le café ensemble pendant que je travaillerais. Ta vie n'est pas très amusante.

Elle secoua la tête, souriante.

— Oh, non... après ces trois années, c'est le paradis. Je ne m'ennuie pas... je me sens en sécurité.

Pour la première fois, il fut touché par ses paroles. Auparavant, il se sentait désolé pour elle, mais cela restait distant, comme si on vous parlait d'une famine en Chine. Soudain, le ton de sa voix, quand elle avait dit « en sécurité », le rapprocha d'elle. « Elle a connu l'enfer », songea-t-il.

— Tu ferais mieux d'attendre pour voir si elle vient, dit-il d'une voix ferme. Peu importe à quelle heure j'aurai mon café.

On sonna à l'entrée au moment même où Anne finissait de laver la vaisselle. Elle avait été plutôt surprise que Philip ne se soit pas éclipsé dans son bureau. Avant qu'elle ait pu gagner la porte, il l'avait ouverte pour accueillir leur invitée.

Joan Tallent était grosse, sans contestation possible. Elle entrait difficilement dans son uniforme kaki. Sous la casquette à visière, ses joues étaient aussi rebondies et colorées que des pommes rouges. C'est d'une voix chaleureuse et vibrante qu'elle lança :

— Dis donc, Anne, ça fait une paye qu'on ne s'est pas vues ! Je me doute que j'ai plus changé que toi. C'est à cause de l'uniforme. Encore que je sois vernie... j'ai un joli teint. Les filles trop pâles ont l'air sinistre en kaki. J'ai maigri, tu ne crois pas ? C'est vrai qu'on n'a pas envie de devenir trop maigre, mais j'ai encore de la marge.

Elle fit entendre son bon gros rire. Puis, comme ils pénétraient dans le salon éclairé, elle posa un œil bleu écarquillé sur Anne.

— Voyons, tu n'es pas en train de suivre un régime, des fois ? Tu es vraiment plus mince.

— J'ai vécu en France occupée. Inutile de faire un régime, là-bas.

— Vous devriez lui faire boire du chocolat, décréta-t-elle. Rien de tel pour prendre du poids. Moi, j'en raffole, mais je n'ose tout simplement pas. Chez nous, nous avons un caporal-chef qui ne boit que ça. Elle a dû faire retailler son uniforme trois fois, et maintenant, il n'y a plus assez de tissu. On prend des paris : est-ce qu'ils vont en rajouter ou est-ce qu'ils vont lui en donner un nouveau ?

Philip s'était posté près du manteau de la cheminée. Il ne donnait pas l'impression de vouloir regagner son bureau. Quand Anne alla chercher le café, elle l'entendit dire, d'une voix nonchalante :

— Elle devrait s'engager à ne plus toucher au chocolat pendant toute la durée de son service.

Quand elle revint, Joan évoquait encore des questions de nourriture.

— Ce n'est pas compliqué, on ne peut pas tout manger, disait-elle, montrant le visage de quelqu'un qui parlait en connaissance de cause.

Quand elle vit Anne, elle se leva brusquement et faillit renverser le plateau à café en voulant l'aider. Et, tout en trébuchant contre un tabouret, en repoussant brutalement un fauteuil qui racla le tapis, en maintenant en équilibre instable sa tasse sur un de ses genoux, elle continua à papoter. Le passé, le mariage, « Tu étais superbe, Anne ». Les robes des demoiselles d'honneur, « La mienne était trop serrée... je n'ai rien pu avaler. Vous imaginez un peu si la fermeture Éclair s'était ouverte à l'église ? En plus, le blanc, ça vous grossit horriblement. Je ne suis pas sûre que ça nous allait vraiment. Vous savez que Diana est au Moyen-Orient ? Et Sylvia s'est mariée... deux bébés, et pas moyen de trouver quelqu'un pour l'aider à la maison. Et cette petite... comment elle s'appelait... Lyn Machin ou un truc comme ça... je crois qu'elle est dans les Wrens. Elle était folle de toi, pas vrai ? Elle a dû être drôlement contente de te revoir, non ? ».

C'est de la même voix nonchalante que Philip répondit :

— Effectivement.

Anne espérait de tout son cœur qu'il s'en irait, mais il restait à la même place, incroyablement grand, blond et distant, sa tasse de café posée près du coude, dont il avalait parfois une gorgée, une cigarette à la main, sur laquelle il tirait à peine.

Joan Tallent aussi fumait. Sa manière de fumer était empreinte de la même brusquerie chaleureuse qu'elle mettait à parler. Elle continua à discourir sur Lyndall et Anne finit par avoir envie de la gifler. Mais elle avait appris à donner le change. Elle demeura souriante et aimable. S'il le désirait, Philip pouvait orienter la conversation différemment. Ce n'est pas elle qui s'en chargerait ou qui lui laisserait voir qu'elle n'était pas indifférente à ceux qui parlaient de Lyndall, non plus qu'à leurs propos.

— Elle n'était pas vraiment jolie, mais elle avait quelque chose, vous ne croyez pas ?

Philip ne trouva rien à répondre. Il vint remplir sa tasse de café. Joan se tourna sur sa chaise pour lui faire face, rattrapa sa tasse de justesse et dit :

— J'en reprendrais volontiers, moi aussi. Est-ce que tu écris toujours ton journal, Anne ?

Celle-ci avança la main vers sa tasse, sourit et fit signe que non. Joan tendit le cou vers Philip, qui avait la cafetière à la main.

— Est-ce qu'elle vous l'a montré ?

Elle gloussa.

— C'était un journal absolument extraordinaire. On avait l'habitude de la taquiner là-dessus. Elle notait tout, sans exception.

Elle se tourna vers Anne :

— Est-ce que tu as arrêté quand tu t'es mariée ?

Anne secoua la tête et sourit :

— J'ai arrêté quand je suis allée en France. Cela

aurait été trop dangereux là-bas. Imagine ce qui serait advenu si j'avais écrit ce que je pensais réellement des Allemands !

Elle prit la cafetière des mains de Philip et remplit la tasse de Joan. Il saisit la sienne et retourna près du feu.

— Est-ce qu'on note ce genre de choses dans un journal intime ? demanda-t-il. J'en ai un, mais ça ne trahit rien de plus compromettant que « Déjeuner avec Smith — 1 h 30 ».

Joan s'esclaffa.

— Celui d'Anne n'était pas du tout comme ça. J'en ai lu un bout, j'ai failli mourir de rire. Elle notait vraiment tout — je veux dire, même des trucs que personne n'aurait l'idée de noter... comme ce vieux type, comment il s'appelait déjà, Pepys [1], sauf que, bien sûr, ce n'était pas pour raconter les mêmes choses, vu que le sien parlait surtout de ses histoires de femmes. Celui d'Anne, ce n'était pas la même chose, mais, comme lui, elle notait tout.

Anne n'avait cessé de sourire. C'est d'une voix doucereuse qu'elle déclara :

— Dis, Joan, tu ne serais pas en train de critiquer ma moralité, en quelque sorte ?

Son regard croisa alors celui de Philip. Les deux paires d'yeux gris, si semblables, s'affrontèrent brièvement, avant de se détourner l'une de l'autre. Philip vida sa tasse et la reposa sur le plateau.

— Bon, eh bien, je dois aller travailler, annonça-t-il.

1. Samuel Pepys (1633-1703), auteur d'un *Journal* resté fameux. *(N.d.T.)*

24

Le lendemain matin, Garth Albany pénétra dans le bureau que Philip occupait au ministère de la Guerre. Il considéra l'employée d'un haussement de sourcil, ce qui poussa Philip à lui demander de sortir. Garth, qui n'était pas vraiment entré de gaieté de cœur dans les services de renseignements de l'armée, pouvait préférer se dispenser de tout témoin, aussi discret fût-il.

Mais, une fois qu'ils furent seuls, Garth demeura debout de l'autre côté du bureau. Il avait saisi un morceau de cire rouge, servant à cacheter les plis, et le considérait d'un air soucieux.

Philip se cala sur son siège.

— Quelque chose qui ne va pas avec ma cire à cacheter ?

Garth la reposa précipitamment.

— Non. Écoute, Philip, ma démarche est plus que délicate et je ne sais pas comment m'y prendre... c'est ça, en fait.

Les sourcils de Philip se soulevèrent quelque peu.

— C'est l'abc de toute rédaction, murmura-t-il, tu commences par le début, tu vas jusqu'au milieu et tu termines par la fin. Tu ne crois pas que tu ferais mieux de commencer ?

Garth lui lança un regard sombre.

— Ce n'est pas facile, dit-il.

Il tira une chaise et s'assit, se penchant en avant, les coudes sur le bureau.

— Il se trouve qu'ils m'ont envoyé à cause de nos liens familiaux, et parce que nous sommes amis, et tout ça.

Sans changer d'expression, Philip demanda :

— Je suppose que cela a un rapport avec Anne.

Garth se sentit soulagé. Une fois qu'on avait rompu la glace, on pouvait tout dire. L'idée de le faire lui-même lui déplaisait. Il connaissait l'orgueil têtu de Philip. Personne, lui pas plus qu'un autre, ne saurait jamais avec certitude à quel point il bouillonnait et restait sur ses gardes sous les manières nonchalantes qu'il affichait. Il eût aimé en savoir plus, mais il en était pour ses frais.

— Eh bien? lança Philip.

Garth dut en venir au fait :

— Ils ne sont pas satisfaits, commença-t-il soudain. Ils s'interrogent sur le fait que tu l'aies d'abord crue morte avant qu'elle réapparaisse si longtemps après. Le grand patron veut te voir à ce propos. Pour être franc, je ne suis que l'avant-garde. Je t'avoue que c'est une mission qui me répugne, mais c'est tombé sur moi.

— Continue.

— Bon, tu n'ignores pas qu'il y a beaucoup de trafic d'un côté à l'autre de la Manche. On a chargé quelqu'un d'enquêter et nous avons reçu son rapport.

— Eh bien?

— Il confirme ce que tu sais déjà, à savoir que Theresa Jocelyn vivait au château de Mornac avec sa fille adoptive, Miss Joyce. Anne est venue s'installer en avril 40 et, en juin, tu as essayé de la récupérer avec un canot à moteur. Tu as effectivement embarqué une femme, qui est morte dans le bateau. On l'a enterrée sous le nom d'Anne. Ce n'est pas dans le rapport, c'est un fait connu. Maintenant, revenons au rapport : Theresa Jocelyn avait été mise en terre à peu près une semaine avant que tu viennes chercher Anne. Annie Joyce est restée au château. On la disait malade. Les deux vieux domestiques, Pierre et Marie, veillaient sur elle. Les Allemands occupaient le village. Ils ont envoyé un médecin pour l'examiner.

— Oui, j'étais au courant de tout cela. J'imagine que tu as entendu la version d'Anne. Elle serait revenue au château et aurait pris le nom d'Annie Joyce. Elle aurait eu une pneumonie et, une fois rétablie, on l'aurait envoyée dans un camp de concentration.

Garth prit un air malheureux.

— Je crains que ce ne soit pas tout... à en croire le rapport. Annie Joyce se serait rétablie très rapidement. Le médecin allemand a continué à lui rendre visite au château, ainsi que le capitaine Reichenau. Ces deux-là paraissaient en très bons termes avec Annie Joyce. Puis le médecin a été muté. Le capitaine Reichenau a continué à venir la voir. Bien sûr, on a pas mal jasé au village. Quelques mois plus tard, Reichenau a disparu. Peu après, Annie a été expédiée dans un camp de concentration, mais, au bout de deux mois, elle était de retour au château. Elle a affirmé qu'on l'avait libérée pour raisons médicales. Il est vrai qu'elle était maigre, mais elle ne ressemblait pas à quelqu'un relevant de maladie et elle était d'une humeur plutôt enjouée. Elle a prévenu Pierre et Marie qu'elle ne resterait pas longtemps avec eux... elle devait gagner l'Angleterre. Il s'est écoulé encore un certain temps et elle est partie.

— Rien d'autre ?

— Encore une chose. Après son retour du camp de concentration, les Allemands l'ont laissée tranquille. Ni visites ni contacts.

C'est d'une voix peu amène que Philip remarqua :

— Vous l'auriez éreintée, dans le cas contraire. Allez-vous lui reprocher de ne plus les avoir vus ?

— Non... non, bien sûr que non, Philip, mais es-tu certain qu'il s'agisse d'Anne ? Attends... tu doutais, n'est-ce pas ? Tu sais que les nouvelles circulent dans la famille. Inez Jocelyn a parlé. Tu n'étais pas sûr... oui ou non ?

Garth semblait incapable de poursuivre. Il fixait Philip dans les yeux. Celui-ci continua :

— J'en étais aussi certain que de n'importe quoi d'autre. Je la trouvais très étrange. Je ne pouvais croire qu'elle avait été un jour ma femme. Elle ressemblait à Anne, parlait comme elle, avait une écriture identique et, malgré tout, je n'étais pas convaincu qu'il s'agissait d'Anne. Enfin, j'ai dû l'admettre — à mon corps défendant, en dépit de tout ce que je devinais et éprouvais —, parce qu'elle était au courant de détails qui, croyais-je, ne pouvaient être connus que d'Anne et de moi.

Il se leva et fit quelques pas dans la pièce. Après un bref silence, il se retourna et dit :

— C'est ce que je pensais... jusqu'à hier soir.

— Que s'est-il passé ?

— Une des demoiselles d'honneur d'Anne nous a rendu visite. Elle riait bêtement et ne cessait de jacasser, mais elle a fait quelques remarques révélatrices sur un journal intime. Il semblerait qu'Anne en tenait un, sur le modèle de feu Mr. Pepys, dans lequel, à entendre Joan, « elle notait vraiment tout, même le genre de trucs que personne n'aurait l'idée de noter », avec une profusion de détails. Anne n'était pas du tout ravie à l'idée de discuter de son journal. Certes, elle n'avait aucune raison de l'être, mais c'est ainsi. À vrai dire, elle était anormalement réticente. J'aimerais y jeter un coup d'œil, Garth. J'aimerais savoir si Anne y rapportait ces petits faits qui m'ont paru si convaincants... et que nous étions les seuls à pouvoir connaître, elle et moi. Parce que si c'est le cas, et si Annie Joyce a mis la main sur ce journal, alors mon instinct ne m'a pas trompé et toutes les raisons que j'ai eues de croire que cette femme était Anne ne tiennent plus.

Garth s'était tourné sur son siège. Il considéra Philip d'un air sérieux, se demandant ce qu'il devait dire. Avant qu'il ait pu se décider, Philip reprit la parole :

— Nous vivons sous le même toit, mais nous ne vivons pas ensemble. Il n'y a rien entre nous. C'est une étrangère.

— Dois-je le dire au patron ?

— Je ne sais pas. Il me faudra le faire moi-même, à l'occasion, parce que votre collègue laisse entendre dans son rapport qu'Annie Joyce a été envoyée ici pour prendre la place d'Anne, dans un but précis, qui n'est pas difficile à imaginer.

Il retourna vers son siège et se laissa tomber dessus.

— Garth... tout cela est plausible. Et je vais t'expliquer pourquoi. Cette Annie Joyce... tu connais son histoire, n'est-ce pas ? Fille d'un fils illégitime de mon grand-oncle Ambrose... on l'a élevée en la persuadant que son père aurait dû être Sir Roger au lieu d'un pauvre employé à la noix... dans l'idée qu'Anne et moi-même étions des usurpateurs. Puis Theresa l'adopte... pas légalement, mais ça revient au même... se dispute avec la famille à cause d'elle... l'emmène en France et, au bout de dix ans, la déshérite, parce qu'elle s'est brusquement entichée d'Anne. Cela fait beaucoup, n'est-ce pas ? Il n'est pas sorcier d'envisager qu'une fille qui n'a rien oublié de ce passé pourrait être... approchable, disons. Votre rapport suggère qu'elle a été contactée par ce capitaine Reichenau. C'est possible. Si oui, ils auront choisi le bon moment pour la faire traverser. J'imagine que des informations sur la date et le lieu où pourrait s'ouvrir le second front sont pour eux capitales. Pourquoi ne penseraient-ils pas qu'ils ont une occasion en or d'infiltrer un agent ennemi dans mon entourage ? C'est un des aspects des choses. Il y en a un autre. S'il s'agit d'Anne, elle a considérablement évolué — pas physiquement mais intérieurement. Il est vrai qu'elle a eu des raisons de changer... personne ne saurait le lui reprocher. Si c'est Anne, elle a pu penser que je l'avais abandonnée. Elle était malade. Elle a dû se cacher sous un autre nom... laisser les Boches dans le doute. Envoyée dans un camp de concentration, elle retombe malade. En fin de compte, elle revient ici pour s'apercevoir qu'elle est considérée comme morte depuis trois ans et demi. Une tombe porte son nom et... elle se sent indésirable. Je ne la reconnais pas... ou du moins je le prétends. Si c'est Anne, elle a toutes les raisons de m'en vouloir. Quand, finalement, je suis convaincu, il est évident que je n'y mets aucun enthousiasme. Comment ne serait-elle pas meurtrie jusqu'au plus profond d'elle-même ?

— Et c'est le cas?

— Non, pas du tout... ou bien elle ne le montre pas. Elle fait preuve d'un sang-froid extraordinaire. Elle est facile à vivre, charmante, avec un grand sens pratique. Anne n'était ni facile à vivre ni pratique. Elle disait ce qu'elle voulait, sans trop se gêner, et, si les choses ne se déroulaient pas comme elle l'entendait, elle vous faisait une scène. Une fille peut-elle changer autant en trois ans et demi? Elle est beaucoup plus intelligente qu'Anne. Elle est adroite de ses mains, pleine de tact, sacrément intelligente, oui. Toutes qualités dont Anne était privée. Anne n'était qu'une jeune fille très vivante. Elle disait ce qui lui passait par la tête et faisait ce qu'elle avait décidé. Cela n'allait pas durer longtemps entre nous — je l'ai su moins de six mois après notre mariage. Par contre, à supposer que ce soit Anne, on l'a traitée épouvantablement et je dois essayer de réparer. En outre, vous pouvez oublier ce rapport ou du moins ses implications. Rien n'aurait pu pousser Anne à se laisser approcher par les Boches, et l'idée ne leur en serait même pas venue. J'ai du mal à imaginer quelqu'un de moins qualifié pour jouer les agents secrets — personne n'y aurait songé, elle la première. Peux-tu accepter cela?

— Si nous avons affaire à Anne, oui. Je ne la connaissais pas aussi bien, mais je l'aurais décrite comme tu l'as fait — une femme plutôt simple, sans chichis, pleine de vie et de santé, contente de son sort du moment que rien ne la contrariait, très jolie et charmante, et tout et tout — mais la finesse d'esprit n'était pas son trait dominant, si tu me permets d'être franc.

— On en dira tous de bien pires, répondit Philip d'un ton bizarre. En fait, tu t'es contenté de reprendre ce que j'ai dit. Bon, tout cela a changé. Elle peut bien ressembler à Anne, et parler comme elle, elle ne saurait penser comme elle, parce qu'un esprit intelligent est incapable de raisonner comme un esprit mal dégrossi, et, quand tu vis avec une femme, tu ne peux qu'être sensible à la qualité de ses pensées. Or c'est cela qui, depuis le début, m'a fait tiquer. J'ai vécu avec Anne, ainsi qu'avec cette femme qui dit porter son nom, et elles n'ont pas la même façon de raisonner. Je pourrais plus facilement m'accommoder d'un changement de visage que d'une telle différence dans la manière de penser.

Garth leva un regard soucieux vers Philip et demanda :

— Ainsi, pour toi, ce n'est pas Anne ?

— Hier soir, j'aurais dit : « Je l'ignore. »

— Et aujourd'hui ?

— En cet instant, je serais enclin à croire qu'on a infiltré Annie Joyce chez moi.

25

Ce même après-midi, Anne téléphona à Janice Albany.

— Bonjour, c'est Anne Jocelyn. Écoutez, je me demande si vous pouvez m'aider.

— Que se passe-t-il ? répondit Janice. Que puis-je faire ?

— Eh bien, Lyn est venue chez moi hier. Elle a pris le thé chez vous la semaine dernière. Elle a parlé d'une personne rencontrée à cette occasion, et, stupidement, j'ai oublié de lui en demander le nom. Je voulais savoir si cette femme avait un rapport avec des gens que j'ai connus en France. Lyn est sortie et cela me turlupine... vous savez comment c'est.

— S'agirait-il de Miss Silver ? Elle a eu une conversation avec Lyn et je crois avoir entendu citer votre nom.

— Est-ce qu'elle habite à Blackheath ?

— Oh, non, à Montague Mansions, au 15.

Puis, après une courte pause :

— Elle a une nièce à Blackheath.

— Que pouvez-vous me dire d'elle ?

— Elle est adorable... tout droit sortie du XIXe siècle. Elle porte des pantoufles brodées de perles et une frange avec une résille, mais, dans son travail, elle fait merveille.

— En quoi consiste-t-il ?

— Elle est détective privée.

Anne prit une profonde inspiration et se pencha au-dessus du bureau. Toute la pièce lui parut soudain vibrer à travers un voile. Elle perçut la voix de Janice lui donnant des détails sur le meurtre de Michael Harsch. Elle n'en captait que des bribes, ponctuées d'un refrain sans cesse repris : « Miss Silver a été absolument merveilleuse. »

— Non, ce n'est pas la personne à laquelle je pensais, réussit-elle enfin à dire. Je ne comprends pas pourquoi je me suis fourré cette idée dans la tête... ce sont des choses qui arrivent... Au fait, ne lui dites pas que je vous ai posé la question... elle risquerait de trouver cela bizarre.

— Oh, je n'en ferai rien.

Anne raccrocha, mais demeura assise encore un long moment.

Plus tard, elle se rendit à son rendez-vous. Quand elle arriva devant le salon aux rideaux bleu vif, dont le nom, *Félise,* était inscrit au-dessus de la porte, elle entra sans hésitation. « J'ai rendez-vous avec Mr. Felix », murmura-t-elle à la fille du comptoir avant de s'engouffrer dans le couloir entre les cabines et d'ouvrir la porte-miroir. Elle attendit un instant dans le noir comme avait fait Lyndall, puis s'avança vers le rai de lumière en face d'elle.

La lumière provenait d'une lampe de travail dont l'abat-jour sombre était incliné de manière à laisser dans les ténèbres le fond de la pièce tout en projetant un cône lumineux éblouissant vers quiconque apparaîtrait à l'entrée. Comme elle détournait la tête pour ne pas être éblouie et s'assurer que le pêne n'était pas ressorti, elle se fit la réflexion suivante : « Quelle idiotie ! C'est ce qui est arrivé l'autre fois... j'étais aveuglée et je n'ai pas vérifié si la porte était bien fermée. Il faudra que je le lui dise. »

Elle pivota vers la pièce, la main en visière, et lança d'un ton exaspéré :

— Est-ce que vous ne pourriez pas enlever cette lumière ?

La pièce était meublée sommairement — un petit tapis, une table divisant l'espace en deux, avec, à son extrémité, une chaise toute simple à haut dossier et une autre, identique, plus proche, la lampe enfin, posée sur la table. Sur le siège le plus éloigné, complètement dans la pénombre, Mr. Felix. Il leva une main gantée et tourna un peu la lampe. Le faisceau lumineux passait maintenant entre Anne et lui — telle une épée flamboyante, aurait pu dire un témoin de la scène amateur de métaphores.

De sa position, Anne ne distinguait pas grand-chose — tout comme lors de ses deux entretiens précédents. Un homme sur une chaise, qui semblait fortement charpenté dans son manteau très large. Rien d'autre ne pouvait donner une telle forme et une telle densité à une ombre. Les mains gantées — elle les avait remarquées quand il avait détourné la lampe ; la chevelure épaisse, et l'impression, quand il se pencha en avant, qu'il pouvait être roux ; de grosses lunettes rondes — teintées, se dit-elle, à leur façon de capter parfois un reflet de l'endroit quand le rayon lumineux frappait le mur blanc. Elle n'en avait jamais distingué plus et elle se gardait bien d'essayer. Dans la partie qui se jouait, il n'y avait *rien* d'aussi dangereux que d'en savoir trop.

Elle recula pour échapper au faisceau et l'entendit parler :

— Pourquoi êtes-vous venue ? Je ne vous ai pas fait demander.

La voix n'était qu'un murmure rauque. Pas la moindre trace d'accent, sauf, parfois, une intonation suggérant une certaine familiarité avec une langue étrangère. Elle avait sa petite idée mais était consciente qu'il valait mieux la taire, et même l'évacuer de son esprit. Accepter ce que l'on vous donnait, faire ce que l'on vous disait, ne pas poser de questions : c'était ainsi qu'il fallait procéder. Sauf que certaines choses, parfois...

— Pourquoi avoir fait ça ? demanda-t-elle. Je vous avais dit qu'elle était inoffensive.

— Est-ce la raison de votre venue... pour poser des questions sur ce qui ne vous regarde pas ?

Elle aurait dû en rester là et laisser tomber, mais une sorte de colère montait en elle, et, sur le moment, peu lui importait. Depuis près de deux jours, elle le haïssait profondément — à cause de la visite de la police, à cause de Joan Tallent qui était arrivée comme un cheveu sur la soupe et s'était mise à parler à tort et à travers devant Philip, à cause de Nellie Collins qui n'avait jamais fait de mal à une mouche. La deuxième raison, certes, était plutôt illogique, car il ignorait l'existence de Joan. Mais la logique a peu à voir avec nos instincts primaires. Incapable de se contenir plus longtemps, elle lança :

— Je suppose que cela ne me regarde pas si, à cause de vous, la police a débarqué chez moi !

La voix atone se fit de nouveau entendre.

— Il faudra m'expliquer ce que vous entendez par là.

— Elle a raconté qu'elle venait me voir.

— Elle avait promis de...

Anne eut un rire mauvais.

— Elle a parlé avec une femme dans le train! Elle lui a dit qu'elle avait élevé Annie Joyce et qu'elle avait demandé à me rencontrer!

— Comment le savez-vous?

— Par la police, fit-elle d'une voix hésitante.

— Il y a autre chose. Je veux savoir. Qui est cette femme?

Elle n'avait pas encore décidé de le lui dire ou non. Il l'avait prise de court — maintenant, elle n'avait plus le choix. Mais elle ne lui en apprendrait pas plus qu'il n'avait besoin de savoir. Qu'il découvre le reste tout seul.

— Une certaine Miss Silver, répondit-elle, avec un air de franchise.

— Est-ce de la police que vous le tenez?

— Non... de Lyndall Armitage.

Il laissa passer quelques secondes de silence.

— Qu'est-ce qu'elle vient faire là-dedans? Connaît-elle cette Miss Silver?

— Elles se sont croisées en prenant le thé.

— Comment l'avez-vous appris?

— Par Lyndall.

— Répétez-moi ce qu'elle vous a dit. Mot pour mot.

Ce qu'elle fit, avec la plus grande exactitude possible.

— Vous voyez donc que Nellie Collins a effectivement parlé, et à une femme qui est en rapport avec la police. Cette femme les a informés que Nellie Collins, à l'entendre, venait à Londres parce qu'elle avait rendez-vous avec moi, sous l'horloge de Waterloo, à quatre heures moins le quart, ce lundi après-midi. Évidemment, on m'a interrogée à ce propos. Par chance, je n'ai pas été seule de la journée, jusqu'à onze heures du soir.

C'est d'une voix douce que Mr. Felix fit remarquer :

— C'est parce que vous avez suivi vos instructions, qui vous ont procuré toute une série d'excellents alibis. Cela vous convaincra, peut-être, qu'il est sage d'obéir aux ordres sans poser de questions.

Assise près du rayon lumineux qui les séparait, elle encaissa. Il n'y avait pas là matière à contestation. On lui avait dit de faire venir Ivy Fossett à Londres et de la garder pour la nuit ; de demander à Lilla Jocelyn, ou, à défaut, à quelque autre amie ou parente, de se trouver à l'appartement au plus tard à trois heures de l'après-midi et de ne pas l'en laisser repartir avant sept heures du soir. Il était également vrai qu'elle n'avait pas posé de questions, même en son for intérieur. Elle avait obtempéré, et Nellie Collins était morte L'impatience grandit en elle. Quelle importance si une petite dame bavarde mourait ou non ? Le monde était une mer de sang et de larmes. On ne pouvait vivre à la place des autres — chacun devait se battre pour lui-même, tenter de sauver sa peau.

— Qu'avez-vous dit à la police ? demanda Mr. Felix. Je veux tout savoir, à la virgule près !

Quand elle en eut terminé, il hocha la tête.

— Vous vous en êtes très bien tirée, à mon avis. Il est peu probable qu'ils vous importunent encore. Cependant, il y a un point que je ne m'explique pas. Cette fille, Lyndall... qu'est-ce qui l'a amenée à vous parler de Nellie Collins ? Pourquoi cela lui a-t-il semblé aussi important ? Toute la question est là... cela paraissait-il important ? Vous m'avez répété ses mots, mais ce que je veux entendre c'est la manière qu'elle a eue de les prononcer. Vous m'avez informé de ses dires, mais ce sont les circonstances qui m'importent. Pourquoi s'est-elle mise à parler? Était-ce dans le cours de la discussion... une chose en entraînant une autre, pour en arriver à ce que vous venez de me répéter? Ou bien, est-ce que cette fille, cette Lyndall, est venue vous voir tout exprès pour vous raconter son histoire?

Anne s'humecta les lèvres.

— Elle est venue dans ce but.

— Dans l'intention de vous dire qu'elle avait rencontré quelqu'un qui parlait de Nellie Collins... quelqu'un qui prétendait que Nellie Collins s'était rendue à Londres pour vous rencontrer?

— Oui, confirma Anne.

— Cela pourrait être grave, l'entendit-elle répondre. Voudriez-vous bien cesser de vous exprimer comme si vos mots étaient rationnés et me dire ce que je veux savoir? Non pas ses paroles, mais l'intonation qu'elle y a mise. Les mots ne sont rien, tout est dans la manière. A-t-elle présenté les choses comme une coïncidence ou donnait-elle l'impression d'avoir des soupçons?

Il leva sa main gantée et, soudain, la lumière l'éblouit de nouveau.

— Arrêtez ça! protesta-t-elle d'une voix dure.

Il rit et détourna le faisceau.

— Alors cessez de jouer avec moi et dites-moi ce que je veux savoir!

Elle se sentit gagnée par la colère, par la peur aussi. S'agissant de Lyndall, elle eut la même pensée que pour Nellie Collins. Quelle importance, cette fille? Si elle s'était mêlée de cette affaire, qu'elle en assume les conséquences! Il fallait déjà s'estimer heureuse de tenir bon. On ne pouvait se permettre, en plus, de s'inquiéter pour autrui. C'est d'un ton radouci qu'elle déclara :

— Vous ne me laissez pas le temps de parler. Je ne vous cache rien. Mais je ne voudrais pas que vous donniez à cet incident plus d'importance qu'il n'en a.

— C'est moi qui en déciderai. Il est dans votre intérêt de ne rien me dissimuler.

— J'allais y venir, répondit-elle. C'est simplement que... eh bien... Lyndall m'a vue entrer ici, la semaine dernière.

— C'était très imprudent de votre part. Continuez !

— Je ne l'avais pas remarquée... elle était de l'autre côté de la rue. Elle m'a suivie dans le salon. Elle n'était pas certaine que ce fût moi... elle n'avait pu distinguer mon visage. Elle a donc traversé le salon, au cas où j'aurais occupé une cabine. Elle a ouvert la porte du fond et est parvenue jusque derrière la porte de cette pièce. Elle était mal fermée... vous pouvez remercier cette lumière éblouissante que vous manipulez. Si vous ne m'aviez pas aveuglée quand je suis entrée, je me serais assurée que la porte était correctement fermée. Elle m'a entendue dire : « Pourquoi ne me laissez-vous pas écrire à Nellie Collins ? Elle est inoffensive. » Elle a aussi noté votre réponse : « Ce n'est pas à vous d'en juger. » Ensuite, elle a paniqué et a filé.

La main gantée retomba sur le bord de la table, qu'elle agrippa durement.

— Elle a reconnu votre voix ? demanda-t-il. Avec certitude ?

— Non. Elle a seulement pensé que c'était ma voix... elle n'en était pas sûre. J'aurais pu la persuader qu'il ne s'agissait que d'une erreur si elle n'était pas tombée sur cette damnée bonne femme chez les Albany et avait appris que Nellie Collins affirmait venir à Londres à cause de moi.

— À qui a-t-elle raconté cette histoire ?
— Hier, elle n'en avait parlé à personne.
— Comment le savez-vous ?
— C'est ce qu'elle m'a affirmé.
Elle haussa très légèrement les épaules.
— En fait, elle est de ces gens qui ne mentent pas. Je ne la crois pas capable de proférer un mensonge délibéré, même si elle le voulait, et je pense qu'elle n'essaierait pas.
— Que lui avez-vous dit ?
— J'ai débité mon alibi pour lui prouver que je n'avais rien à voir avec l'accident malheureux dont avait été victime Nellie Collins. Je lui ai juré que tout cela était absurde... qu'elle m'avait confondue avec quelqu'un d'autre. Et j'ai lourdement insisté sur la publicité très malvenue que nous avions déjà dû supporter, ajoutant que cela ferait beaucoup de mal à Philip si elle se mettait à parler inconsidérément de Nellie Collins. Elle m'a promis de ne rien dire et je suis persuadée qu'elle s'y tiendra.
— Pourquoi ?
— Parce qu'elle est amoureuse de Philip.
Sa main abandonna la table.
— Lui, est-il amoureux d'elle ?
— Je crois.
— Et vous prétendez qu'elle est sûre... qu'elle ne parlera pas ?
— Elle ne fera rien qui risquerait de nuire à Philip.
Il se pencha en avant.
— Seriez-vous aussi stupide que vous en donnez l'air ? Si elle n'en parle à personne, à lui, elle dira tout.
Elle rit.
— Oh non, sûrement pas ! Pour commencer, ils

ne se voient pas, sauf au sein de la famille. Tout, entre eux, était *pour le bon motif**, voyez-vous. Philip était sur le point de lui faire sa demande... d'où sa joie de me voir revenir. Ils souffrent en silence, en espérant que personne ne le remarque. *En outre*, Lyndall était une de mes demoiselles d'honneur, et des plus dévouées. C'est surprenant, mais je crois qu'elle seule a été sincèrement heureuse de mon retour. Elle a traversé la pièce en courant et s'est jetée à mon cou. Sur le moment, elle pensait à moi, pas à Philip. Ce que je considère comme un triomphe... pas vous ?

— Quel âge a-t-elle ? demanda-t-il brusquement.

— Vingt, ou vingt et un... mais elle fait plus jeune.

Il y eut un silence. Il posa sa tête sur ses mains, comme s'il réfléchissait. Elle profita qu'il ne disait rien pour parler.

— Pour l'instant, j'estime que nous ne risquons rien. Elle ne dira rien à Philip parce qu'elle m'aimait. Et elle ne confiera rien à personne d'autre, parce qu'elle aime Philip. Mais c'est allé assez loin... je ne viendrai plus ici.

— Non, acquiesça-t-il, ce ne serait pas prudent. Il faudra trouver un autre arrangement. Vous recevrez vos instructions.

— J'ai dit que c'est allé assez loin. Cela devient dangereux. Je ne veux plus continuer.

— Ah non ?

Il avait toujours cette voix monocorde, à peine plus forte qu'un murmure, mais elle en éprouva un frisson.

De l'autre côté du rayon lumineux, il avait levé les yeux. Un instant, les verres qui protégeaient son regard lui renvoyèrent une lueur plutôt menaçante.

— C'est trop dangereux, répéta-t-elle.

— Ce n'est pas votre affaire ! Vous êtes censée obéir aux ordres, non pas vous demander si cela vous met en danger ! Dans toutes les armées du monde, nourrir de telles pensées vous conduit devant un peloton d'exécution.

Elle se maîtrisa pour répliquer :

— Nous sommes en Angleterre.

Quand il répondit, son imperceptible accent étranger parut plus marqué.

— Et vous croyez qu'il en ira différemment ?

Elle garda le silence. Il laissa passer un bon moment avant de reprendre, d'une voix étonnamment douce :

— Cela n'a pas fait tellement de différence pour Nellie Collins... n'est-ce pas ?

Personne n'aurait pu deviner qu'elle avait peur. Pendant quelques secondes, elle en fut littéralement malade, mais rien ne transparut. Elle avait eu tout le loisir d'apprendre à dissimuler ses sentiments. Des années de pratique — des années à se montrer charmante quand elle était lasse, ou en colère, quand tout en elle se révoltait à l'idée de ce qu'elle devait supporter. Un apprentissage des plus amers, qui, maintenant, la servait. C'est sans trembler qu'elle trouva la force de lui répondre :

— Seriez-vous en train de me menacer ?

Puis, avec un tout petit rire :

— Ce n'est absolument pas nécessaire. Et... ce serait stupide.

— Vous m'accordez donc que je ne saurais me montrer stupide ? Merci, Lady Jocelyn ! Cependant, vous seriez mieux avisée de surveiller vos paroles. Vos propos pourraient être mal interprétés, et les malentendus sont toujours dangereux. Je veux bien croire que vous ne pensez à rien de précis quand vous dites ne pas pouvoir continuer...

Elle le coupa, une main levée, se penchant en avant :

— Attendez... écoutez-moi. Vous n'avez effectivement pas bien saisi mes paroles. J'aimerais que vous écoutiez mes explications. Je vous ai dit que je ne pouvais pas continuer parce que c'était trop dangereux. Cela ne signifiait pas que j'avais peur... mais qu'il n'existe aucune chance de réussir. J'ignore quels documents Philip rapporte à la maison, il garde sa mallette fermée à clef et celle-ci accrochée à une chaîne qui ne quitte pas sa poche. S'il me trouvait en train de fouiner dans ses papiers, tout serait terminé. Ne voyez-vous pas que je suis mise à l'épreuve ? Dans un sens, il me croit parce que je lui ai rappelé des détails qui l'ont convaincu, mais, plus profondément, il est sur ses gardes — il a un doute, réel. Si je lui fournissais le moindre prétexte, il romprait. Je veux qu'il abandonne toute méfiance — qu'il s'habitue à moi, se sente à l'aise, ait besoin de moi, prenne le temps d'oublier sa toquade pour Lyndall. Après tout, c'est de moi qu'il est déjà tombé amoureux, et pourquoi cela ne se reproduirait-il pas ? Et, alors... je pourrai vous être utile. Quand un homme vous aime, vous finissez par obtenir à peu près tout de lui.

Elle fut consciente d'être observée, longtemps, minutieusement.

— Un délai de six mois, disons ? finit-il par dire.

— Oui... oui !

— Six mois pour vous incruster... pour que Philip Jocelyn se trouve si bien en votre compagnie qu'il en devienne amoureux !

— Oui !

— Et, pendant toute cette période, on ne bouge pas, on attend que vous fassiez un signe ?

Il eut un geste maladroit de sa main gantée, la faisant aller de gauche à droite sur la table, comme s'il effaçait quelque chose.

— *Quatsch*[1] ! proféra-t-il.

Ce juron allemand lui fit l'effet d'un coup au visage. Il n'y avait peut-être pas de mot aussi délibérément grossier. Il tenait à lui faire comprendre que tout cela était de la foutaise, mais il n'existe en aucune autre langue une façon aussi brutale de le signifier. Elle sut alors qu'elle avait tenté sa chance en vain, mais, au lieu d'en éprouver de la crainte, c'est de la colère qu'elle ressentit. Il aurait dû se garder de la menacer. Elle pouvait faire certaines choses, si on l'y obligeait.

De l'autre côté de la table, il l'observait.

— Restons sensés, lança-t-il. Vous ferez ce qu'on vous dira, jusqu'au bout. Et pour commencer, voici ce que je vous demande.

Il poussa un petit paquet vers elle.

— Vous prendrez une empreinte de cette clef. Vous aurez soin de ne pas laisser de traces de cire sur les dents, comme ces criminels maladroits de la littérature policière. Vous agirez cette nuit.

— C'est impossible... il a toujours la clef sur lui.

— Il lui arrive de dormir, n'est-ce pas ? Vous trouverez dans ce paquet quelques pilules, en plus de la cire. Mettez-en deux dans son café et il passera une excellente nuit. Vous ouvrirez son attaché-case et photographierez ses documents. Vous avez

1. « Bêtises, sottises. » Contrairement à ce qu'affirme l'auteur, le mot n'a rien de grossier, du moins pour une oreille allemande. *(N.d.T.)*

l'appareil. Ne craignez rien... il ne se réveillera pas. Le lendemain matin, vous irez faire des courses dès que Jocelyn aura quitté l'appartement. Dans l'escalier, en descendant, vous rencontrerez à mi-hauteur un homme qui viendra vers vous. Juste avant de vous croiser, il trébuchera, comme s'il manquait une marche, et tombera sur les genoux. Vous l'aiderez à se relever et il vous remerciera en vous disant ceci : « Ce n'est rien. Quand j'étais dans ce bon vieux 78e régiment, j'ai récolté des blessures autrement graves. » Vous laisserez alors tomber le paquet contenant les pellicules et les empreintes et il le ramassera. Vous poursuivrez votre chemin et irez faire vos courses.

Sa colère s'était muée en détermination. Ce qu'il lui proposait allait tout faire rater. Parce que ça ne marcherait pas — elle en était intimement convaincue. Elle ne mâcha pas ses mots :

— C'est impossible. Cela reviendrait à tout perdre. Vous ne connaissez pas Philip... moi, si. Sans le montrer, il est sur des charbons ardents. On ne peut rien lui cacher. Il voit certaines choses et, ce qu'il ne voit pas, il en a le pressentiment. Il ne suffit pas de veiller à son apparence et de surveiller ses paroles... je dois aussi me méfier de mes pensées. Je vous avoue que ce n'est pas facile quand nous sommes entre nous. Si je rentrais avec de telles idées en tête, il le saurait.

Un nouveau reflet brilla sur les verres teintés, rien qu'un éclair.

— Je me demande s'il faut vous croire, dit-il. Je commence aussi à m'interroger. Pourquoi connaissez-vous si bien Philip Jocelyn ? Autre question... très sérieuse, oui. N'auriez-vous pas eu la stupidité de tomber amoureuse de lui ?

— Bien sûr que non !

Elle sut aussitôt qu'elle avait parlé trop vite. Elle fut sensible au ton de sa propre voix et comprit qu'elle sonnait faux. Cela ne le convaincrait pas... ni lui ni personne.

— C'est donc ça ? insista-t-il. Mais vous achèverez votre travail, quoi qu'il en soit.

— Non, ce n'est pas ce que vous croyez. Vous avez tort et je vous dis la vérité. Cela ne vous avancera pas si j'essaye... et échoue. S'il me démasque, il n'y aura pas de seconde chance... vous ne l'ignorez pas. Quel avantage en retirerez-vous ?

— Pourquoi vous démasquerait-il ? Qu'avez-vous fait... ou dit ? Que cachez-vous ? S'il est soupçonneux, comment l'est-il devenu ? Répondez-moi, immédiatement !

Elle se tenait droite sur sa chaise maintenant, la tête un peu en arrière, comme pour mettre de la distance entre eux. Il l'avait désarçonnée. Elle ne parvenait pas à penser clairement. « Pourquoi ai-je dit ça ?... Je n'ai rien dit du tout... À moins que...? S'il croit que Philip a des soupçons, il ne courra pas le risque... il va me fiche la paix... Je ne sais pas... peut-être pas... peut-être que... je ne sais plus quoi penser... »

La voix presque imperceptible se manifesta de nouveau, sinistre murmure glacé.

— Il vous soupçonne ?

S'arrachant au tumulte de son esprit, elle répondit :

— Je l'ignore.

— Inutile de me mentir. Quelque chose l'a rendu méfiant.

— Je ne sais pas...

Les mots semblaient venir d'eux-mêmes. Elle n'en trouvait pas d'autres.

— Je vous ai dit qu'il était inutile de mentir. Il est arrivé quelque chose. De quoi s'agit-il ?

« Si je le laisse prendre le dessus, c'est fini », songea-t-elle.

Ce n'était pas formulé, c'était un instinct, qui lui donna la force de puiser en elle du courage et d'afficher un sourire tout en changeant de ton :

— Je vous en prie... je vous en prie... vous me faites peur, vous savez ! Mais vous avez raison... il est arrivé quelque chose, et je ne sais pas exactement quoi. C'est pour cela que je ne veux rien entreprendre pour l'instant.

— Que s'est-il passé ?

Elle s'était reprise. Elle poursuivit sans difficulté.

— Rien, en fait... un de ces petits imprévus, mais... bon, je vous laisse juge. Hier soir, une fille m'a rendu visite... une de mes demoiselles d'honneur... une véritable idiote. Elle a commencé à parler du journal intime.

— Qu'a-t-elle dit ?

Elle lui en donna le détail.

— Que je notais absolument tout... y compris ce que personne ne noterait... comme dans le journal de Pepys.

Elle rit encore.

— Elle a expliqué qu'elle n'attaquait en rien ma moralité... a eu un rire niais et a demandé à Philip si je lui montrais ce que j'écrivais !

— Sa réaction ?

— Il m'a regardée...

Sa voix s'était faite plus aiguë.

— De quelle manière ?

— Je l'ignore...

— Avait-il l'air de vous suspecter ?

De nouveau, elle ressentit de la colère

— Puisque je vous dis que je ne sais pas ! Et si vous me reposez la question, la réponse sera la même ! Par contre, j'affirme que ce n'est pas le moment d'entreprendre quoi que ce soit. Cette fille a déclenché quelque chose. J'ignore exactement quoi, mais j'ai deviné que Philip y avait été sensible. Maintenant, je sens qu'il m'observe, tout comme au début. Vous vouliez la vérité... vous l'avez ! Le moment est-il bien choisi pour agir ? À vous de voir.

— Non, admit-il, sans doute pas. Pourquoi ne pas m'avoir parlé de cela en premier ? Vous attendez que je vous l'arrache. Vous prétendez qu'il ne s'agit que d'un de ces petits imprévus...

Il répéta les mots :

— ... *un de ces petits imprévus*. Vous le pensez réellement, sans doute ? Vous espérez que je vais croire que vous considérez cet incident comme un banal imprévu ? Vous le cachez aussi longtemps que possible, avant de l'avouer uniquement parce que vous estimez que cela va me pousser à abandonner l'opération que je vous ai confiée. Maintenant, je vais vous dire pour quelles raisons vous essayez par tous les moyens de me faire changer d'avis. Vous êtes particulièrement satisfaite qu'on vous prenne pour Lady Jocelyn — vous avez un rang, beaucoup d'argent, un mari promis à un bel avenir. Oui, vous avez obtenu ce que vous convoitiez. Et, depuis, vous manquez de motivation... vous aimeriez jouir tranquillement de toutes ces belles choses. Laissez-moi vous rappeler que vous n'avez pas fini de les gagner. Ceux qui vous ont permis d'y accéder peuvent aussi vous les retirer. Tenez-le-vous pour dit. Maintenant, vous allez m'écouter. Vous n'entendrez plus parler de la police. Elle est dorénavant convaincue que Nellie Collins a été victime, comme vous disiez, d'un malheureux accident de la route. Une femme qui habite à Ruislip est venue témoigner qu'elle la connaissait depuis des années et qu'elle l'avait souvent invitée à lui rendre visite. Vous admettrez que cela nous arrange énormément. La police sera maintenant persuadée que, quoi qu'ait pu dire Nellie Collins dans le train, cela trahissait surtout son désir d'être sous les feux de l'actualité, et qu'elle se rendait en fait à Ruislip pour y rencontrer son amie.

Elle l'observa et ne distingua qu'une forme sombre et massive, une tignasse et le reflet à peine visible de ses verres teintés. C'est avec moins de précipitation qu'elle demanda :

— C'est ce que vous croyez ?

Puis :

— Vous avez tout manigancé, j'imagine ?

Il lui répondit comme auparavant :

— Cela ne vous regarde pas. Voici vos ordres. Vous prendrez une empreinte de la clef, comme je vous l'ai dit. Par contre, vous ne courrez pas le risque de faire des photos, à moins de trouver le code. Celui-ci doit être copié ou photographié... mais, s'il a des doutes, vous ne le découvrirez pas. Où avez-vous caché le journal ?

— En lieu sûr.

— Vous feriez mieux de le mettre dans un coffre, à votre banque.

— Non... j'en ai besoin.

Il n'insista pas. C'est d'un ton cassant qu'il lui lança :

— Vous connaissez mes ordres. Il ne vous reste plus qu'à les exécuter !

Un silence précéda sa réponse :

— Cela m'est impossible.

26

Elle quitta le salon de beauté surchauffé pour retrouver le jour froid et lumineux. Entre deux nuages noirs, le soleil déclinant dispensait une lumière dorée sur toute la longueur de la rue. Comme elle s'éloignait rapidement, il lui sembla avancer sur une voie étincelante. Bizarrement, elle se sentait d'excellente humeur. Elle s'en était bien sortie, et, maintenant, les choses lui paraissaient faciles. Elle s'étonna d'avoir eu si peur... d'avoir été si soumise. Après tout, que pouvait-il lui faire ? S'il la dénonçait, il se dénonçait lui-même. Au petit jeu des menaces, elle aussi avait des arguments. Elle lui avait montré qu'elle ne l'ignorait pas et il avait rapidement baissé de ton. Elle l'avait quitté sans qu'il lui eût rien imposé et sans qu'elle lui eût rien promis. Elle s'était battue et elle avait gagné. Non, ils ne se serviraient pas d'elle comme d'un pion. Elle déciderait d'agir quand et comme elle l'entendrait — si jamais elle agissait. Cela dépendrait de Philip. S'imaginaient-ils qu'elle était assez stupide pour perdre tout ce qu'elle avait obtenu ? Elle était loin d'être stupide, oh non. Quand vous touchez au but, le but de toute une vie, vous ne prenez pas le risque de tout gâcher, vous vous y accrochez. Ce qu'elle pourrait faire sans danger, elle le ferait. Si, ce soir, il y avait une très bonne chance de réussite, il n'était pas exclu qu'elle moule cette empreinte que désirait Mr. Felix. Mais c'est elle qui déciderait — ce ne serait pas parce qu'il lui en avait donné l'ordre.

Quand elle tourna au coin, elle abandonna la partie ensoleillée de la rue sans perdre pour autant sa bonne humeur. Une pensée commença à se former dans son esprit, une pensée lumineuse ! À mesure qu'elle y réfléchissait, cela lui sembla être l'ébauche d'un plan. Elle ralentit l'allure, pour mieux se concentrer. La rue de plus en plus sombre, le froid, le vent cinglant avaient disparu. Elle étudiait son plan et il lui apparaissait aussi séduisant qu'un collier de diamants ou une voiture de grosse cylindrée. Hélas, tout comme ces objets, ce n'était qu'un rêve... était-ce bien sûr ? Elle avait beau n'être qu'une exécutante, ce ne serait pas la première fois qu'une simple exécutante échapperait aux mains qui la manipulaient. Elle se mit à envisager très soigneusement ses chances de réussite. Certes, ce n'était pas sans risque, mais la menace faisait partie de sa vie. Cela vaudrait la peine de tenter sa chance, de gagner sa liberté et la sécurité. Pendant quelques secondes, son cœur se serra : la sécurité semblait si désespérément inaccessible !

Elle poursuivit sa route, puis hésita. Leaham Street n'était pas si loin. Elle avait vérifié sur un plan avant de sortir. Pourquoi ne pas aller voir à quoi ressemblait Montague Mansions ? Inutile de décider d'y entrer ou non. Peut-être y avait-il tout au fond de son esprit le pressentiment vague que quelque chose surviendrait, qu'elle recevrait un signe. Elle accéléra le pas en direction de Leaham Street.

Assise près de l'âtre, Miss Silver tricotait. Après avoir achevé la seconde chaussette de Johnny, elle avait commencé une paire de socquettes pour le petit Roger. Les deux autres paires de chaussettes destinées à Johnny pouvaient attendre qu'elle ait utilisé toute cette laine d'excellente qualité. Elle n'en avait pas assez pour des chaussettes, mais cela suffirait pour les socquettes du petit Roger et ce serait une aide précieuse pour Ethel, qui n'avait vraiment pas le loisir de tricoter pour sa petite famille. Cuisiner pour trois garçons et un mari, faire le ménage et la lessive, en plus du raccommodage — à quoi s'ajoutaient trois après-midi par semaine dans une cantine —, elle ne savait plus où donner de la tête.

Tout en tricotant, elle repensait à sa dernière conversation avec Frank Abbott. Elle ne put s'empêcher de secouer la tête. L'inspecteur principal Lamb était sans aucun doute un policier expérimenté, homme très estimable qui plus est, mais cela ne signifiait pas qu'elle était toujours d'accord avec ses conclusions. En aucun cas... Mon Dieu, non ! S'agissant de cette affaire, elle était même en complet désaccord avec lui et c'est ce qu'elle avait confié à Frank Abbott. Mais, bien sûr, cela ne la regardait pas — elle n'était pas professionnellement concernée. Si l'inspecteur principal était satisfait, il n'y avait rien à ajouter. En outre, bien évidemment, c'était un homme. Non pas que Miss Silver éprouvât une quelconque animosité envers le sexe dit fort. De fait, dans leur rôle, les hommes pouvaient se montrer parfaitement efficaces. Elle admirait certaines de leurs qualités évidentes et considérait leurs défauts avec indulgence. Pourtant, à l'occasion, elle songeait, comme en cet instant, qu'ils étaient trop sûrs d'eux et trop enclins à se croire infaillibles. Si l'inspecteur principal Lamb était persuadé que cette pauvre Miss Collins avait été fort malheureusement victime d'un accident de la route alors qu'elle se rendait chez sa vieille amie, Mrs. Williams, de Ruislip, s'il croyait qu'elle s'était perdue et avait erré dans le chemin sombre où on l'avait retrouvée, grand bien lui fasse ! Que Mrs. Williams fût ou non la personne respectable qu'elle semblait être, Miss Silver ne croyait pas du tout que Mrs. Collins eût la moindre intention de la voir. Elle aurait pu connaître Mrs. Williams, ou peut-être pas... sur ce point, Miss Silver ne tranchait pas. Mais, en ce lundi après-midi, elle était venue à Londres pour rencontrer Lady Jocelyn sous l'horloge de Waterloo à quatre heures moins le quart. Si elle n'y avait pas trouvé Lady Jocelyn, elle était tombée sur quelqu'un qui était au courant de ce rendez-vous et qui y était venu à sa place. Selon toute vraisemblance, Lady Jocelyn n'avait pu se déplacer — l'inspecteur principal en était convaincu. Miss Silver pinça les lèvres. Lamb s'était montré trop crédule.

C'est à ce moment de ces méditations que son attention fut attirée par un soudain changement de lumière. La journée avait été particulièrement sombre et triste, mais voilà que dehors l'atmosphère s'était éclaircie. Avec un léger soupir de regret, Miss Silver posa son ouvrage et s'approcha de la fenêtre. Cela faisait chaud au cœur de revoir le soleil après tant de mornes journées. Une lumière oblique provenait du coin de la rue opposée, rayon de soleil passant entre deux nuages menaçants. Elle craignit que cela n'annonçât pas vraiment un temps plus dégagé, rien qu'une éclaircie momentanée, agréable cependant... très agréable.

Elle demeura à la fenêtre tout le temps qu'elle dura. Au moment où elle s'évanouissait, elle remarqua une femme qui s'arrêtait sur le trottoir opposé et levait les yeux vers elle. Elle portait une petite coiffe bordée de fourrure et un très beau manteau dans la même matière. Sa chevelure brillait sous la coiffe. Miss Silver l'observa et reconnut aussitôt Lady Jocelyn. Tous les journaux avaient reproduit le portrait qu'avait fait d'elle Amory. Il était très ressemblant, oui, vraiment.

Elle demeura sur place, le regard levé, tandis que Miss Silver détaillait son visage dénué d'expression, au teint lisse légèrement coloré, aux beaux yeux gris imperturbables sous l'arc des sourcils. Elle aurait pu admirer un paysage ou étudier un problème d'échecs. Brusquement, elle se détourna et remonta la rue qu'elle venait de parcourir, d'un pas décontracté, sans hâte. Miss Silver la regarda s'éloigner.

Anne Jocelyn rentra chez elle. Elle était d'humeur gaie et confiante. Son plan lui donnait le sentiment d'avoir du pouvoir. C'était à elle d'en user ou non. Elle avait le choix... sa décision n'était pas encore prise et c'est cela qui lui procurait cette sensation de pouvoir.

Peu après l'heure du thé, le téléphone sonna. Au moment où elle décrochait, elle perçut une petite toux.

— Lady Jocelyn ? s'enquit une voix féminine.

Elle se demanda qui pouvait appeler.

— Oui, répondit-elle.

— Je pense que vous connaissez mon nom. Silver... Miss Maud Silver.

— Pourquoi devrais-je le connaître, selon vous ?

Elle entendit cette légère toux, comme un prélude.

— Je pense que vous êtes venue pour me voir, cet après-midi, ou, du moins, repérer l'endroit où je vis. Vous n'êtes pas entrée. Si vous en aviez l'intention, vous avez changé d'avis et êtes repartie. C'était aussi bien.

— Je ne sais vraiment pas de quoi vous voulez parler.

— Je n'en crois rien. Je vous ai appelée pour vous prévenir. Vous êtes suivie.

Anne demeura absolument silencieuse. Elle tint le récepteur d'une main rigide jusqu'à pouvoir maîtriser sa voix. Même alors, elle s'exprima à voix basse :

— J'ignore de quoi vous parlez.

Miss Silver toussota.

— Vous feriez mieux de m'écouter, Lady Jocelyn. Cet après-midi, juste avant quatre heures, vous vous êtes rendue à Leaham Street. Vous êtes restée sur le trottoir, les yeux fixés sur Montague Mansions. Il se trouve que je regardais par la fenêtre de mon salon et que je vous ai aussitôt reconnue. Votre ressemblance avec le portrait d'Amory est... remarquable.

Une pensée traversa l'esprit d'Anne : « Elle est au courant... », puis une autre : « Comment est-ce possible ? »

D'une voix tranquille et précise, Miss Silver poursuivit. Elle aurait pu répondre à cette question implicite.

— Je vous prie de m'écouter, parce que je sais qu'on a tout fait pour empêcher cette pauvre Miss Collins de vous rencontrer. N'avez-vous pas songé qu'on pourrait apporter le même soin à vous empêcher de me contacter ?

— Franchement, je ne sais pas de quoi vous voulez parler.

La phrase était devenue mécanique. La voix était monotone, les mots dépourvus de sens.

— Je crois, dit Miss Silver, que vous aviez l'intention de venir me voir, mais vous n'avez pas pu franchir le pas. En fin de compte, vous y avez renoncé. La personne qui vous suivait était une femme portant un manteau brun miteux, avec un foulard brun et violet autour de la tête. Pendant que vous attendiez sur le trottoir, elle est restée sous le porche d'une des maisons situées plus haut. Quand vous êtes repartie, elle a détourné son visage vers la porte, comme si elle attendait que quelqu'un réponde à un coup de sonnette. Mais, une fois que vous vous êtes éloignée, elle a redescendu les quelques marches vers la rue et vous a emboîté le pas.

Anne ne souffla mot. Miss Silver continua son récit.

— J'ai des raisons de croire que la police ne s'intéresse pas à vos déplacements. C'est donc que quelqu'un d'autre s'y intéresse. Voilà pourquoi je vous appelle. Vous saurez mieux que moi qui cette personne peut être et dans quelle mesure vous êtes en danger. Je tenais à vous prévenir. Si vous désirez me consulter, je suis à votre disposition. J'estime qu'il serait dangereux pour vous de venir, mais je peux me déplacer.

Anne releva brusquement la tête. Mais que faisait-elle, comment permettait-elle qu'on lui parlât sur ce ton? Était-elle devenue folle? Sans doute, car elle sentit brusquement monter en elle le désir de crier : « Oui, venez, venez, *venez* ! » Elle le contrôla, comme elle avait fait avec sa voix, et murmura :

— Je suis sûre que cela partait d'une très bonne intention, mais je ne sais toujours pas de quoi vous parlez. Bonsoir.

27

Elle raccrocha. Elle en fut soulagée, comme si elle s'était échappée. Elle avait été sur le point de répondre : « Venez. » Cela lui parut incroyable, pourtant, elle avait voulu le dire. Elle songea que c'était la plus étrange conversation qu'elle eût jamais eue — étrange par les mots échangés, et aussi par l'effet ressenti. Cette femme, cette Miss Silver, ne parlait-elle pas comme quelqu'un qui savait ? Nellie lui avait ouvert son cœur dans le train. Que lui avait-elle raconté ? Qu'est-ce qui en avait été rapporté à la police ? En dépit du sentiment de soulagement qu'elle éprouvait de s'être éloignée du téléphone, elle comprit qu'il était urgent de rencontrer Miss Silver et de tirer les choses au clair. Et puis, soudain, l'information que lui avait communiquée Miss Silver occupa entièrement son esprit : Mr. Felix la faisait filer, c'était un fait, sans l'ombre d'un doute. Elle était certaine qu'il s'agissait de lui, et cela signifiait que.. Elle le savait parfaitement. Elle n'avait pas vraiment gagné son combat, elle s'était simplement rendue suspecte. Il avait cessé de lui donner des ordres, non parce qu'elle l'avait convaincu qu'il serait inefficace de les appliquer mais parce qu'il n'avait plus confiance en sa capacité à les exécuter. Et, quand il apprendrait qu'elle s'était rendue à Leaham Street, et était demeurée plantée devant Montague Mansions, dont le nom était gravé au-dessus de l'entrée, il était difficile d'imaginer qu'il serait rassuré. Cette fois-là, elle n'était pas entrée, mais ce n'était peut-être que partie remise.

Bref, il était urgent de prendre une décision. Il lui suffisait de tendre le bras, de téléphoner tout de suite à Miss Silver et de dénoncer Felix... Pouvait-elle le faire?... Elle ignorait son identité. Qu'avait-elle à révéler sur lui ? Il savait comment brouiller les pistes et tout ce qu'elle dirait se retournerait contre elle. Le simple bon sens commençait à lui suggérer que son plan n'était pas au point, qu'il était mal ficelé. Si Miss Silver ne l'avait pas reconnue, elle aurait pu l'appeler d'une cabine et lui parler de ses rendez-vous avec Felix dans l'arrière-salle du salon de coiffure, *Félise*. Mais à quoi bon des « si » ? Nellie Collins avait l'habitude de répéter : « Avec des *si* et des *mais*, on mettrait Londres en bouteille. » Miss Silver l'avait reconnue. Il était trop tard — elle ne pourrait pas s'en tirer de cette manière. Elle devait assurer sa propre sécurité... donner à Felix l'empreinte de la clef. Cela le rassurerait. Si, par une chance inouïe, elle pouvait aussi s'approprier le code secret, elle serait blanchie. Impossible de la suspecter, dorénavant

Face aux deux menaces auxquelles elle était confrontée, celle représentée par Philip était soudain devenue négligeable. C'était Felix qu'il fallait calmer, dont il fallait regagner la confiance à tout prix. Elle n'ignorait pas ce qui arrivait aux membres du réseau devenus inutiles ou suspects — on n'avait aucun scrupule à s'en débarrasser, comme on aurait fait de vieux bouts de ferraille envoyés au rebut. Son humeur confiante ne s'évanouit pas, mais elle orienta ses pensées vers un autre but. Elle se sentait extraordinairement détendue et sûre d'elle-même. Elle envisagea même l'explication qu'elle fournirait à Felix pour justifier sa visite du côté de Leaham Street. Elle voulait voir Montague Mansions, et, à supposer qu'il lui en demande la raison, elle lui répondrait en riant : « Oh, je ne sais pas... cela m'amusait... comme de regarder au travers des barreaux un fauve qui vous mordrait s'il en avait l'occasion. »

À son retour, Philip la trouva de si bonne humeur qu'elle en était rayonnante. Il n'était pas encore l'heure de dîner et il s'assit, désireux de parler. Quand elle alla préparer le repas, il la suivit dans la cuisine, appuya son grand corps contre le buffet et continua à causer. Sans trop comprendre comment, elle s'aperçut qu'ils parlaient de la France. Il lui posait des questions, ne se montrant aucunement soupçonneux, comme si le sujet l'intéressait, à croire qu'ils avaient trouvé là un terrain commun. Alors qu'elle écaillait un poisson avec l'intention de faire une tourte et préparait une sauce au fromage, elle se rendit compte que, pour la première fois, ils avaient une vraie conversation. Pour ne rien gâcher, quand Philip se montrait intéressé et s'efforçait d'être aimable, il devenait extrêmement séduisant.

Au cours du repas, il évoqua son travail. Rien que des propos anodins, mais le simple fait qu'il acceptât d'en parler la ravit. Elle se montra très prudente, ne manifestant qu'un intérêt de pure forme, évitant de poser des questions, sauf quand il laissa entendre qu'il avait certaines choses à terminer après le repas.

— Ça te prendra longtemps ? demanda-t-elle.

— Pas trop. J'aurais dû terminer au bureau... je n'aime guère ramener ici le code. Mais bon... je ne serai pas long.

Plus le repas avançait, plus elle prenait confiance. Tout lui réussissait. Quand elle alla chercher le café, elle mit dans la tasse de Philip deux des comprimés que lui avait donnés Felix. Le plateau à café était posé sur le buffet. Levant la tête, elle aperçut son visage dans le petit miroir bon marché placé sur l'étagère. Elle se sentit tout émoustillée. Elle avait les joues roses, l'œil brillant et ses lèvres souriaient de manière inhabituelle. « On dirait que je suis amoureuse », songea-t-elle. Et puis : « Oui, pourquoi pas ? Je pourrais l'être, s'il voulait de moi. Pourquoi pas ? »

Elle saisit le plateau et regagna le salon. Philip avait quitté sa chaise. Il se tenait près de l'âtre, contemplant le feu. Comme elle déposait le plateau, il dit :

— Je boirai mon café en finissant mon travail. Ce ne sera pas long. Si je reste ici, je n'aurai plus envie de me relever. Je reviendrai un moment quand j'aurai terminé et j'irai ensuite me coucher. Je me sens capable de dormir douze heures d'affilée.

Elle eut le sentiment que tout se passait comme elle l'espérait. Si elle s'était trouvée d'une humeur différente, elle aurait pu se demander pourquoi. Cette nuit-là, il ne lui vint jamais à l'esprit que les choses évoluaient peut-être dans un sens qui lui était trop favorable.

Une heure plus tard, quand il réapparut, elle était assise sous la lampe, en train d'effectuer un délicat travail de couture sur un sous-vêtement. Une douce lumière tombait sur le satin couleur pêche et la dentelle écrue, faisant briller l'aiguille d'acier et un écheveau de soie à broder posé sur un bras du fauteuil. Elle leva les yeux vers lui pour le voir étouffer un bâillement de la main. Au bout de l'autre main se balançait une chaînette terminée par un porte-clefs. Elle haussa les sourcils et demanda :

— Fatigué, Philip ?

Il enroula la chaînette dans la paume de sa main.

— Je suis mort. Cela ne vaut rien d'essayer de rester debout. Je file.

Il se tourna en lui souhaitant bonne nuit. Puis il s'éloigna et referma la porte dans son dos.

Anne se remit à surfiler la dentelle sur sa combinaison de satin pêche. Il y avait une petite horloge sur le manteau de la cheminée. Un objet voyant, tout en verre et chrome, moderne et sans valeur. Le son grêle de son carillon annonça onze heures. Anne continua à coudre encore une demi-heure. Enfin, elle se leva, replia son ouvrage et alla le ranger dans sa chambre, sans se précipiter. N'importe quel témoin de la scène aurait cru être devant une jolie femme mettant de l'ordre avant de se coucher.

Après quoi, elle quitta la chambre et regagna le salon pour bien disposer les fauteuils et en tapoter les coussins, allant et venant sans hâte et en silence. Puis elle retourna dans sa chambre et ôta ses chaussures. En bas, elle s'approcha de la porte de Philip et essaya la poignée. Elle répondit aussitôt, comme elle s'en doutait. Elle demeura immobile, devant la porte juste entrouverte, écoutant la respiration de Philip, persuadée de ne rien avoir laissé au hasard. Elle avait pris soin de se familiariser avec la façon que la porte avait de s'ouvrir et de se fermer et elle était certaine qu'elle ne la trahirait pas. D'ailleurs, même à cette heure, le grincement d'un gond ou le tic-tac de l'horloge ne l'auraient pas réveillé. Elle se dit qu'elle aurait été en sécurité même si elle n'avait pas utilisé les somnifères — maintenant, il aurait fallu un raid aérien pour le tirer du sommeil. Cependant, alors qu'elle écoutait, elle éprouva une sorte de scrupule, infime certes, et insuffisant pour la faire changer d'état d'esprit ou renoncer à agir. Ce n'était rien qu'une sensation, plutôt vague, devant la vulnérabilité dans laquelle vous plongeait le sommeil. Cela ne dura pas, tant dominait l'impression que tout allait bien pour elle. Cette nuit-là, enfin, elle détenait un pouvoir. Les autres — Philip, Felix, Lyndall, Miss Silver — dépendaient de son bon vouloir...

Elle ouvrit en grand et entra. Parvenue près de la coiffeuse, elle alluma une lampe de poche, faisant écran de sa main pour empêcher la lumière d'éclairer le lit. Le porte-clefs était posé sur la droite, à côté d'un portefeuille, de quelques pièces de monnaie et d'un mouchoir plié. C'était on ne peut plus facile. Elle s'en saisit sans bruit, quitta la chambre et referma.

Dans le bureau, elle alluma le plafonnier et s'installa devant la table. L'attaché-case se trouvait à sa gauche, fermé à clef. Elle le fit glisser sur le sous-main, essaya la plus petite des clefs et souleva le couvercle. Il était là, au sommet d'une pile de documents — cet objet qui représentait pour elle une chance extraordinaire, le fameux code ! Elle inspira longuement, savourant son triomphe, entièrement habitée par le sentiment de son pouvoir.

28

Le lendemain matin, Philip Jocelyn ne se rendit pas directement au bureau qu'il occupait au ministère de la Guerre. Portant l'attaché-case qu'il avait rapporté à la maison la veille, il parcourut un grand nombre de couloirs avant de pénétrer dans un bureau où il trouva Garth Albany en train d'écrire. Celui-ci leva les yeux et fut plutôt surpris. Philip n'avait jamais eu la peau très colorée, mais, ce matin-là, il avait une tête de déterré — blême, les traits tirés, chaque ride plus profonde et plus marquée.

— Et alors ? demanda-t-il.

Il fut horrifié quand Philip se mit à rire.

— Avions-nous raison ? C'est possible. Nous allons le savoir... à moins qu'elle se soit montrée plus maligne que nous. J'ai été drogué, hier soir.

— Quoi ?

Philip hocha négligemment la tête.

— Aucun doute. J'ai dormi comme une pierre. Je ne suis pas encore d'aplomb, malgré une douche froide et l'excellent café qu'on m'a servi au petit déjeuner. C'est fort dommage que Miss Annie Joyce soit un agent ennemi, parce qu'elle est un vrai cordon-bleu. Quoi qu'il en soit, elle m'a drogué la nuit dernière et, ce qu'elle a pu faire ensuite, je ne saurais le dire. Tu ferais mieux de demander à tes spécialistes des empreintes d'inspecter le contenu de ma mallette ainsi que mes clefs. J'ai pris soin de ne pas les toucher, de même pour l'intérieur ou l'extérieur, hormis la poignée. Bien sûr, elle a pu utiliser des gants, auquel cas elle nous aura roulés, mais je n'y crois guère... pas dans le cadre du domicile conjugal.

Il posa la mallette et laissa tomber un mouchoir noué sur le sous-main de Garth. On devinait la forme des clefs au travers du tissu et la chaînette fit un bruit métallique.

— À plus tard ! lança-t-il.

Il tourna les talons et quitta la pièce.

Garth Albany se sentit soulagé. C'était une très sale affaire et Philip en était énormément affecté.

Peu après une heure de l'après-midi, Lyndall Armitage se trouvait dans le salon de l'appartement de Lilla Jocelyn. C'était une pièce charmante, en forme de L, disposant de fenêtres donnant à l'est et à l'ouest, ce qui lui permettait de jouir du soleil tant le matin que l'après-midi. Quand on entrait, les deux fenêtres orientées à l'ouest vous faisaient face, mais celle tournée vers l'est était invisible derrière l'angle formé par le L. C'était à cet endroit que se trouvait le piano de Lilla et, au moment où la sonnette de l'entrée retentit, Pelham Trent venait juste de cesser de jouer et avait pivoté sur son tabouret.

— C'était magnifique, dit Lilla.

Si Lyndall avait eu l'intention de parler, le bruit de pas dans le vestibule lui en ôta l'envie. Son cœur se mit à battre plus vite et, sans même s'en rendre compte, elle bondit sur ses pieds, se hâtant vers la partie de la pièce qui faisait face à la porte. Car c'étaient les pas de Philip dans le hall. Ils lui étaient trop familiers pour ne pas les avoir reconnus, mais elle n'aurait pas voulu admettre que tout, en elle, s'accélérait dès qu'elle les entendait. Elle aurait dû rester avec les autres... ne pas aller à sa rencontre... il n'y avait aucune raison d'agir ainsi. Toutes ces considérations se mêlaient dans son esprit, d'une manière plutôt embrouillée, à la vitesse de l'éclair. Elle tremblait un peu, elle ne savait pas pourquoi, et ses pensées aussi étaient incertaines. Elle disparut aux yeux des deux personnes se trouvant devant le piano et soudain la porte s'ouvrit sur Philip, et quelque chose d'autre entra avec lui — elle n'aurait su le définir. Comme de l'air froid s'engouffrant dans une pièce bien chauffée. Mais ce n'était pas un froid physique... son esprit en eut conscience et elle le lut sur le visage de Philip.

Il referma la porte dans son dos, s'y appuya et dit :

— Anne est morte.

Lyndall retint sa respiration, sans émettre aucun son. Ce fut Lilla qui réagit :

— Oh ! lança-t-elle.

Ce mot, ainsi que le mouvement soudain et l'agitation dans la partie de la pièce hors de sa vue firent comprendre à Philip Jocelyn qu'ils n'étaient pas seuls. Il se raidit quelques secondes sur place, puis s'écarta de la porte, l'ouvrit, sortit et referma. Il était parti avant que Lyndall ait pu le suivre. Du vestibule lui parvint le bruit de la porte extérieure qui claquait.

29

Quelques minutes plus tôt, l'inspecteur principal Lamb et l'inspecteur Abbott sortaient de l'ascenseur et sonnaient à la porte numéro 8 de Tenterden Court Mansions, nom ronflant pour l'immeuble bâti au coin de Tenterden Gardens juste avant la guerre. Des jardins qui donnaient son nom à cet ensemble de bâtiments en arc de cercle ne restaient qu'une allée plantée d'arbustes, transformée en chemin battu depuis qu'on en avait récupéré les grilles, dans le cadre de l'effort de guerre, et quelques arbres sans feuilles, dont l'un avait été endommagé par un éclat de bombe. Deux maisons du milieu n'étaient plus que des coquilles vides mais les appartements étaient intacts.

Quand il en eut assez d'enfoncer le bouton de la sonnette, l'inspecteur Abbott haussa les épaules et considéra son chef. De l'intérieur ne provenait aucun autre bruit que celui de la sonnerie qui retentissait dans le vide.

— Il n'y a personne, monsieur.

Lamb se renfrogna.

— Elle a pu filer en douce, à moins qu'elle soit partie faire des courses. Descendez demander au concierge s'il l'a vue sortir.

— Et s'il ne l'a pas vue ?

Lamb réfléchit. Il avait un mandat de perquisition mais il préférait éviter autant que possible les commérages. Il ne voulait pas mêler le concierge à cette affaire. Il n'y avait rien de mal à demander s'il avait vu Lady Jocelyn sortir. Si oui... eh bien, il aviserait. Quand Abbott revint lui annoncer que le concierge n'avait pas vu Lady Jocelyn de toute la matinée, l'inspecteur principal fronça de nouveau les sourcils, plongea une main dans sa poche et en retira la clef de la porte d'entrée qu'il s'était procurée.

— Le fait est, déclara-t-il, que j'aurais préféré de loin être accompagné de Sir Philip... j'aurais l'esprit plus tranquille. Je suppose qu'il a ses raisons, mais j'aurais préféré. Cela dit, nous n'avons pas à tenir compte de nos sentiments, dans notre boulot. Bon, vous y êtes... on y va !

Frank Abbott introduisit la clef dans la porte et ouvrit. Ils pénétrèrent dans un petit hall désert avec une porte à droite et une autre qui leur faisait face — chacune à moitié ouverte, comme si quelqu'un avait circulé de l'une à l'autre, sans difficulté aucune. Néanmoins, l'appartement donnait l'impression d'être complètement abandonné.

Ils se rendirent directement au salon. Un pâle soleil projetait une lumière oblique à travers les fenêtres. Tout était propre et à sa place. Les coussins des fauteuils étaient impeccables, bien rembourrés. Mais on n'avait pas nettoyé l'âtre. La carcasse carbonisée d'une des bûches de la nuit précédente reposait sur un lit de cendres. Frank Abbott s'en aperçut au premier coup d'œil.

Lamb grommela, pivota sur lui-même et traversa le hall en direction de l'autre porte. Elle était plus largement ouverte. Inutile de la toucher. Inutile d'en franchir le seuil pour trouver Lady Jocelyn. Elle donnait accès au bureau de Sir Philip Jocelyn. Lady Jocelyn était effondrée au pied de la table et les deux hommes comprirent tout de suite qu'elle ne vivait plus.

Lamb laissa passer quelques secondes avant d'entrer et d'avancer dans la pièce. La femme qu'il était venu arrêter n'assisterait jamais à son procès. Quel qu'eût été son nom véritable, quoi qu'elle eût pu faire, elle n'était plus de ce monde. Le corps était étendu face contre terre, et le téléphone était tombé à côté d'elle. On voyait du sang sur la chevelure brillante et sur le tapis de couleur sombre.

Lamb se pencha au-dessus d'elle sans toucher à rien.

— Un coup de feu par-derrière, de très près, remarqua-t-il. On dirait qu'elle a essayé d'attraper le téléphone. Il faut appeler Scotland Yard. Mais on ne peut utiliser celui-là.

Il indiqua le téléphone sur le sol.

— Regardez s'il n'y a pas un autre poste dans une chambre.

Il y en avait un — un joli petit objet bleu pâle, qui avait l'air parfaitement incongru près du lit défait de Philip Jocelyn, avec ses chaussures qui traînaient, sa brosse à cheveux sur la coiffeuse, tout ce que l'on s'attend à trouver dans la chambre en désordre d'un homme.

Frank Abbott en ressortit et déclara :

— L'autre poste est dans sa chambre à lui. Le lit n'a pas été fait.

— Quel genre de lit ?

— Pour une personne. Elle dormait à côté du salon. Sa chambre a été faite... le lit et tout le reste.

Lamb émit le grognement qui signifiait qu'il réfléchissait.

— On dirait que c'est arrivé très tôt ce matin. Il s'en va vers huit heures et demie. Il semblerait qu'elle avait fait sa chambre mais n'a pas eu le temps de s'occuper de la sienne... Il a dit qu'ils n'avaient pas de bonne. Voyons voir ce que donne le petit déjeuner.

Ils gagnèrent ensemble la cuisine peinte de couleurs vives. Les restes d'un repas étaient posés sur une table recouverte d'une nappe à carreaux — tasses ayant contenu du café, pots de café et de lait, beurre et petits pains intacts.

— Il semblerait que personne n'ait eu beaucoup d'appétit. Du café... qui peut commencer sa journée avec ça ? Rien ne vaut une tranche de bacon et un thé bien fort !

— Où est-ce que vous pensez trouver du bacon, monsieur ?

— Je sais, je sais... on est en guerre. Mais moi, au petit déjeuner, je mange ma ration de bacon et j'essaye d'oublier le reste. C'est un truc qui me dépasse... une tasse de café au petit déjeuner !

— Il avait été drogué, et elle... eh bien, peu importe qui elle était, elle avait vécu en France et peut-être qu'elle avait l'habitude de prendre du café et des petits pains.

L'inspecteur principal Lamb afficha un air des plus désapprobateurs.

— Dans ce cas, inutile de chercher pourquoi la France a cessé le combat. Du café ! Qui pourrait se battre avec du café dans les veines ?

C'est alors que la sonnerie du téléphone l'interrompit.

— Je me demande qui ça peut être. Allez voir !

Frank Abbott souleva le récepteur bleu pâle. Il entendit une voix bouleversée qui demanda :

— Qui est à l'appareil ? C'est vous, Philip ?

— Non, répondit Frank, et il patienta.

— Je suis *bien* au 8, Tenterden Court Mansions ?

— Oh, oui. À qui ai-je l'honneur ?

— Mrs. Perry Jocelyn. Est-ce que Lady Jocelyn est là ? Pourrais-je lui parler ?

— Je crains que non.

— Oh !

Le sentiment de détresse sembla s'accentuer.

— S'il vous plaît... quelque chose est-il arrivé ?

— Qu'est-ce qui vous le laisse penser, Mrs. Jocelyn ?

— Philip a dit que... Rassurez-moi, ce n'est pas vrai, n'est-ce pas ? Elle n'est pas morte ?

— Est-ce que Sir Philip vous a dit que Lady Jocelyn était morte ?

— Oh, oui, c'est ce qu'il a dit. Enfin, pas vraiment à moi. Il a ouvert la porte et il n'a vu que Lyn... ma cousine, Miss Armitage... et il a dit « Anne est morte ». Alors, j'ai poussé un cri et il est reparti, et nous n'avons rien pu lui demander. Mais je ne parvenais pas à y croire et j'ai pensé qu'il valait mieux téléphoner.

— Quand était-ce, Mrs. Jocelyn ?

— À une heure moins le quart. Mais, s'il vous plaît, qui êtes-vous ? Êtes-vous le médecin ? Ne voulez-vous pas me dire ce qui est arrivé ? Était-ce un accident ? Est-ce qu'elle est vraiment morte ?

— J'en ai peur.

Il raccrocha et se tourna pour se trouver nez à nez avec Lamb, le visage lourd et soucieux.

— C'est étrange, monsieur. Avez-vous compris

ses paroles ? Il s'agissait de Mrs. Perry Jocelyn et elle dit que Philip Jocelyn est venu les voir il y a un quart d'heure pour leur annoncer que sa femme était morte. *Comment pouvait-il le savoir ?*

30

Philip Jocelyn ressortit avec le sentiment déplaisant de s'être comporté comme un imbécile. Quel qu'eût été le produit absorbé avec son café la veille au soir, il en avait encore la tête qui tournait. Il fallait être insensé pour entrer dans l'appartement de Lilla et lancer de tels propos sans même s'assurer que Lyndall et lui étaient seuls. *Anne est morte.* Ce n'était pas ce qu'il avait l'intention de dire. Il n'avait pas même eu l'intention de venir. Simplement, comme il se trouvait dans les parages, il avait éprouvé l'impérieuse nécessité de la voir. Rien n'était prémédité. La drogue et le désordre de son esprit l'avaient trahi.

Comme il s'éloignait, il ne savait trop où il allait. Il ne voulait pas retourner à l'appartement. Pas encore... pas avant d'y être obligé. Qu'ils se débrouillent. Il s'aperçut qu'il n'avait rien mangé de la journée. Un repas mettrait sans doute fin à ses vertiges. Il quitta une petite rue pour entrer dans une grande artère animée, où abondaient les magasins, et pénétra dans le premier restaurant venu.

Une demi-heure plus tard, il franchit le seuil de son appartement et tomba sur l'inspecteur principal Lamb.

— Tout cela se présente très mal, Sir Philip.

— Que voulez-vous dire ?

— L'ignorez-vous ?

— Je ne vous poserais pas la question. Elle n'est pas partie ?

Lamb le considéra sans montrer aucune expression.

— C'est une manière de considérer les choses.

Philip avait maintenant suffisamment repris ses esprits.

— Que s'est-il passé ? demanda-t-il avec une certaine rudesse.

— Ça, répondit Lamb, et il s'écarta de la porte du bureau.

Philip avança de quelques pas et considéra la pièce. Trois hommes s'y trouvaient. L'un d'eux tenait un appareil photographique. Annie Joyce était toujours étendue à l'endroit où elle était tombée. Annie Joyce — et non pas Anne Jocelyn — non pas son épouse —, c'est ce qui lui vint à l'esprit. On ne l'avait pas encore déplacée. Il examina le corps qui gisait là et comprit qu'il ne vivait plus. Un violent et bref remords s'empara de lui. Il recula et demanda, maîtrisant sa voix :

— Suicide ? Avant... ou après votre arrivée ?

Lamb secoua la tête.

— Pas du tout. Elle ne s'est pas suicidée... on l'a tuée. Il n'y a pas d'arme.

— On l'a tuée ?

— Sans aucun doute. Nous ferions mieux d'entrer ici.

L'inspecteur principal le précéda dans le salon.

— On va l'emmener d'un instant à l'autre et j'aimerais vous parler. Je vous présente l'inspecteur Abbott. Si vous le permettez, il prendra quelques notes. Nous aurons besoin de votre déposition. Je suppose que vous n'y voyez pas d'objection.

Frank Abbott ferma la porte et sortit son calepin. Le soleil n'éclairait plus la pièce. Il faisait froid. Ils s'assirent. Lamb commença :

— Nous avons appris qu'il s'agissait d'une affaire tout à fait confidentielle... un plan qui avait pour but de fournir des renseignements à l'ennemi. Mais il semblerait que cela se soit transformé en meurtre.

— Vous êtes certain qu'il ne s'agit pas d'un suicide ? redemanda Philip.

— La question ne se pose pas. Localisation de la blessure... absence d'arme. Elle a été abattue. Maintenant, je vais être tout à fait direct... Était-elle en vie quand vous avez quitté l'appartement ce matin ?

Philip Jocelyn haussa les sourcils.

— Évidemment !

Lamb poursuivit, d'un ton sérieux et imperturbable, l'œil quelque peu proéminent mais perçant, le regard fixe, sans battre des paupières. Son visage rubicond ne trahissait pas le moindre sentiment. Il était surmonté de cheveux noirs et raides autour d'une petite tonsure. Bien qu'il eût ôté son manteau, il remplissait tout le fauteuil, assis bien droit, avec une certaine raideur, ses deux grosses mains habiles posées sur les genoux.

— D'après le légiste, la mort remonte à quelques heures. À quelle heure êtes-vous parti, ce matin ?

— Neuf heures moins le quart.

Lamb opina du chef.

— Petit déjeuner ?

Philip se montra aussi laconique que lui.

— Du café.

Lamb émit un grognement.

— Cela avait-il un rapport avec le fait que vous ayez été drogué hier soir ?

C'était dit d'un ton qui laissait entendre que le café pouvait avoir son utilité dans ce genre de situation.

— Oui, confirma Philip.

— Et, pendant que vous dormiez, la mallette que vous aviez rapportée du ministère de la Guerre a été ouverte avec votre propre clef et son contenu examiné ?

— Oui.

— Les empreintes de Lady Jocelyn...

Philip le coupa sans ménagement.

— Elle n'a jamais été ni Lady Jocelyn ni ma femme. C'était un agent ennemi du nom d'Annie Joyce.

— Mais on a cru qu'il s'agissait de Lady Jocelyn ?

— Oui.

— On a retrouvé ses empreintes sur vos clefs et sur les documents dans la mallette ?

— Oui.

— Ces documents étaient-ils confidentiels ?

— Ils semblaient l'être, mais, en fait, ils ne l'étaient plus. Il y avait un manuel de codage mais le code était périmé. Il n'y avait rien d'intéressant pour un agent ennemi.

— Vous pensiez donc qu'on essaierait de fouiller votre mallette ?

— J'estimais que c'était probable... je ne voulais prendre aucun risque. Comme vous le savez, je m'en suis remis aux services du contre-espionnage. J'ai suivi leurs instructions.

— Aviez-vous prévu qu'on tenterait de vous droguer ?

— Non. Mais cela n'a pas d'importance, sauf que je commence à peine à me sentir mieux. Bien sûr, le risque était grand... mais j'ai le sommeil plutôt lourd et elle aurait pu tenter sa chance.

— Aurait-elle eu le moyen de savoir que vous dormiez d'un sommeil profond ?

— Non.

Frank Abbott prenait note, penché au-dessus d'une table aux bords patinés, sa chevelure aussi pâle et brillante que le bois verni. Tout dans l'appartement avait cet aspect verni, hormis l'âtre poussiéreux où subsistaient les cendres de la flambée de la veille au soir. « Ça se complique drôlement pour lui, maintenant, songeait-il. Si elle vivait quand il est parti, comment pouvait-il savoir qu'elle était morte à une heure moins le quart ? Il a quitté le ministère à midi et demi au plus tard. Nous étions dans l'appartement avant qu'il ait pu y retourner. »

— Pour en revenir à la victime... dit Lamb. Les journaux ont parlé de l'affaire, naturellement... je veux dire, de son retour de France et du fait qu'elle affirmait être Lady Jocelyn. Puis-je vous demander si ce qu'a raconté la presse est, grosso modo, exact ?

— Je crois. Je n'ai pas tout lu.

— Vous avez admis sa version de l'histoire... vous avez cru qu'elle était Lady Jocelyn ?

— Non.

— Voudriez-vous bien vous montrer plus explicite ?

— D'accord. Je ne pensais pas qu'il s'agissait de ma femme. Il y avait une grande ressemblance physique avec elle et elle semblait au courant de tous les détails que ma femme aurait pu connaître, mais elle m'apparaissait comme une étrangère. Les autres membres de la famille n'avaient aucun doute. Ils ne comprenaient pas pourquoi j'aurais dû émettre des réserves.

— La ressemblance était très forte ?

— Extrêmement, et... très soigneusement cultivée.

— Comment l'expliquez-vous ?

— Très facilement. L'oncle de mon père, Sir Ambrose Jocelyn, avait eu un fils naturel, qui était le père d'Annie Joyce, et une fille, légitime, qui était la mère de ma femme. Tous les Jocelyn sont très typés et très proches physiquement, mais, même dans ce cas, la ressemblance était étonnante.

— Annie Joyce et Lady Jocelyn étaient cousines au premier degré ?

— Oui.

Lamb se redressa et s'inclina un peu en avant.

— Si vous estimiez que la victime était Annie Joyce, pourquoi avez-vous accepté qu'elle se fasse passer pour Lady Jocelyn ? Elle vivait ici sous ce nom, n'est-ce pas ?

Sous l'effet de la colère et de la fierté, les traits de Philip se durcirent. Il répondit parce qu'il n'avait pas le choix, parce que, s'il se montrait réticent, il se trahirait et que la seule défense dont il pouvait user était de paraître indifférent.

— J'ai fini par croire qu'elle était celle qu'elle prétendait être, dit-il. La preuve était trop forte.

— Quelle preuve, Sir Philip ?

— Il se trouve qu'elle savait certaines choses que seuls mon épouse et moi-même étions censés connaître. À partir de là, je n'avais plus le choix. J'ai estimé devoir répondre à son attente. Elle voulait vivre sous mon toit.

— Vous avez donc été convaincu de son identité ?

— Pour un temps.
— Qu'est-ce qui vous a fait changer d'avis ?
— J'ai appris par l'intermédiaire d'une ancienne amie de ma femme, une de ses demoiselles d'honneur, qu'elle avait tenu un journal intime, très détaillé. J'ai aussitôt compris que ce journal avait pu fournir à Annie Joyce les informations lui ayant permis de me convaincre.
— Quand cela est-il arrivé ?
— Avant-hier.
— Est-ce à ce moment que vous avez pris contact avec les services de renseignements de l'armée ?
— Non... ce sont eux qui m'ont contacté. Ils avaient reçu des informations très inquiétantes sur Annie Joyce. Ils m'ont suggéré de rapporter chez moi quelques documents factices et un code périmé et de lui laisser entendre qu'ils étaient en ma possession. Elle m'a drogué et a fouillé ma mallette. Je leur ai donné deux ou trois objets qu'elle avait manipulés afin qu'ils puissent comparer les empreintes. Ils en ont trouvé partout.
Lamb demeura un instant silencieux. On entendit alors le bruit d'une démarche pesante. La porte de l'appartement fut violemment refermée. Le silence revint. Lamb ne fit rien pour le briser. Finalement, il déclara :
— Vous n'êtes pas obligé de répondre à cette question si vous ne le voulez pas... mais je dois vous demander si c'est vous qui lui avez tiré dessus.
Les sourcils de Philip se soulevèrent.
— *Moi ?* Sûrement pas ! Pourquoi l'aurais-je fait ?
— Vous auriez pu vous réveiller et la surprendre en train de fouiller dans votre mallette.

Sous les sourcils dressés, les yeux gris le foudroyèrent.

— Dans ce cas, j'aurais appelé la police.

— Je me demande si vous l'auriez fait, Sir Philip.

— J'ai peur de ne pas m'être réveillé. Je vous ai dit que j'avais été drogué.

Lamb grommela.

— J'imagine que vous possédez un revolver ?

— Bien sûr.

— Où est-il ?

— Dans le bureau... deuxième tiroir à droite de la table de travail.

— Sûr qu'il s'y trouve ?

— Il devrait.

— Bon, nous allons vérifier. Ils ont emmené le corps.

Ils entrèrent dans le bureau, précédés par Philip Jocelyn, Frank Abbott fermant la marche. La pièce avait été rangée, le téléphone remis à sa place, mais on voyait toujours la tache de sang sur le tapis.

Philip ouvrit le tiroir d'un coup sec. Bloc-notes et enveloppes — rien d'autre. Il se renfrogna, tira le tiroir du dessous. Pas trace de revolver. Et il en alla de même avec tous les autres tiroirs.

— Il n'est pas là.

— Quand l'avez-vous vu pour la dernière fois ?

— Hier soir. J'ai pris un paquet d'enveloppes. À ce moment, il était à sa place.

Il considéra la table d'un air soucieux. Le paquet d'enveloppes était toujours là où il l'avait posé, derrière les buvards, avec sa bande protectrice intacte.

— Pensez-vous qu'on s'en est servi pour la tuer ?

— C'est possible. Nous ne pouvons l'affirmer avant de mettre la main dessus.

« Si c'est lui, songeait Frank Abbott, son numéro est très au point. Je ne vois pas pourquoi il l'aurait tuée... sauf si elle avait le revolver... C'est possible... Disons qu'il l'aurait surprise et qu'elle s'en serait saisie — elle devait savoir où il était caché... Puis il le lui arrache... elle prend peur... elle attrape le téléphone, et il tire... Mobile insuffisant... à moins qu'il existe un élément que nous ignorons... c'est généralement le cas... Bien sûr, il peut avoir simplement perdu la tête et lui avoir réglé son compte... mais ce n'est pas son genre... C'est vraiment génial de s'être débarrassé de l'arme... impossible de prouver qu'elle a servi à la tuer si on ne la retrouve pas... »

— À quelle heure êtes-vous arrivé au ministère de la Guerre, ce matin, Sir Philip ? disait Lamb.

— Quelques minutes après neuf heures. Pourquoi ?

— À quelle heure l'avez-vous quitté ?

— Midi et demi.

Lamb était déjà au courant. Il hocha la tête.

— Êtes-vous revenu ici ?

— Non.

— Sûr ?

— Absolument.

— Où êtes-vous allé ?

— Tout d'abord dans l'appartement de ma cousine, Mrs. Jocelyn. Je voulais lui demander de me donner quelque chose à manger, mais, quand j'ai constaté qu'elle recevait, je ne suis pas resté.

— Qu'avez-vous fait ?

— Je suis sorti manger un morceau avant de rentrer.

— Vous n'aviez pas pris de petit déjeuner, n'est-ce pas... hormis une tasse de café ? Est-ce vous qui l'avez préparé ?

— Non... c'est Miss Joyce.

Lamb grommela.

— Nous n'avons pas la preuve qu'il s'agit bien d'Annie Joyce, mais nous n'en tiendrons pas compte. C'est elle qui a fait le café ? Et elle vivait quand vous avez quitté l'appartement ?

— Oui.

— Dans ce cas, comment se fait-il que vous étiez au courant de sa mort quand vous vous êtes présenté chez Mrs. Perry Jocelyn ?

Philip le fixa du regard.

— Mais c'est faux ! protesta-t-il. Comment l'aurais-je pu ?

Lamb lui rendit son regard.

— Ce n'est pas à moi de le dire. Une chose est sûre : vous êtes entré chez Mrs. Jocelyn, qui recevait du monde, et vous avez déclaré : « Anne est morte », avant de repartir.

Philip se raidit. Il tenta de se remémorer avec exactitude ses paroles. Il n'avait vu personne, sauf Lyn, n'avait pensé à personne d'autre. Il avait dit « Anne est morte » parce que cela lui trottait dans la tête. C'est à Lyn qu'il l'avait annoncé. Puis Lilla avait poussé une exclamation... quelqu'un avait bougé. Il avait aussitôt tourné les talons et rebroussé chemin. Il fronça un peu les sourcils.

— Vous vous méprenez, dit-il. Je ne parlais pas d'Annie Joyce. J'ignorais qu'elle était morte... je ne pensais absolument pas à elle. C'est ma femme que j'avais à l'esprit.

— Votre femme ?

Le ton de sa voix laissait entendre que l'inspecteur principal était loin d'être convaincu.

Philip sentit une rage froide le gagner. Pourquoi la vérité semblait-elle aussi peu crédible que ce qu'il venait de déclarer ? Même lui en sentait le peu de poids.

Il insista ·

— C'est vrai. Si cette femme était Annie Joyce. mon épouse était morte... depuis trois ans et demi. Le fait qu'on eût fouillé ma mallette constituait pour moi une preuve irréfutable. Quand je suis entré chez Mrs. Jocelyn, j'ignorais que d'autres personnes s'y trouvaient — j'ai fait part de ma principale préoccupation du moment. Comprenant que nous n'étions pas seuls, je suis ressorti. Ce n'était pas le genre de choses dont je pouvais discuter devant des étrangers.

Frank Abbott prenait note. Tout était maintenant inscrit noir sur blanc dans son calepin. Comme sa main courait sur le papier, son expression un tantinet cynique se modifia. « Ça se pourrait... on ne sait jamais, conclut-il. La petite Armitage joue un rôle quelque part. Toujours la même histoire... cherchez la femme. Il était assez pressé de lui dire que sa légitime était morte. Et il ne l'a pas encore mentionnée. J'imagine que le chef s'en est rendu compte... rien ne lui échappe. »

Il referma son calepin au moment où le téléphone sonnait.

31

Frank Abbott éloigna le récepteur de son oreille, en couvrit le microphone de la main et dit :

— C'est Miss Silver, monsieur.

Le visage de l'inspecteur principal s'empourpra, ses yeux jaillirent de leurs orbites. L'inspecteur ne put s'empêcher de repenser irrévérencieusement à la ressemblance qu'ils offraient avec les boules de gomme à la menthe.

— Miss Silver ? lâcha-t-il d'une voix qui ne dissimulait pas son exaspération.

Frank hocha la tête.

— Que dois-je lui dire ?

— À qui veut-elle parler ?

— Lady Jocelyn.

Le visage rouge vira au violacé.

— En quoi cela la concerne-t-il ? Pas moyen de s'en débarrasser ! Je suppose qu'elle a reconnu votre voix ! Demandez-lui ce qu'elle veut !

— Dois-je lui dire ce qui est arrivé ?

Lamb grommela.

— Demandez-lui d'abord !

C'est d'une voix mélodieuse que Frank reprit la conversation téléphonique :

— Vraiment désolé de vous faire attendre. Mon

supérieur aimerait savoir pour quelle raison vous désirez parler à Lady Jocelyn.

Le petit toussotement réprobateur de Miss Silver leur parvint à tous distinctement. Quant au reste, Lamb et Philip ne purent distinguer qu'un murmure.

— Oui, je le lui dirai, assura Frank.

Il se retourna vers eux :

— Elle tient à venir vous voir, monsieur.

Lamb agita nerveusement sa grosse tête.

— Eh bien, moi, je n'ai pas le temps... dites-le-lui ! Et inutile aussi de prendre des gants... je n'ai pas le temps. Vous pouvez l'informer qu'il s'agit d'une affaire de meurtre. Un vrai meurtre, cette fois. Rien à voir avec ses élucubrations. Et j'apprécierais beaucoup qu'elle ne se mêle pas de tout ça et me laisse achever mon travail.

Tout en espérant que sa main avait rendu ces propos inaudibles, l'inspecteur Abbott entreprit de les lui traduire :

— Mon supérieur est très occupé. Il se trouve que la situation ici est plutôt complexe. Elle a reçu une balle... Oui, elle est morte... Non, ce n'est pas un suicide... Voilà, on ne sait pas où donner de la tête. Vous voyez donc que...

À l'autre bout de la ligne, Miss Silver fit entendre un toussotement qui trahissait une détermination sans faille.

— J'ai une information de la plus haute importance à vous communiquer. Je vous prie d'avertir l'inspecteur principal que j'espère le rencontrer d'ici vingt minutes.

Frank se tourna vers la pièce.

— Elle a raccroché, monsieur. Elle arrive. Elle affirme devoir vous informer d'un fait important. J'avoue qu'en général elle ne raconte pas d'histoires.

Cela faisait bon nombre d'années que l'inspecteur principal n'avait pas été aussi près de jurer. Pilier d'église à la réputation sans tache, il eut le plus grand mal à se contenir.

Cependant, quand Miss Silver se présenta, ils sacrifièrent à toutes les formules de politesse qu'on attend de deux vieilles connaissances qui éprouvent un respect mutuel. Ils se serrèrent la main. Elle lui demanda ensuite des nouvelles de sa santé, puis de Mrs. Lamb, de leurs trois filles enfin, devant lesquelles son cœur de père fondait. Elle n'avait pas oublié qui était auxiliaire de l'armée de terre, qui était dans les Wrens et qui faisait partie des auxiliaires féminines des forces aériennes. Elle se souvenait que c'était Lily qui allait se marier.

Frank Abbott put constater l'effet relaxant produit par tant d'amabilités sur son supérieur. « Le plus extraordinaire, c'est qu'elle ne joue pas. Elle est sincère. Elle s'intéresse vraiment au fiancé de Lily et veut savoir si Violet aura de l'avancement. Si elle l'avait fait marcher, il l'aurait su instantanément. Mais ce n'est pas le cas, ce n'est pas son genre — cela l'intéresse, voilà tout. Quelle femme étonnante, cette Maudie ! »

— Bien, mais j'ai beaucoup à faire, Miss Silver, dit Lamb pour mettre un terme à cette avalanche de compliments. À propos de quoi vouliez-vous me voir ?

Ils étaient seuls dans l'appartement. Philip Jocelyn était retourné au ministère. Miss Silver choisit de s'asseoir sur une petite chaise à dossier droit. Les deux hommes l'imitèrent.

Frank Abbott, qui pouvait se rendre bien plus utile qu'on l'aurait supposé au premier abord, avait nettoyé l'âtre et allumé le feu. Miss Silver avait apprécié, car, comme elle le remarqua, il faisait vraiment froid pour la saison. Elle toussota et s'adressa à Lamb :

— J'ai été consternée d'apprendre ce nouveau drame. Je craignais qu'elle ne soit en danger, mais, bien sûr, je n'imaginais pas l'imminence d'un dénouement aussi tragique.

— Je ne sais pas si on peut parler de tragédie, Miss Silver. Elle mijotait un mauvais coup, voyez-vous. Peut-être que, pour une fois, il y a quelque chose que *vous* ignorez. Que cela reste entre nous trois... je sais que je peux vous faire confiance pour tenir votre langue... mais c'était un agent ennemi.

— Mon Dieu ! Que c'est choquant ! Je soupçonnais quelque chose de ce genre, sans avoir de preuve, toutefois.

— Oh, vous aviez des soupçons, n'est-ce pas ? Ça alors !

À la réaction de Miss Silver, Frank Abbott comprit qu'elle considérait que l'inspecteur principal manquait aux principes élémentaires de la courtoisie. C'est d'un ton un peu pincé qu'elle expliqua :

— Il est difficile de préciser la nature d'une impression. Comme je vous l'ai dit, il n'y avait aucune preuve, mais je pensais qu'elle devait détenir des informations inavouables concernant cette pauvre Miss Collins...

— Un accident, intervint Lamb... un simple accident.

Miss Silver toussota.

— Je ne crois pas. Il m'est venu à l'esprit que Lady Jocelyn...

Une fois encore, Lamb l'interrompit.

— Sir Philip affirme qu'il ne s'agissait pas d'elle... que ce n'était pas son épouse... mais cette autre femme dont on a tellement parlé, Annie Joyce.

— Cela ne me surprend pas. Lady Jocelyn n'aurait eu aucun intérêt à la mort de Nellie Collins. Pour Annie Joyce, cela aurait pu être vital. Il est indubitable que Miss Collins aurait pu reconnaître l'enfant qu'elle avait élevée grâce à une marque physique particulière que portait celle-ci. Ce qui aurait représenté pour Annie Joyce un mobile extrêmement sérieux.

Lamb émit un des grommellements dont il était coutumier.

— Je ne sais pas... vous avez peut-être raison. Je demanderai au légiste de chercher de telles marques physiques. Mais bon, vous ne nous avez pas dit d'où provenait votre « impression ».

— Des circonstances en général, j'imagine. Mon opinion était qu'on avait sans doute affaire à une usurpation d'identité et j'ai été frappée par le fait qu'il aurait été très difficile à Annie Joyce de concevoir et d'exécuter ce plan sans assistance. Comment savait-elle que Sir Philip était en Angleterre ? Or elle le savait, puisqu'elle a téléphoné depuis Westhaven à Jocelyn's Holt, en demandant à lui parler. Après la mort de Miss Collins, j'ai relu les comptes rendus de la presse. Je me suis étonnée de cette coïncidence, qui voyait une épouse disparue revenir de France occupée au moment même où Sir Philip était sur le point d'occuper un emploi confidentiel au ministère de la Guerre. Je crois que son travail relève du plus grand secret.

— Et qui vous a dit ça ? s'enquit Lamb.

Miss Silver lui sourit.

— Vous n'espérez pas que je vous réponde, n'est-ce pas ?... Pour en revenir à ce que je disais, je ne pouvais m'empêcher de penser qu'il serait du plus haut intérêt pour les Allemands de placer un agent dans l'entourage immédiat de Sir Philip. En fait, il m'a semblé que le moment était un peu trop bien choisi pour faire sa réapparition.

Lamb l'observait. Elle portait son antique jaquette noire aux épaules étroites et son col de fourrure usée, l'impeccable chapeau de feutre démodé avec son petit bouquet de pensées violettes sur le côté gauche. Ses mains, protégées par des gants noirs en agneau, plutôt miteux, étaient croisées sur son giron. « Elle ne paye vraiment pas de mine, songeait-il, mais elle a quelque chose... c'est évident. »

— Oui, dit-il, nous y voilà... elle travaillait pour l'ennemi, aucun doute. Hier soir, elle a drogué Sir Philip et a fouillé dans ses papiers. Il semblerait qu'il la suspectait et il les avait remplacés par des documents bidon. Les services de renseignements de l'armée ont cherché des empreintes et ont trouvé les siennes un peu partout. Quand nous arrivons pour l'arrêter, nous la trouvons près de la table du bureau, une balle dans la tête. La question est la suivante : est-ce que Sir Philip, l'ayant surprise en train de fouiller sa mallette, l'a abattue sur-le-champ ? Certains hommes en seraient capables. J'avoue qu'il ne me semble pas être de ceux-là.

Miss Silver toussota.

— Si les documents étaient des faux, il avait peu de raisons de la tuer. Il aurait pu agir ainsi s'il avait brusquement découvert qu'elle était un agent ennemi, mais non pas, comme je le pense, alors qu'il le savait déjà et jouait un rôle dans le piège qu'on lui tendait.

— Euh... je veux bien. Oui, cela se tient. Quoi qu'il en soit, il affirme qu'elle vivait quand il l'a quittée. Tous deux ont bu du café... sa chambre à elle était faite, contrairement à la sienne... et l'âtre avait besoin d'un sérieux nettoyage. D'après le médecin légiste, la mort remonte au moins à quelques heures. Nous devrons attendre pour en savoir plus. Résumons : Sir Philip s'en va à neuf heures moins vingt et le concierge le voit sortir. Il dit avoir consulté sa montre à ce moment-là parce qu'il attendait des ouvriers qui devaient s'occuper de la lucarne de l'étage — elle fermait mal et ne permettait pas d'assurer un black-out complet —, aussi était-il présent et s'inquiétait-il de l'heure. Il a vu Sir Philip sortir et, d'après lui, il avait l'air drôle. Les hommes qu'il attendait sont arrivés à neuf heures et ont grimpé à l'étage. Ils y sont restés jusqu'à midi trente, juste devant l'appartement... personne n'aurait pu entrer ou sortir sans qu'ils s'en aperçoivent, et personne n'est entré ou sorti. Nous les avons interrogés, ils en sont certains.

— Mon Dieu ! dit Miss Silver, songeuse.

Frank Abbott estima que le ton employé par son chef pour raconter la suite avait quelque chose d'un peu excessif :

— Ce qui réduit assez les hypothèses... vous voudrez bien l'admettre, je suppose. Elle devait être morte avant l'arrivée des hommes, à neuf heures. Cela laisse vingt minutes après le départ de Sir Philip pour que quelqu'un entre, l'abatte et ressorte. Le concierge patientait, dans l'attente des ouvriers, et il affirme n'avoir vu personne.

Miss Silver toussota.

— Je ne doute pas que vous ayez insisté sur ce point. Les gens ont souvent tendance à dire qu'ils n'ont vu personne quand, à leurs yeux, cela signifie qu'ils n'ont remarqué aucun individu suspect.

— Effectivement. Et, comme vous le remarquez,

je ne l'ai pas lâché. En fait, trois personnes sont montées et redescendues tandis qu'il guettait les ouvriers — le facteur, qu'il connaît personnellement, un garçon qui livre le lait et un employé de la blanchisserie.

— Avait-on rentré le lait ?

— Non. Ce qui semble indiquer qu'elle était morte quand le livreur est passé.

— Pour quel étage était la livraison de la blanchisserie ?

— Il l'ignore. C'était juste après le départ de Sir Philip et il se trouvait au fond du hall. L'homme est passé en tenant son panier à linge sur la tête — il n'a rien remarqué d'autre. Trois des étages sont occupés par de nouveaux locataires... il ignore où ils vont faire nettoyer leur linge.

Miss Silver toussota et dit :

— Nous y voilà.

Lamb frappa violemment son genou.

— Dites donc, seriez-vous en train de suggérer qu'un employé de blanchisserie parfaitement inconnu au bataillon est entré ici, sachant exactement où trouver le revolver de Sir Philip, a tué la femme et filé avec l'arme, tout cela en l'espace de cinq ou six minutes ?

De nouveau, Miss Silver toussota.

— Cela ne prend guère de temps de tirer sur quelqu'un et on n'a pas forcément utilisé le revolver de Sir Philip. Si elle s'estimait en danger, elle a pu essayer de s'en emparer... bien sûr, elle aurait su où le trouver. Après avoir commis son crime, le meurtrier s'est peut-être dit qu'il pouvait faire soupçonner Sir Philip en emportant son arme. Tout cela, bien sûr, reste dans le domaine des spéculations.

Lamb fit entendre son bon gros rire.

— Je suis ravi que vous l'admettiez !

— J'aimerais savoir si l'employé de la blanchisserie a été aperçu lorsqu'il est redescendu.

— Oui. Le concierge répondait à un appel téléphonique, il l'a vu, mais seulement du coin de l'œil.

— Avait-il toujours son panier à linge sur la tête ?

— Ma foi, sans doute, non ? Il rapportait le linge propre pour l'échanger contre le sale. Et inutile de m'interroger plus longtemps à ce propos, parce que c'est tout ce que je sais. Vous pouvez demander au concierge, mais il ne vous en apprendra pas plus. Non... pour moi, celui qui avait à la fois une raison et une occasion d'agir, c'est Sir Philip. Vous pouvez estimer que le mobile est insuffisant... et il y a du vrai, mais le déroulement des faits le rend plus que suspect. Un seul exemple. Il se trouvait au ministère de la Guerre de neuf heures à midi trente — nous avons vérifié — mais, à une heure moins le quart, il pénètre dans l'appartement de Mrs. Perry Jocelyn, voit Miss Armitage, et personne d'autre... c'est un de ces appartements en L et ils se trouvaient dans un coin... et lance ces mots : « Anne est morte. » Il n'ajoute rien parce qu'il vient de comprendre qu'ils ne sont pas seuls, il fait demi-tour et s'esquive. Or, sauf si elle était morte avant qu'il ne quitte l'appartement, il lui était impossible de le savoir. À l'entendre, il voulait exprimer quelque chose de tout différent... qu'en fait il était maintenant persuadé que c'était son épouse qui était morte trois années plus tôt. Qu'en pensez-vous ?

— Il l'a annoncé à Miss Armitage, croyant qu'ils étaient seuls ?

— C'est ce que j'ai cru comprendre. Remarquez, il ne l'a pas dit ainsi... il n'a pas fait allusion à

Miss Armitage. Je vous répète les paroles de Mrs. Jocelyn. Elle a téléphoné pour savoir ce qui était arrivé. C'est elle qui a mentionné Miss Armitage.

Miss Silver toussota.

— Pauvre fille, cela a dû être un choc terrible pour elle. Elle n'a vraiment pas l'air solide.

— La connaissez-vous ?

— Je l'ai rencontrée. Un jeune fille très charmante.

— Voulez-vous dire qu'il y a quelque chose entre elle et Sir Philip ? On pourrait le croire, à le voir se précipiter vers elle. Écoutez, si c'est le cas, il avait un mobile extrêmement sérieux. Disons qu'il se sentait prisonnier de cette femme... sans savoir si c'était son épouse ou non, mais pas moyen de le prouver... voilà une bonne raison.

Il s'interrompit, avant d'ajouter :

— Son revolver a disparu. Il reconnaît qu'il était là la veille au soir. Qu'est-ce que cela vous inspire ?

Miss Silver refusa de livrer le produit de ses réflexions. Elle laissa entendre que c'était une affaire très intéressante et que, à n'en pas douter, elle était entre de bonnes mains. Ayant laissé percer dans sa voix une nuance d'admiration sincère, elle lui décocha un sourire amical et ajouta :

— C'est si gentil à vous de me permettre de suivre le déroulement de l'enquête. Je suis réellement intéressée, et d'autant plus après l'événement assez curieux qui s'est produit hier.

Frank Abbott ressentit une vive curiosité. Quelle sorte de lapin Maudie allait-elle tirer de son chapeau ? Rien que de penser à la réaction choquée qu'elle ne manquerait pas d'avoir en entendant cette comparaison, il fut pris d'un fou rire intérieur. À moins que... ? On ne savait jamais, avec elle.

Si Lamb était curieux, il n'en montrait rien. C'est d'un ton des plus désinvoltes et naturels qu'il lança :

— Ah, oui... vous vouliez me dire quelque chose !

La réaction de Miss Silver trahit une certaine réprobation.

— Quelque chose qu'il m'a semblé de mon devoir de vous communiquer.

— Eh bien, je vous écoute. Je dois m'en aller.

Le sentiment désapprobateur devint plus perceptible. L'inspecteur principal eut comme l'impression de se retrouver sur les bancs de l'école, sous la menace, peut-être, d'une réprimande. Ce fut si intense que, l'espace de quelques secondes, il eut une vision nette de la salle de classe communale où il avait appris à lire, à écrire et à compter — la longue pièce nue, les rangées d'élèves, les jeunes campagnards aux joues vermeilles, les petites fenêtres ouvertes sur un ciel d'été et le bourdonnement des abeilles, le tableau noir, le visage de la maîtresse... la vieille Miss Payne — il y avait des années qu'il n'avait plus pensé à elle... Cela lui revint et disparut en un éclair, mais il se retrouva à lever le nez vers Miss Silver, l'air très respectueux, attentif à ce qu'elle lui disait.

— ... hier après-midi. Il y a eu un rayon de soleil et je me suis approchée de la fenêtre pour en profiter. Lady Jocelyn... je l'appellerai ainsi par commodité... descendait la rue.

— Quoi ?

Miss Silver inclina la tête.

— Elle s'est arrêtée sur le trottoir d'en face pour observer Montague Mansions. Elle est restée ainsi, debout, à observer. Bien sûr, elle ne pouvait pas me voir, car j'avais pris soin de me tenir derrière le rideau. J'ignore si elle avait peu ou prou l'intention d'entrer. L'aurait-elle fait qu'elle serait toujours en vie. Mais soit elle estimait qu'elle était trop impliquée, soit elle se considérait moins menacée qu'elle ne l'était. Toutefois, j'ai appris qu'elle avait téléphoné à Mrs. Garth Albany — vous la connaissez sous le nom de Janice Meade[1] —, pour obtenir mon adresse. Garth Albany est une relation. C'est chez eux que j'ai rencontré Miss Armitage.

Lamb ne la quittait pas des yeux, de plus en plus intéressé, le sourcil froncé.

— C'est tout ?

— Absolument pas. Lady Jocelyn était suivie.

— Quoi ? se récria encore Lamb d'une voix plus forte.

— Par une fille dans un manteau en mauvais état, avec un foulard brun et violet autour de la tête. Très jeune, pas plus de dix-sept ans, dirais-je, et elle était sortie subitement, car elle portait des chaussures d'intérieur. Elle a grimpé quelques marches sous le porche d'une des maisons qui me font face pour épier Lady Jocelyn.

— Écoutez, comment savez-vous qu'il s'agissait de Lady Jocelyn ?

— Des reproductions de son portrait par Amory étaient dans toute la presse quand elle est revenue de France. Son identité ne pose aucun problème. En outre, son comportement quand je lui ai parlé de cet incident...

— Vous lui avez parlé ?

— Au téléphone... mais j'y viendrai bientôt. Comme je savais que la police se contentait de la

1. *Le Mystère de la clef, op. cit. (N.d.T.)*

version selon laquelle Miss Collins avait été victime d'un accident de la route, et qu'elle se désintéressait de Lady Jocelyn, le fait qu'elle était suivie a attiré mon attention. De toute façon, la jeune fille que j'avais vue ne travaillerait pas pour la police. Cela m'a paru curieux et un peu inquiétant. Emma Meadows, ma femme de chambre, dont je ne saurais trop louer les services, s'apprêtait à se rendre à la poste. Je lui ai demandé de suivre la fille et, si possible, de découvrir où elle allait.

— Alors ?

— Elle les a toutes deux gardées à portée de vue, la fille et Lady Jocelyn, jusqu'au moment où celle-ci a hélé un taxi. Je pense qu'on peut être certain qu'elle est revenue directement ici. La fille a fait demi-tour et a rebroussé chemin. Emma l'a suivie mais, hélas, elle lui a échappé un peu après, à un carrefour très fréquenté. Quand elle a réussi à traverser la foule... elle est âgée et plutôt corpulente... la fille était introuvable. Elle a pu entrer dans un magasin ou prendre un bus.

— Dans quelle rue était-ce ?

Miss Silver l'en informa et Frank Abbott prit note. Elle poursuivit.

— Plus tard, après l'heure du thé, j'ai téléphone à Lady Jocelyn.

— Et pourquoi donc ?

— En repensant à toute l'affaire, je suis parvenue à la conclusion que, si elle était filée, c'était très vraisemblablement sur l'ordre de quelqu'un n'appartenant pas à la police. Me demandant qui pouvait avoir intérêt à la faire surveiller, la réponse m'a paru toute simple. J'avais tout lieu de croire qu'elle était en cheville avec des personnes peu recommandables — il m'était impossible d'accepter les conclusions de la police à propos de la mort de Miss Collins —, et j'ai estimé que si ses complices, déjà suffisamment méfiants pour la faire suivre, étaient amenés à croire qu'elle avait éprouvé le désir de m'approcher, elle était en grand danger. Mon nom n'est pas connu du public, mais, notamment depuis l'affaire Harsch, il a pu le devenir auprès des gens avec lesquels Lady Jocelyn avait partie liée. Après y avoir bien réfléchi, j'ai décidé de la prévenir. Si elle avait plus ou moins l'intention d'abandonner ses complices, je pensais qu'il fallait l'y encourager.

— Vous lui avez donc téléphoné. Qu'a-t-elle dit ?

Miss Silver secoua la tête d'un geste grave.

— Son humeur avait changé. Elle m'a déclaré, sûre d'elle, qu'elle ne savait pas de quoi je lui parlais. Je lui ai proposé de venir la rencontrer et, à ce moment, je pense qu'elle a hésité, mais elle a fini par raccrocher brusquement. Je crois qu'elle avait peur, mais je pense qu'elle avait décidé d'aller au bout de ce qu'elle devait accomplir.

Lamb se remit sur ses pieds en grommelant.

— Bref, cela ne nous avance pas beaucoup, n'est-ce pas ?

32

Après le déjeuner, Lilla Jocelyn sortit pour se rendre à la cantine où elle travaillait bénévolement. Pelham Trent, qui l'avait accompagnée à la porte, regagna le salon.

— Cela ne vous dérange pas si je reste une minute ou deux ?

— Non, répondit Lyndall, sans savoir si elle disait vrai.

Elle voulait rester seule tout en craignant de l'être. Elle avait besoin de pleurer la mort d'Anne mais ne savait comment exprimer sincèrement sa peine. Si elle était seule, elle pourrait se remémorer le passé, quand Anne était une des trois personnes qu'elle aimait le plus au monde. La brûlure du chagrin se répandit dans tout son être, dissipant la sensation de froid provoquée par le choc qu'elle avait subi. Oui, il lui fallait rester seule. Elle leva les yeux vers Pelham Trent et celui-ci vit qu'ils étaient brillants de larmes.

— Vous devriez vous reposer, proposa-t-il aussitôt. Vous n'allez pas essayer de sortir ou de faire quelque chose, n'est-ce pas ? Je suis sûr qu'il vous faut du repos.

— Oui, c'est ce que je vais faire, répondit-elle.

J'aimerais en savoir plus. Lilla ignore à qui elle a parlé et l'homme qui lui a répondu ne lui a rien appris du tout... sauf qu'Anne était morte. Croyez-vous qu'il s'agissait d'un accident ? J'ai pris le thé avec elle avant-hier... elle allait tout à fait bien.

Elle ne le quittait pas du regard en parlant, les yeux humides, montrant une expression plutôt pitoyable et souffrante.

— Chère amie... dit-il. Je suis désolé... tout cela vous a bouleversée. Voulez-vous que j'aille me renseigner à votre place ? C'est à cinq minutes à peine.

— Je ne sais pas... Non... Philip pourrait ne pas apprécier.

Elle leva une main et remonta ses cheveux.

— Vous êtes très gentil.

Il secoua la tête.

— Je n'ai pas besoin de monter à l'appartement, vous savez. Si Jocelyn est là, il n'aura pas envie qu'on le dérange. Je pourrais demander au concierge... mais non... cela n'irait pas.

— Non, confirma Lyndall.

Avant d'ajouter :

— Je vais appeler. Nous sommes parents... nous avons le droit de savoir. Philip ne m'en voudra pas.

C'est l'inspecteur Abbott qui répondit, mais elle n'était pas censée le savoir. Ce n'était qu'une voix... qui aurait pu appartenir à n'importe quel ami de Philip.

— Un instant, Miss Armitage, dit-il.

Elle entendit le bruit de ses pas qui s'éloignaient, puis des voix d'hommes, et les pas qui revenaient.

— Appelez-vous depuis l'appartement de Mrs. Jocelyn ?

— Oui... elle a dû s'absenter. Voudriez-vous, s'il vous plaît, me dire ce qui est arrivé à Anne ? C'est tellement horrible de ne pas savoir !

Cyniquement, Frank Abbott songea que cela risquait de l'être encore plus quand elle saurait.

— Vous êtes au courant qu'elle est morte ? demanda-t-il.

— Oui.

— C'est Sir Philip Jocelyn qui vous a prévenue ?

— Oui... mais comment est-ce arrivé... *s'il vous plaît...*

— Je crains de devoir vous demander d'être très courageuse. Sa mort est due à une arme à feu.

— Oh...

Ce ne fut qu'une longue et faible plainte.

Puis elle demanda :

— Est-ce que c'est... elle-même qui... ?

— Non... on lui a tiré dessus.

— Qui ?

— Nous n'en savons rien.

— Qui êtes-vous ? voulut-elle enfin savoir.

— Je suis l'inspecteur Abbott. L'affaire est entre les mains de la police.

Elle laissa passer quelques secondes.

— Est-ce que Philip est là ? demanda-t-elle.

— Non, il n'est pas encore arrivé.

— Oh... se récria-t-elle encore.

Au bout d'un moment, elle raccrocha et se tourna vers Pelham Trent, le visage blême.

— Pelham...

— Je sais... j'ai entendu ce qu'il disait. C'est épouvantable ! Venez vous asseoir.

Elle le laissa l'installer dans un fauteuil et s'appuya au dossier.

— C'est horrible pour Philip... finit-elle par dire. Et pour elle... pauvre Anne...

Sa voix se perdit et tout son corps fut pris d'un frémissement violent. Après l'avoir bien observée, le visage très soucieux, Trent gagna l'extrémité de la pièce.

Pour autant qu'elle pouvait encore éprouver quelque chose, elle fut soulagée. Elle se sentait comme une créature blessée qui ne désire que se traîner en rampant vers un endroit sombre où demeurer seule. Mais c'était impossible. Au-delà de son émotion, elle avait conscience de Philip — tout ce qu'elle ferait et dirait dorénavant le concernerait au premier chef. Elle avait peur pour lui, aussi, et une très forte envie de l'aider. Elle essaya de se concentrer, d'y voir clair dans ses pensées. Cela l'absorba au point de ne pas remarquer le retour de Pelham Trent avant d'entendre sa voix.

— Lyn... ça ira... vous n'allez pas vous évanouir !

— Ça ira...

Elle parlait d'une voix hésitante car elle s'était complètement isolée dans ses pensées.

Il saisit une chaise, l'approcha d'elle et s'assit.

— Lyndall, voudriez-vous bien m'écouter ? L'idée de vous importuner maintenant me déplaît souverainement, mais il est hors de question de vous laisser seule. S'il s'agit d'un meurtre, la police risque de surgir d'un instant à l'autre. Il est très regrettable que Lilla ait mentionné le fait que Jocelyn soit venu ici pour dire ce qu'il a dit. Et il est doublement regrettable qu'elle ait précisé à la police que c'est à vous qu'il s'était adressé. Ils voudront connaître la raison de sa visite... pourquoi c'est à *vous* qu'il a annoncé que sa femme était morte... pourquoi il a déguerpi dès qu'il a compris que Lilla et moi-même étions présents. Je suis obligé de vous avertir que, dans ce genre d'affaire, le mari ou la femme sont toujours soupçonnés. Enfin, on parlera, cela fera les titres des journaux. Vous devez rester en dehors de ça, dans l'intérêt de Jocelyn aussi bien que dans le vôtre. Ce meurtre, survenant après tout ce qu'on a raconté sur le retour d'Anne Jocelyn... vous vous rendez bien compte, chère amie. Si la police se fourre dans la tête que Philip Jocelyn est amoureux de vous, ou qu'il y a quelque chose entre vous deux, rien ne pourrait être plus désastreux... pour lui. Il vous faut être très prudente, oui. Philip et Anne Jocelyn étaient vos cousins, et vous aviez beaucoup d'affection pour l'un et l'autre... voilà ce qu'il faut dire. Vous étiez sa demoiselle d'honneur... n'oubliez pas d'évoquer ce détail. Et... oh, mon amie, ne les regardez pas de la manière dont vous me regardez !

— Non... j'y veillerai. Je suis désolée...

Il prit un ton qui se voulait rassurant.

— Tout ira bien. Ne prononcez pas un mot de plus que nécessaire. N'en parlez et n'en discutez avec personne. Je suis votre avocat, ne l'oubliez pas, et c'est un conseil de professionnel. Autre chose, mais je crains que vous n'appréciiez pas. Ne rencontrez pas Jocelyn... ou, dans le cas contraire, silence sur tout cela.

Le regard de Lyn s'assombrit derrière le rideau des cils. Il la sentit reculer, résister. Il fit appel à tous les arguments dont il disposait pour la convaincre.

— Vous n'avez pas idée de ce que cela signifie d'être mêlée à une telle histoire. Vous ne vous doutez pas de ce qui vous attend. Vous n'imaginez pas les dégâts qui peuvent résulter d'un seul mot, comme il est facile de se trahir. Ils vous interrogeront. Souvenez-vous de répondre uniquement à leurs questions. Dites oui ou non. Rien de plus.

— Croyez-vous que je dirais quelque chose qui nuirait à Philip ?

— Ce n'est pas à vous d'en juger. Vous pourriez ne pas savoir ce qui lui ferait ou non du mal. Mieux vaut vous tenir à l'écart. Ne le laissez pas vous parler. Moins vous en saurez, mieux cela vaudra.

Il s'était exprimé d'une voix basse, tendue, presque un murmure. Puis elle changea, devint plus nette et retrouva son intonation habituelle.

— Voilà... c'est tout. Soyez raisonnable et ne parlez pas, tout ira pour le mieux. Jocelyn devrait prendre contact avec Codrington sans attendre... peut-être l'a-t-il déjà fait. Si jamais il vous téléphone ou s'il remet les pieds ici, évitez-le. Et, souvenez-vous... pas un mot de trop.

Elle avait fermé les yeux. Elle dut faire un effort pour les rouvrir :

— Merci, articula-t-elle.

Avant d'ajouter :

— Pelham, voudriez-vous bien vous retirer maintenant ? Je ne crois plus avoir la force de parler de tout cela.

Il trouva les mots pour lui montrer qu'il l'approuvait.

— Continuez dans cette voie et tout ira bien. Surtout, ne vous inquiétez pas. Je ne cherchais pas à vous effrayer à propos de Jocelyn. S'il était présent au ministère, il disposera sûrement d'un alibi en or. Mais il nous faut absolument éviter que l'on ne se mette à soulever des questions comme celle de l'identité d'Anne Jocelyn, pour voir la presse s'en emparer, ou de n'importe quelle autre histoire à scandale.

Quand il fut parti, Lyndall se redressa sur son siège, les mains serrées sur son giron, le visage pâle et immobile, le regard tendu. Après être demeurée longtemps immobile, elle se leva et s'approcha du téléphone. Elle composa le numéro de Janice Albany.

33

Quand elle entendit sonner à sa porte, Miss Silver leva les yeux de son ouvrage. Les aiguilles de l'horloge placée sur la cheminée indiquaient trois heures et demie. Elle n'attendait personne et s'était installée près du feu pour tricoter et réfléchir, avec un intérêt non dépourvu de regrets, au destin tragique de Lady Jocelyn qui, à son avis, n'était autre qu'Annie Joyce.

Succédant au coup de sonnette, elle perçut la voix plutôt grave d'Emma et la porte du salon s'ouvrit.

— Voulez-vous voir Miss Armitage?

Miss Silver posa soigneusement son ouvrage sur le bras de son fauteuil et se leva pour accueillir sa visiteuse — en l'occurrence, la jeune femme avec laquelle elle avait parlé chez Janice Albany. Elle portait le même manteau et le même chapeau vert bouteille, mais elle avait l'air encore plus pâle et plus frêle que la première fois. C'est avec une intensité douloureuse que ses grands yeux gris, bordés de cils noirs, fixèrent le visage de Miss Silver.

— Janice m'a dit que vous étiez gentille... commença-t-elle.

— Je l'espère du moins, mon enfant. Ne voulez-vous pas vous asseoir? Bien. Que préférez-vous :

que nous prenions le thé ou me dire tout de suite ce que vous attendez de moi ? Emma peut nous servir en quelques minutes.

Lyndall refusa de la tête.

— Janice m'a conseillé de venir vous voir. Elle est incapable d'expliquer pourquoi. Tout ce qu'elle sait, c'est que nous avons des ennuis parce que... Anne est morte.

Miss Silver avait réintégré son fauteuil et repris son ouvrage. On entendait le doux cliquetis apaisant des aiguilles.

— Oui, mon enfant, je sais. Vous faites allusion, bien sûr, à Lady Jocelyn.

Sous l'effet de la surprise, le visage à la peau transparente se colora très légèrement.

— Comment le savez-vous ? Mais Janice dit que vous êtes au courant de tout. Savez-vous qu'elle a été victime d'un coup de feu ?

Miss Silver la regarda avec autant de gentillesse que de franchise.

— Oui.

— Et que c'était un meurtre ?

— Aussi

Après avoir rapidement repris son souffle, Lyndall poursuivit

— Alors, vous pouvez me dire ce que je dois faire ? Janice a dit...

Elle manqua de souffle et son teint redevint pâle.

— Qu'a-t-elle dit ?

Lyndall secoua la tête comme s'il lui était impossible de s'expliquer.

Puis elle se reprit :

— Si je vous racontais tout... seriez-vous obligée d'en parler à la police ?

Miss Silver toussota.

— Cela dépend.

Lyndall continua à la regarder. Ses yeux gris étaient lourds d'interrogations. Finalement, elle se décida :

— Savent-ils qui est responsable ?

— Non. Si vous êtes au courant d'un détail, Miss Armitage... le moindre détail qui pourrait permettre d'identifier le criminel... vous ne devez pas le garder pour vous. Je crois que vous savez quelque chose, oui, ou vous ne seriez pas venue.

— J'ignore si cela pourrait être utile. C'est la raison de ma visite... je pensais que vous m'aideriez à le savoir... mais c'est tellement difficile... j'ai peur...

De nouveau sa voix s'éteignit.

Miss Silver avait cessé de tricoter. Elle la considéra gravement. Puis elle déclara :

— Miss Armitage, écoutez-moi bien. Hier après-midi, Lady Jocelyn s'est présentée devant cet immeuble. Elle est restée à observer sur le trottoir quelques instants. Je crois savoir qu'elle essayait de prendre la décision de rompre avec certaines personnes dangereuses qu'elle avait connues dans le passé. À mon avis, elle avait plus ou moins l'intention de venir me parler et je pense que si elle l'avait fait, elle serait toujours en vie. Par la suite, je lui ai téléphoné pour la mettre en garde, mais, à ce moment-là, elle avait décidé de suivre son chemin.

Lyndall porta une main à sa gorge. C'est dans un murmure qu'elle demanda :

— Est-ce que cela avait un rapport avec Miss Collins ?

— Miss Armitage, si ce que vous savez est lié à la mort de Nellie Collins, je vous prie de m'en informer. Deux personnes sont déjà mortes. Ce dont vous avez connaissance peut s'avérer aussi dangereux pour vous-même que ce le fut pour Miss Collins et pour Lady Jocelyn.

La main de Lyndall retomba.

— Ce n'est pas que j'aie peur, dit-elle avec une voix d'enfant. C'est à cause de Philip. C'est déjà assez horrible pour lui, que tout ce qui a un rapport avec Anne... absolument *tout*...

Miss Silver lui adressa le sourire qui lui avait valu tant de confidences. Il avait un effet extraordinairement encourageant, il vous faisait chaud au cœur et vous donnait du tonus.

— Mon petit, la vérité est parfois pénible mais elle est salutaire. Les erreurs que l'on commet en croyant bien faire et la rétention de preuves peuvent avoir des conséquences extrêmement dangereuses dans le cas d'une affaire criminelle. Il nous arrive à tous d'être confrontés à des moments douloureux... je crains que Sir Philip Jocelyn n'ait plus que sa part à supporter. Vous ne l'aiderez nullement en refusant de communiquer des éléments susceptibles de conduire un dangereux criminel devant la justice.

Lyndall la regarda droit dans les yeux.

— Pelham affirme qu'on pourrait suspecter Philip. Est-ce qu'on le soupçonne ?

Miss Silver ne répondit pas. Elle toussota et demanda :

— Qui est Pelham ?

— C'est un des associés de l'étude de notaire qui s'occupe des affaires de Philip. Ils sont deux maintenant, lui et Mr. Codrington. Il était présent quand Philip est entré et a dit qu'Anne était morte et il m'a conseillé de n'en parler à personne, de ne rien dire du tout, parce qu'on pourrait soupçonner Philip. Il m'a longuement parlé après le départ de Lilla.

— Se doutait-il que vous saviez quelque chose ?

— Oh, non... comment l'aurait-il pu ?
— Vous êtes certaine qu'il ne savait rien ? Est-ce que quelqu'un était au courant ?
— Anne.
— Vous le lui aviez dit ?
— Oui.
— Parce que cela avait un rapport avec Miss Collins ?
— Oui.
— Qu'a-t-elle dit ?
— Que cela ferait du mal à Philip...
Sa voix hésita piteusement.
— J'ai... promis... de ne rien dire.
Miss Silver laissa passer une courte pause. Puis elle reprit :
— Je ne pense pas que vous puissiez tenir cette promesse, dorénavant.
Une fois encore, Lyndall secoua légèrement la tête.
— Non... je ne peux pas. J'ai beaucoup réfléchi après le départ de Pelham et puis j'ai téléphoné à Janice pour lui parler de vous. Elle m'a assuré que vous vous montreriez loyale, et gentille, et m'a affirmé que je pouvais avoir confiance... alors, je vous fais confiance. Voilà ce qui s'est passé. C'était avant que Philip et Anne ne prennent cet appartement à Londres. Le 12, je crois... oui, le mercredi 12. J'ai appris qu'un magasin vendait des casseroles émaillées et je m'y suis rendue, c'était pour Lilla, mais ils n'avaient rien du tout. Comme je m'en retournais, j'ai aperçu Anne... du moins ai-je pensé qu'il s'agissait d'elle. Elle me tournait le dos et s'apprêtait à entrer dans une boutique... un salon de coiffure, *Félise.*
— Dans Charlotte Street ? s'empressa de demander Miss Silver.

Lyndall s'empourpra.

— Comment le savez-vous ?

Miss Silver toussota.

— Continuez, je vous prie, Miss Armitage. Cela m'intéresse beaucoup.

« C'est vrai qu'elle sait tout », songea Lyndall.

C'était plutôt étrange, mais elle n'en conçut nulle frayeur — elle y trouva une manière d'encouragement. Si elle commettait une erreur, Miss Silver serait capable de la corriger. Elle poursuivit avec plus de facilité.

— Je n'étais pas certaine que ce fût Anne. Et je ne savais pas si elle m'avait remarquée. Je ne voulais pas qu'elle pense... je l'ai suivie dans le salon. Elle ne s'y trouvait pas. Je suis allée plus loin, pensant qu'elle aurait pu être dans une cabine, mais non. Il y avait une porte au fond... une porte-miroir. Je l'ai ouverte et j'ai pénétré dans un couloir sombre, plutôt petit, avec un escalier qui montait et une autre porte tout au bout. Celle-ci n'était pas complètement fermée... on voyait un rai de lumière le long du chambranle. C'est alors que j'ai entendu Anne qui disait : « Vous feriez mieux de me laisser écrire à Nellie Collins. Elle est tout à fait inoffensive. » Et un homme a répondu... a répondu...

— Continuez, mon enfant.

Lyndall lui rendit son regard, les yeux fixés aveuglément sur un visage qu'elle n'apercevait plus. Ses lèvres remuèrent à peine :

— Il a dit : « Ce n'est pas à vous d'en juger. »

- Et ensuite ?

— J'ai filé sans attendre.

Elle poussa un gros soupir et sembla recouvrer ses esprits.

— J'avais peur... je ne crois pas avoir eu aussi peur de ma vie C'était stupide..

Miss Silver toussota.

— Je ne suis pas de cet avis.

Il y eut un silence. Lyndall se pencha en arrière et ferma les yeux. Elle avait l'impression d'avoir gravi une longue colline pentue et, maintenant qu'elle avait atteint le sommet, elle n'avait plus de souffle. Mais elle était effrayée à l'idée de regarder ce qui apparaissait au-delà.

La voix de Miss Silver la tira de ses pensées.

— Vous avez fait part à Lady Jocelyn de cette conversation que vous aviez surprise. Quel jour était-ce ?

Elle ouvrit les yeux.

— Quand j'ai lu les articles des journaux à propos de Miss Collins.

— Voudriez-vous me répéter exactement ce qu'elle vous a répondu ?

Lyndall s'exécuta, parlant dans un souffle, sans pouvoir s'ôter de la tête l'image d'Anne qui versait du thé, l'image d'Anne agenouillée près de l'âtre, Anne qui lui demandait de ne rien faire qui serait susceptible de nuire à Philip.

— Elle a affirmé que je m'étais trompée et que cela risquait de faire du mal à Philip. Alors, j'ai promis.

— Je vois. Miss Armitage, quelle était la nature de vos relations avec Lady Jocelyn ? J'entends par là, non pas depuis son retour, mais avant son départ pour la France.

Lyn fut surprise par le tour nouveau que prenait la conversation. Elle se redressa.

— Nous vivions ensemble à Jocelyn's Holt quand elle est venue s'y installer, après le décès de sa mère. Aucun de nous ne la connaissait, auparavant. Elle était déjà adulte, contrairement à moi.

Elle se montrait merveilleuse avec moi. Je l'aimais... terriblement. Quand elle et Philip se sont fiancés, j'ai été extraordinairement heureuse. J'ai été demoiselle d'honneur.

— Si vous avez habité sous le même toit, vous avez dû, comme le font les jeunes filles, vous voir dans la chambre de l'une ou de l'autre, vous habiller et vous déshabiller ensemble Pouvez-vous me dire si Lady Jocelyn portait une marque physique distinctive, qui aurait permis de l'identifier ?

— Oh, non, pas la moindre. Tous les membres de la famille m'ont posé la question à son retour. Elle n'avait aucun signe particulier.

C'est un regard très pénétrant qui se posa sur elle.

— Si elle avait eu un grain de beauté de la taille d'une pièce de six pence, juste au-dessus du genou gauche, vous l'auriez remarqué ?

— Bien sûr. Mais elle n'avait rien de tel.

— Vous en êtes absolument certaine ? C'est d'une importance capitale.

— Oui, je n'ai aucun doute.

— Vous seriez capable de le répéter sous serment ? Je pense qu'on vous demandera de le faire.

Lyndall pressa ses mains sur ses cuisses.

— Oui, affirma-t-elle.

Et puis, d'une voix lente, elle demanda :

— Voudriez-vous me dire de quoi il s'agit, s'il vous plaît ? Je ne comprends pas.

Miss Silver lui répondit d'un ton empreint de gravité :

— La femme qui est morte aujourd'hui avait un grain de beauté tel que je l'ai décrit. Je pense que Miss Collins savait qu'Annie Joyce avait ce grain de beauté. Selon moi, Lady Jocelyn est décédée il y a plus de trois ans.

34

— Je veux qu'elle bénéficie d'une protection policière, déclara Miss Silver d'un ton ferme.

À l'autre bout de la ligne, l'inspecteur principal sortit son mouchoir et se moucha bruyamment, exprimant ainsi toute son exaspération.

— Écoutez, Miss Silver...

Celle-ci toussota avant de continuer :

— Cela me semble absolument nécessaire Je vais vous donner l'adresse du salon de coiffure *Félise,* Charlotte Street... Je vous demande pardon ?

Une exclamation de surprise lui était parvenue.

— Ce nom vous est-il familier ?

— Familier, c'est beaucoup dire. À entendre Sir Philip, sa femme y avait rendez-vous hier après-midi pour se faire coiffer. Nous l'interrogions sur ses déplacements de la veille et c'est alors qu'il a mentionné l'avoir entendue prendre rendez-vous. Il dit avoir noté le nom au moment où il entrait. Elle lui a expliqué qu'il s'agissait d'un coiffeur. Une très bonne couverture.

— C'est un vrai salon. Il se trouve à trois portes du coin de la rue où Emma Meadows a perdu de vue la fille qui suivait Lady Jocelyn... ou, comme je crois que nous devons l'appeler maintenant, Annie Joyce...

Cette fois-ci, l'inspecteur principal se moucha d'une manière qu'on pouvait qualifier de méditative

— Bien, vous feriez mieux de garder Miss Armitage chez vous. Je vais envoyer Frank. Laissez-le tirer ses propres conclusions, voulez-vous ? Il aurait un peu trop tendance à considérer tout ce que vous dites comme parole d'évangile, si vous me permettez.

Miss Silver lui répondit d'un ton franchement désapprobateur :

— Je ne considère pas que l'inspecteur Abbott se laisse si facilement influencer... sauf, comme il devrait en aller de même pour tout le monde, par les faits.

L'accent mis sur ce dernier mot ajoutait encore au reproche.

Lamb l'esquiva en riant.

— Bon, ne nous querellons pas à ce propos. Si Frank est satisfait, les gens du salon vont passer un mauvais quart d'heure. Je charge tout de suite quelqu'un de se renseigner sur eux.

Aussitôt arrivé à Montague Mansions, l'inspecteur fut informé des détails de l'histoire de Miss Armitage.

— Où est-elle, Miss Silver ?

Miss Silver, dont la deuxième paire de chaussettes pour Johnny était bien avancée, répondit que la demoiselle était couchée — « dans ma chambre, à côté. Elle est loin d'être forte et cela l'a énormément secouée ».

Frank lui adressa un regard admiratif.

— Bordée sous un édredon avec une bouillotte.

J'en mettrais ma main au feu. M'en voudrez-vous si je cite Wordsworth au lieu de Tennyson ?

Femme parfaite, sachant avec noblesse
Prévenir, réconforter, se faire obéir.

Miss Silver eut un sourire indulgent. Si elle avait perçu une très légère note sardonique dans sa manière de citer ou de la regarder, elle ne montra aucun signe de contrariété.

— Mon cher Frank, fit-elle sobrement, nous n'avons guère le temps de parler poésie. J'ai voulu que Miss Armitage demeure avec moi parce que j'estime qu'il ne faut pas la laisser retourner chez elle sans assurer sa protection. Elle m'a dit que Mrs. Lilla Jocelyn ne serait sans doute pas à la maison avant onze heures au plus tôt et que la femme de ménage s'en va à trois heures. Au vu des circonstances, je crois extrêmement dangereux qu'elle reste seule, sans personne pour veiller sur elle.

— Pourquoi la considérez-vous en danger ?

— Mon cher Frank ! Avant-hier, à l'heure du thé, elle a informé Annie Joyce qu'elle avait surpris en partie une conversation entre elle et l'homme dont elle recevait ses ordres. Deux phrases seulement, il est vrai, mais on ne peut plus compromettantes : « Vous feriez mieux de me laisser écrire à Nellie Collins. Elle est tout à fait inoffensive », et « Ce n'est pas à vous d'en juger ». Deux phrases qui ont à l'évidence un rapport avec Miss Collins, qui impliquent qu'Annie Joyce n'a pas eu l'autorisation de répondre à la lettre que celle-ci lui avait envoyée et établissent clairement qu'elle n'était qu'un agent exécutant les ordres de cet homme qu'elle était venue voir. Annie Joyce connaissait probablement l'importance des paroles entendues par Miss Armitage. Elle s'est d'ailleurs efforcée de la dissuader de parler. Elle a affirmé que tout cela n'était qu'une erreur, que Miss Armitage avait dû imaginer entendre le nom de Nellie Collins, et elle a joué sur son affection et ses sentiments familiaux pour lui demander de garder le silence, ses bavardages risquant de raviver la publicité dont ils avaient déjà trop souffert, plus particulièrement Sir Philip.

— C'était avant-hier ?

— Oui. Et, hier après-midi, elle a pris un autre rendez-vous avec cet homme. On peut envisager, mais je n'y crois pas du tout, qu'elle ne l'ait pas informé des propos de Miss Armitage. Il est clair que leur entretien l'a rendu méfiant, puisqu'il l'a fait suivre quand elle est repartie. Si elle lui a avoué que leur discussion précédente avait eu un témoin, il peut avoir décidé que sa valeur en tant qu'agent était sérieusement compromise. Les services secrets allemands n'ont jamais hésité à sacrifier un des leurs s'il s'avère qu'il pourrait constituer un handicap. Si elle lui a dit que c'était Miss Armitage qui les avait surpris, vous serez bien d'accord, je pense, qu'elle est sans doute très menacée et, en attendant que cet individu soit mis sous les verrous, qu'elle a besoin d'une protection rapprochée.

Frank Abbott se lissa les cheveux en arrière.

— Très bien, nous allons veiller sur elle. Pourtant, voyez-vous, le chef pense que vous êtes sur une fausse piste. D'après lui, c'est Jocelyn qui a tué la femme. Il y a certaines preuves... non, pas des preuves... certains indices qui font croire à un mobile d'ordre personnel. Supposez qu'il soit amoureux de cette petite Armitage. Je connais des personnes qui vivent près de Jocelyn's Holt. Elles me disent que tout le monde s'attendait à l'annonce des fiançailles quand Annie Joyce a surgi sous le nom de Lady Jocelyn. De quoi vous mettre de très méchante humeur, n'est-ce pas, d'autant que, selon la rumeur locale, Philip Jocelyn a refusé aussi longtemps qu'il a pu de la reconnaître et de la considérer comme son épouse. Bon, il semble avoir été convaincu sur le tard, et ils ont emménagé ensemble, sans pour autant vivre comme un couple marié. Par la suite, quelque chose est arrivé qui a ébranlé sa conviction et, simultanément, les renseignements militaires lui ont suggéré qu'elle était un agent ennemi. Il y a de quoi être exaspéré, non ? Enfin, il la trouve en train de fouiller dans ses documents. Ne croyez-vous pas qu'il aurait pu sortir de ses gonds et l'abattre ? On a vu des meurtres pour moins que ça. Quoi qu'il en soit, c'est la version du chef... et il ignore les cancans dont je viens de vous faire part, qui sont d'ailleurs strictement confidentiels et doivent rester *entre nous**. Qui plus est, la chronologie des faits nous conforte dans cette hypothèse. Jocelyn est sorti à neuf heures moins vingt, l'employé de la blanchisserie est venu et reparti aussitôt après, le facteur et le livreur de lait se sont succédé juste avant neuf heures, précédant de peu les ouvriers qui ont débarqué sur le palier.

Les aiguilles de Miss Silver cliquetaient rapidement, la longue chaussette grise tournait sur elle-même

— Avez-vous trouvé à qui le linge a été livré ?

Il secoua la tête.

— Dans deux appartements, les locataires sont absents. L'homme a pu simplement monter et, ne pouvant entrer, repartir.

Miss Silver émit une petite toux sceptique.

— Oh, non, ce n'est pas ce qu'il aurait fait. Il aurait laissé son panier chez le concierge.

— Possible. Mais, selon lui, de nos jours, les gens n'ont guère confiance avec les nouveaux locataires.. ils veulent être payés à la livraison.

Il haussa un sourcil.

— Je vois que vous y tenez, à votre livreur de la blanchisserie.

Il se leva, déployant sa haute et mince stature.

— Bon, je dois parler à Miss Armitage avant d'aller m'occuper du coiffeur. Souhaitez-moi bonne chance !

35

Lyndall rentra chez elle sous la garde d'un agent de police, grand gaillard au visage bienveillant et à la voix traînante qui s'avéra être un bavard intarissable. Au cours du trajet, qui dura à peu près vingt minutes, il lui avait tout raconté sur son épouse, Daisy, qui était tapissière de son état avant de l'épouser, et sur leurs trois enfants — Ernie allait sur ses huit ans, Ellie en avait quatre et Stanley aurait six mois dans une semaine. Dans les moments de tension, des détails sans importance peuvent passer inaperçus, mais il arrive qu'ils s'impriment à jamais dans la mémoire. Lyndall n'oublierait jamais qu'Ernie savait lire à quatre ans ou que la petite Ellie hurlait dès qu'elle apercevait un chat. L'agent semblait plutôt fier de cette particularité, mais il informa la jeune fille que son épouse l'avait prévenu qu'elle avait l'intention d'y mettre le holà et qu'elle achèterait un chaton afin qu'Ellie se montre moins timorée.

Plus tard, quand elle l'eut commodément installé devant le radiateur de la cuisine et lui eut procuré des journaux, elle alla s'asseoir dans le salon en forme de L, songeant aux longues heures qui l'attendaient avant le retour de Lilla.

Peu après, Frank Abbott téléphona à son supérieur.

— Très bien, chef, j'ai parlé à Miss Armitage. Elle est tout à fait certaine des paroles qu'elle a entendues. L'ennui, c'est que sur le moment elle n'était pas sûre du tout que la femme qu'elle avait suivie dans le salon de coiffure fût bien la soi-disant Lady Jocelyn, car elle ne l'avait vue que de dos. En fait, elle avait aperçu une chevelure de la même couleur, le même manteau et une robe identique. Mais il n'y a pas tant de manteaux de vison qui se promènent à Londres ou de femmes ayant ce genre de cheveux et une robe de ce bleu-là. Ce sont les vêtements qu'on voit sur le portrait d'Amory et ils ne passent pas inaperçus, croyez-moi. Bref, sur le moment, elle ne savait trop. C'est pourquoi elle l'a suivie... elle voulait en avoir le cœur net. En outre, elle ne jurerait pas avoir reconnu la voix qu'elle a surprise derrière une porte mal fermée, mais elle pensait qu'il s'agissait de celle de Lady Jocelyn. Par contre, elle ne varie absolument pas sur un point. Elle a saisi les paroles de la femme : « Vous feriez mieux de me laisser écrire à Nellie Collins. Elle est tout à fait inoffensive. » À quoi l'homme a répondu : « Ce n'est pas à vous d'en juger. » C'est donc les mots qu'elle est allée répéter à Annie Joyce. Ce qui a dû la faire bondir, et, pour peu qu'elle les ait répétés à son employeur, je suis d'accord avec Maudie que nous ferions mieux d'avoir l'œil sur la petite Armitage.

Lamb grommela.

— Vous êtes toujours de son avis... il n'y a là rien de nouveau.

— N'en croyez, rien, monsieur... pas toujours... seulement quand elle a des idées lumineuses.

Puis, sans laisser le temps à Lamb de débrouiller le sens de ses propos, il ajouta :

— Bon, je vous parle depuis le salon de coiffure... grâce à un téléphone qui se trouve dans la pièce au bout du couloir décrite par Miss Armitage. Clarke s'occupe du personnel dans le salon même. La propriétaire est une Française corpulente, du nom de Dupont. Très remontée et très grossière... elle jure ses grands dieux qu'elle n'a jamais été aussi insultée de sa vie. Lady Jocelyn était une cliente... oh, mais certainement... ses cheveux était très abîmés et avaient besoin de soins fréquents. Son mari, M. Félix Dupont... c'est de là que vient le nom, *Félise...*, recevait parfois des clients particuliers dans son bureau. C'est sans doute là qu'il a rencontré Lady Jocelyn... une cliente très spéciale. Mais elle n'a pas pu le voir hier, ou n'importe quel autre jour de la semaine, parce qu'il a gardé le lit, très malade, très souffrant — de vieilles blessures de la dernière guerre. Je crois comprendre qu'il est invalide et qu'il ne vient qu'occasionnellement au salon pour prodiguer ses conseils. Le reste du temps, c'est elle qui fait tout, sans oublier de soigner son mari, j'en passe et des meilleures du même tonneau, et cela débité à toute vitesse, dans un style très français. Autre chose, vous vous souvenez de ce que Maudie disait de la fille qui suivait Annie Joyce... celle qui portait un manteau brun et un foulard brun et violet sur la tête... eh bien, une des employées ici possède les mêmes, ce qui colle tout à fait. Comme vous le savez, Emma, la bonne de Maudie, a suivi cette fille et l'a perdue juste au coin de la rue près du salon.

Lamb émit un grognement.

— Il faudra essayer de l'identifier.

— Inutile, monsieur. Je lui ai parlé en tête à tête et elle a avoué. Elle a dans les seize ans et ne se montre pas trop rassurée. Elle dit qu'elle ne pensait pas à mal. Mr. Felix lui avait demandé d'enfiler son manteau et de voir où allait Lady Jocelyn, et il lui a offert une demi-couronne à son retour. Quand je lui ai posé la question suivante : « Vous voulez dire M. Félix Dupont, le mari de Madame ? », elle a répondu : « Oh, non, pas lui... c'était l'autre gentleman. »

— *Quoi ?* s'exclama l'inspecteur principal, faisant vibrer la ligne.

— Exactement, monsieur. En continuant notre intéressante conversation, j'ai pu établir les faits suivants. Il arrivait effectivement à M. Félix de se rendre au salon. C'était un coiffeur très habile, qui ne s'occupait que de certaines clientes, mais, souvent, il était trop malade pour travailler. Mr. Felix, lui aussi, avait sa clientèle particulière. Il passait par une entrée à l'arrière du salon, jamais par la porte principale. Il fallait noter les messages le concernant et fixer les rendez-vous. Si Madame était présente, elle répondait au téléphone en personne. Sinon, on devait prendre les messages et elle y répondait plus tard. Et maintenant, j'en viens à la *pièce de résistance**...

Il fut nettement perceptible que l'inspecteur principal venait de donner un violent coup de poing sur son bureau.

— Si vous manquez de vocabulaire pour vous exprimer dans votre langue maternelle, vous feriez mieux de retourner à l'école vous rafraîchir la mémoire !

— Désolé, chef... *mea culpa*... la cerise sur le gâteau, si vous préférez. Bref. Aucune des employées n'a jamais vu Mr. Felix. Il entrait et repartait par-derrière et ne mettait jamais les pieds au salon. M. Félix Dupont, lui, utilisait la porte principale... tout le monde le voyait quand il venait. Mais personne n'a jamais aperçu Mr. Felix, sauf Madame et les clientes qui avaient rendez-vous.

— Alors comment a-t-il demandé à la fille de suivre Lady Jocelyn?

— Oui, je lui ai posé la question et elle m'a répondu que c'était Madame qui lui avait dit que Mr. Felix aimerait qu'elle suive Lady Jocelyn, et c'est aussi Madame qui lui a remis la demi-couronne, en lui recommandant de se taire, parce que, d'après elle, cela ne semblerait pas très correct, mais, comme il lui avait conseillé un traitement très particulier, il voulait s'assurer qu'elle respectait ses instructions et rentrait directement chez elle. Il affirmait que le traitement n'aurait aucune utilité dans le cas contraire.

— Vous croyez qu'elle a avalé ça?

— Je pense qu'elle s'en fichait. Elle travaille toute la journée. Vous savez ce que c'est avec ce genre de filles — les clientes, c'est rien que du bou lot. Ce qui compte vraiment pour elles, c'est de savoir qui va les inviter au cinéma, ou leur donner des coupons afin de pouvoir acheter une paire de bas, prétendument en soie.

L'inspecteur principal Lamb remercia le Ciel que ses filles eussent reçu une éducation différente.

— Oui, monsieur... je n'en doute pas. Mais je crois que cette gosse est franche. Elle est trop effrayée et parle trop librement pour être mêlée en quoi que ce soit à ce qui se tramait par ici. Je crois que nous allons appréhender Madame. Ensuite, j'ai l'intention d'aller dire deux mots à son invalide si intéressant..

36

Le temps ne passait pas. Comme d'innombrables femmes avant elle, Lyndall découvrit qu'elle ne pouvait rien y faire. Il lui était impossible de lire, de coudre ou écouter la TSF, parce que ces activités exigent d'avoir la maîtrise de ses pensées, ce qui n'était pas le cas. Quand elle avait parlé à Miss Silver et à l'inspecteur Abbott, l'agent lui avait raconté ses histoires de famille, son esprit était soumis à une certaine contrainte à laquelle il avait dû s'efforcer de répondre. Mais, dès qu'elle fut seule, elle se retrouva dans l'état qui était le sien actuellement, incapable de dévier le cours de ses pensées. Il y a des choses si choquantes qu'on les croit vraies sur-le-champ, ce qu'il y a en elle de choquant étant plus fort que toutes les barrières. Il y a des choses si choquantes qu'on n'y croit pas du tout, mais on ne peut les oublier, on ne peut se les ôter de l'esprit. Lyndall n'aurait su dire où elle en était. Le choc initial avait été tel qu'elle en avait perdu toute capacité de croire ou d'analyser mais, maintenant que les secondes s'étiraient interminablement, elle finit par se persuader d'un fait qui lui glaça les sangs presque autant que l'âme.

Une fois même, elle se leva et s'approcha du téléphone, mais, après être demeurée trente bonnes secondes le doigt posé sur le premier chiffre qu'elle aurait dû composer, elle changea d'avis et retourna s'asseoir dans le fauteuil qu'elle venait de quitter. Elle ne pouvait pas. Le lendemain, peut-être, quand ses pensées la feraient moins souffrir, qu'elle serait à même de réfléchir posément. Pas ce soir-là... pas maintenant. Une fois qu'une parole est dite, on ne peut plus jamais la rattraper.

Quand, environ cinq minutes plus tard, le téléphone sonna, c'est à contrecœur et en frissonnant qu'elle s'obligea à répondre. Elle entendit Philip prononcer son nom.

— Lyn... c'est toi ?

— Oui...

Mot qu'elle ne parvint pas à articuler correctement et qui l'obligea à s'y reprendre à deux fois.

— Tu es seule ? Je veux te voir... absolument. J'arrive.

Il raccrocha, mais elle demeura figée sur place avant de comprendre que Philip allait arriver et qu'elle devait se tenir prête à l'accueillir. Passant dans le vestibule, elle s'arrêta devant la porte de la cuisine, à moitié ouverte, et lança :

— Mon cousin vient me voir... Sir Philip Jocelyn !

À peine avait-elle parlé qu'on sonnait à la porte. Elle l'ouvrit, un doigt sur les lèvres, indiquant de la main la porte entrebâillée.

Philip parut surpris. Il ôta son manteau et l'accrocha. Quand ils furent dans le salon, il demanda :

— Qu'est-ce que c'est que tous ces mystères ? Qui est là ?

— Un policier, dans la cuisine.

— Pourquoi ?

— Parce que j'ai surpris une conversation, et ils ne savent pas si... si Anne...

Il la coupa.

— Ce n'était pas Anne... on en est certain maintenant. C'était Annie Joyce.

Après un bizarre instant de silence, il ajouta :

— J'ai trouvé le journal intime d'Anne

— Son journal intime ?

— Oui. Bien sûr, je savais qu'elle en tenait un... toi aussi, j'imagine. Ce que j'ignorais, et que j'ai appris il y a deux jours, c'est qu'elle y notait absolument tout...

Il s'interrompit.

— Écoute, Lyn, c'est à peine croyable ! Je ne voulais pas le lire... non, je n'en ai pas l'intention. J'ai voulu vérifier si les détails qu'elle m'a fournis... ces petites choses qui m'ont convaincu, alors que tout mon être s'y refusait... s'y trouvaient. Eh bien, oui ! Les mots mêmes que j'ai employés pour lui demander de m'épouser... des faits se rapportant à notre lune de miel... dont personne d'autre n'aurait pu avoir connaissance... elle avait tout noté. Et Annie Joyce l'avait appris par cœur.

Lyndall le regarda, aussi émue qu'abasourdie. L'étrangère qui faisait obstacle entre eux avait disparu, et jamais ce n'avait été Anne. Un peu plus tard, elle serait capable de se souvenir à quel point elle avait aimé celle-ci, mais, pour l'instant, elle ne savait qu'écouter.

Philip lui racontait comment il avait découvert le journal.

— J'étais persuadé qu'elle l'avait. Elle avait beau le connaître parfaitement, il lui fallait le garder à portée de main. Et j'ai fini par le découvrir... deux cahiers cachés dans le matelas de son lit.. qui avait été recousu avec des points très espacés de manière à les découdre en un rien de temps si elle avait besoin de le consulter. C'est ce qui m'a frappé... alors que j'avais fouillé partout. En ce qui me concerne, le problème est réglé. Elle ne m'avait jamais intimement convaincu et le journal m'a donné raison. Anne est morte il y a trois ans et demi. Tu dois le croire, Lyn.

Elle le désirait de tout son cœur, mais les mots ne lui venaient pas. Elle était même incapable de formuler la moindre pensée. Son esprit était de nouveau paralysé. Elle ne pouvait que l'écouter.

— Lyn, c'est ce que je voulais dire quand je suis venu ce matin. Annie Joyce était une espionne, vois-tu... infiltrée chez moi. Toute cette affaire n'était pas une simple histoire d'usurpation d'identité, mais une opération minutieusement organisée. C'était un agent ennemi, chargé d'une mission précise. Hier soir, elle m'a drogué et a fouillé dans mes papiers.

— Philip !

— Les documents étaient faux et le code périmé. Nous aussi, nous avions préparé notre plan. Je crois qu'elle obéissait à certains ordres et que quelqu'un est venu récupérer les documents. Il devait être suffisamment informé en ce domaine pour comprendre qu'elle s'était fait rouler. Autrement dit, son sort était réglé. Si nous ne nous en chargions pas, ils s'en chargeraient. Au mieux, elle ne leur était plus d'aucune utilité... au pire, nous risquions de la faire parler. Dans ce genre de situation, ils se montrent impitoyables et je crois que le type qui l'a tuée l'a fait sans hésiter, peut-être avec mon revolver, peut-être pas. Quoi qu'il en soit, c'était sans doute très futé d'emporter mon arme en espérant que la police penserait que c'était moi qui l'avais tuée... ce qui n'a pas manqué.

— Philip ! se récria-t-elle encore une fois.

Puis, comme un cri du cœur :

— Non... c'est impossible !

Il lui passa un bras autour des épaules.

— Réveille-toi, Lyn ! Bien sûr que si, ils n'ont pas hésité. Réveille-toi et vois les choses en face ! Je suis dans le pétrin. Codrington m'a conseillé d'éviter de te voir. C'est ce que je vais faire. Mais je devais d'abord te parler... je ne pouvais pas te laisser penser que les choses étaient pires qu'elles ne sont. Pour la police, le fait que je sois venu directement ici depuis le ministère pour t'annoncer qu'Anne était morte, alors que je ne pouvais être au courant du meurtre, sauf s'il avait été commis avant mon départ de chez moi, me place dans une situation très délicate. Mais, quand j'ai prononcé le nom d'Anne, j'entendais par là ma femme, Anne Jocelyn, pas du tout Annie Joyce. Je voulais signifier que j'étais certain de la mort d'Anne... non pas que je savais qu'Annie Joyce avait été tuée. Lyn... tu dois me croire !

— Bien sûr que je te crois.

Elle lui décrivit alors la scène au cours de laquelle elle avait vu Anne... non, Annie... entrer dans le salon de coiffure, et la conversation qu'elle avait surprise dans le couloir sombre, derrière le rai de lumière d'une porte mal fermée.

Le comportement de Philip se modifia aussitôt.

— C'est ce que tu as entendu ? Tu en es sûre ?

— Oui... j'en ai informé Miss Silver.

— Qui est-ce ?

Elle le lui dit.

— Puis l'inspecteur Abbott est arrivé et je le lui

ai répété, et je pense qu'il va procéder à des arrestations dans le salon.

— Bon, c'est déjà quelque chose. J'espère que tu as conscience de l'importance de tout cela ?

— Oui. Philip, j'en ai parlé à Anne... à Annie, plutôt.

Son regard se figea.

— Tu n'as pas fait ça !

— Si. Je m'y suis sentie obligée. Je le lui ai dit avant-hier.

— *Lyn*... tu es folle ! Suppose qu'elle le lui ait répété... à cet homme !

Lyndall hocha la tête.

— Miss Silver a eu la même réaction. Aussi ont-ils demandé à un agent de me raccompagner. Il fait des mots croisés dans la cuisine.

— Enfin, quelqu'un qui agit avec bon sens, dit-il, quelque peu soulagé, quand on sonna de nouveau à la porte d'entrée.

Le bras de Philip abandonna ses épaules. Son visage devint mortellement pâle.

— Il ne faut pas qu'on me trouve ici. Qui ça peut être ? Débarrasse-toi d'eux si tu le peux !

Elle acquiesça de la tête, sans mot dire. On continua à sonner tandis qu'elle traversait la pièce, mais sans hâte — elle prit le temps d'ouvrir le coffre lambrissé de Lilla et d'y déposer le manteau de Philip sur les couvertures qui s'y trouvaient ; elle eut soin de refermer la porte de la cuisine, de façon qu'on n'en distingue pas la lumière qui en provenait.

Alors seulement elle ouvrit et se trouva face à Pelham Trent. Il entra aussitôt, comme à son habitude, affichant un air décontracté et amical.

— Est-ce que vous êtes seule, Lyn ? Je voulais vous parler. Lilla n'est pas encore rentrée ?

— Non. C'est son service de nuit. Elle n'est pas là.

Ils se tenaient juste devant le seuil de la porte. Au moment où il se tournait pour la refermer, elle dit :

— Moi aussi, je voulais vous parler. J'ai quelque chose à vous demander.

Il fit volte-face, assez surpris.

— Allons plutôt dans le salon. Je n'ai pas le temps de rester, je n'enlève pas mon manteau.

Elle se tenait entre lui et la porte de la pièce dans laquelle se trouvait Philip.

— Connaissez-vous une boutique qui s'appelle *Félise* ?

Sa surprise se mua en ébahissement.

— Ma chère Lyn ! À quoi jouez-vous... aux devinettes ? J'ai vraiment quelque chose à vous dire...

Elle insista d'un ton tranquille et déterminé.

— Moi, je crois que vous la connaissez.

— Que voulez-vous dire ?

C'est d'une voix claire et nette qu'elle déclara :

— Je l'ai suivie, voyez-vous. Non pas que j'aie cru qu'il y avait quelque chose d'anormal. Simplement, je ne voulais pas qu'elle s'imagine... oh, et puis ça n'a plus d'importance, pas vrai ? Je l'ai entendue dire : « Vous feriez mieux de me laisser écrire à Nellie Collins. Elle est tout à fait inoffensive. » Et vous avez dit : « Ce n'est pas à vous d'en juger. »

Il resta là à la regarder, effaré.

— Lyn... êtes-vous devenue folle ?

Elle secoua doucement la tête.

— À ce moment, j'ignorais que c'était vous... jusqu'à cet après-midi où, une fois encore, vous avez prononcé les mêmes mots... de la même voix, comme un murmure : « Ce n'est pas à vous d'en juger. » C'est à cet instant que l'idée m'est venue. Puis j'en ai été convaincue. J'ai informé Miss Silver et la police de ce que j'avais entendu, mais je ne leur ai pas communiqué votre nom. Maintenant, je dois le faire, mais je tenais d'abord à vous prévenir, parce que nous avons été amis.

À peine ce dernier mot avait-il franchi ses lèvres qu'elle sut que ce n'était pas vrai. Cet homme n'avait jamais été un ami, mais un étranger, dangereux — et elle était à sa merci. Durant tous les événements qui s'étaient succédé en quelques heures, son esprit était demeuré engourdi. Subitement, devant le danger qui se précisait, il se libéra. Elle hurla, suffisamment fort pour que Philip Jocelyn contourne l'angle de la pièce en L, se précipitant vers la porte demeurée entrouverte, et pour que le grand gaillard de policier abandonne ses cogitations sur une définition en cinq lettres synonyme de « lumière ». Il bondit de sa chaise et ouvrit la porte pour découvrir un étranger vêtu d'un manteau, dont la main gauche emprisonnait l'épaule de Miss Armitage tandis que l'autre pointait un revolver sur sa tête.

Philip Jocelyn aussi était demeuré interdit devant le même spectacle. Pelham Trent eut conscience de la présence de Philip, mais pas de celle de l'agent, car il était entièrement pris par l'urgence de la situation et se concentrait sur la brillante idée qu'elle venait de lui inspirer. Il s'adressa à Philip d'une voix dure :

— Jocelyn, un seul geste et je l'abats... avec votre arme ! Pauvre imbécile... vous avez cru pouvoir me tendre un piège ! Vous avez fait mon jeu, tous les deux, et voici ce qui va arriver. Je veux que vous sachiez, parce que ça fait un moment que ça me démange. Vous êtes très content de vous, pas vrai ? Vous en êtes fier, de votre nom et de votre famille ! Eh bien, vous allez faire la une de tous les torchons de ce pays : « Sir Philip Jocelyn et sa petite amie se suicident en amoureux. » Imaginez la suite, si ça vous chante ! Je vais m'approcher un peu de vous, ça paraîtra plus convaincant. Avancez, Lyn !

Il commença à la pousser devant lui dans le couloir et elle put sentir le canon froid du revolver contre sa tempe droite.

Elle était consciente de ce qui se déroulait, mais son esprit en était très éloigné. Elle eut l'image fulgurante de la mort qui allait les frapper tous les deux, Philip et elle. Qu'elle bouge ou tente de s'échapper et elle était morte. Ensuite, il abattrait Philip. Mais il ne l'abattrait pas en premier s'il pouvait l'éviter, car, au moment où il appuierait sur la détente, Philip se jetterait sur lui. Elle ignorait ce que faisait l'agent — impossible de voir la porte de la cuisine, et même s'il l'avait entendue crier, elle serait morte avant qu'il puisse les rejoindre.

Cette vision et ces pensées, quasiment instantanées, n'avaient duré que le temps d'un flash. Elle n'avait pas peur, car c'était comme si elle était déjà morte. De quelque monde situé au-delà du temps, elle devina qu'il s'écoulerait une seconde pendant laquelle le revolver se détournerait d'elle pour se pointer vers Philip. Elle se tendit comme un ressort et attendit.

Dès que le canon s'écarta, elle attrapa des deux mains le bras droit de Pelham Trent, le ramenant vers le sol, et Philip se jeta sur lui. On entendit le claquement d'une détonation, assourdissant dans le petit hall. Il y eut un grand fracas de verre brisé, un tapis glissa sous les pieds de Pelham et tout le monde se retrouva par terre. Lyndall s'extirpa d'un enchevêtrement de bras et de jambes, se remit debout en chancelant et découvrit le policier agenouillé sur la poitrine de Pelham, tandis que Philip lui maintenait les chevilles. Le revolver dépassait sous un repli du tapis. Lyndall s'empressa de le ramasser, les jambes en coton, l'esprit hagard. Le miroir au-dessus du coffre aux couvertures était brisé et des éclats de verre jonchaient le sol.

Elle gagna le salon et dissimula l'arme sous un coussin du canapé. Quand elle revint, Philip regarda par-dessus son épaule et lança :

— Il nous faut quelque chose pour le ligoter ! Ces trucs qui maintiennent les rideaux ouverts, ça devrait aller. Vite !

37

Derrière son bureau, l'inspecteur principal considéra Miss Silver, assise en face de lui. Il affichait une certaine satisfaction et une juste fierté, que nuançait le sentiment de dignité qui s'attachait à sa fonction. Son teint rubicond s'illumina. C'est d'une voix chaleureuse qu'il déclara :

— Eh bien, Miss Silver, je crois que vous ne serez pas mécontente de savoir que toute l'affaire est résolue... rien n'a été laissé dans l'ombre.

Miss Silver, qui se tenait, un peu raide, les mains dans un petit manchon aussi vieillot que son col de fourrure, toussota légèrement et répondit :

— Cela doit vous procurer une grande satisfaction.

— Ma foi, j'aime le travail bien fait. Et j'avoue que votre collaboration nous a été très utile. Je m'en serais voulu s'il était arrivé quoi que ce soit à cette jeune fille... elle ne manque pas de cran, cette petite. Je reconnais que l'idée de la placer sous protection policière ne me serait pas venue, si vous ne m'y aviez pas incité. Il faut dire que vous avez un avantage sur nous, les policiers. Les jeunes femmes ne viennent pas pleurer sur notre épaule en nous racontant leurs petits secrets comme il semblerait qu'elles le fassent avec vous... pourtant, moi aussi, j'ai des filles.

L'inspecteur Abbott, qui se tenait debout contre le manteau de la cheminée, empêchant une bonne partie de la chaleur de se diffuser dans la pièce, crut bien intentionné de suggérer que Miss Silver leur fît part de son *savoir-faire**. Cela lui valut un froncement de sourcils de l'inspecteur principal et la recommandation de choisir un bon vieux vocable anglais et parler de sa *recette*, si c'était bien ce qu'il voulait signifier par là.

— C'est ainsi que parlait ma mère, et ce qui était assez bon pour moi devrait l'être pour vous, mon petit monsieur, je vous prierai de ne pas l'oublier ! Les mots français ont sans doute leur utilité en France, mais je ne veux pas en entendre dans mon bureau ! Encore une remarque pour finir : vous vous laissez aller à les employer quand vous êtes un peu trop content de vous. Ce qui ne veut pas dire que vous n'avez pas fait un excellent travail dans cette affaire, nul ne songe à le nier... mais inutile de vous enflammer et de parler comme un étranger. Maintenant, si vous voulez bien cesser de m'interrompre, je vais continuer à informer Miss Silver des résultats de notre enquête.

Miss Silver acquiesça d'un signe de tête.

— Je vous en serais très reconnaissante, monsieur l'inspecteur principal.

Bien calé sur son siège, qu'il remplissait aisément, une main posée sur chaque genou, Lamb reprit la parole :

— Certes, il cachait bien son jeu... ces gens-là savent y faire. Il devait sans doute bénéficier de la complicité de certaines personnes sur lesquelles nous n'avons pas mis la main, et qu'il nous sera impossible de coincer. Pour ne rien vous cacher, lui aussi nous aurait filé entre les doigts si Miss Armitage n'avait pas reconnu sa voix quand il a utilisé les mots mêmes qu'elle l'avait entendu adresser à Annie Joyce. Il me semble qu'elle ne vous en avait pas informée, je me trompe ?

Miss Silver toussota.

— Non... elle l'avait gardé pour elle. Depuis, elle m'en a parlé. Attitude des plus déraisonnables de sa part et qui a failli lui coûter la vie... ainsi qu'à Sir Philip. Mais, quand nous avons discuté, elle et moi, il me semble qu'elle refusait toujours de prêter foi à ses soupçons. Voyez-vous, il avait été un ami... en qui elle avait toute confiance. Je crois qu'elle espérait encore qu'en lui disant les choses de but en blanc il justifierait cette confiance. Il n'est pas facile pour une jeune fille de dénoncer un ami à la police, mais elle prenait un risque terrible. Je suis heureuse que l'agent de police ait été présent et qu'il ait réagi avec promptitude et efficacité... même si, d'après ce que j'ai appris, tout le monde s'en est tiré sain et sauf grâce à la présence d'esprit de Miss Armitage. Mais, poursuivez, je vous en prie.

— Bref, nous avons reconstitué son histoire. Un de ses oncles travaillait avec Mr. Codrington — raison pour laquelle celui-ci l'a engagé. Évidemment, il avait les diplômes requis pour être notaire. Il s'est laissé séduire par l'idéologie nazie quand elle avait le vent en poupe, avant de l'abandonner... ou plutôt, c'est l'impression qu'il a donnée... quand Hitler a baissé le masque et que les nazis sont devenus moins populaires. Il partait souvent en randonnée en Allemagne, comme beaucoup de gens, et il n'y a pas de mal à ça, mais, pour quelqu'un qui cherchait à dissimuler des activités louches, c'était l'idéal. À quelle date a-t-il véritablement commencé à travailler pour les nazis, nous l'ignorons, et nous ne le saurons sans doute jamais. Cela fait probablement des années qu'il était de leur bord. Nous avons identifié Mme Dupont. Elle s'appelle en fait Marie Rozen, et c'est une très mauvaise femme. M'est avis que son mari est exactement celui qu'elle a dit — un bon coiffeur, à la santé chancelante et en rien lié aux nazis. Ils se sont mariés juste avant la guerre. Elle est entrée dans le pays en utilisant le nom de sa première femme. Mais revenons à Trent. À côté de l'appartement très respectable où il logeait, il disposait d'une pièce au-dessus d'un garage, dans une de ces rues qui donnent sur Vauxhall Bridge Road. Il avait sur lui un courrier adressé au nom de Thomson et les voisins l'ont reconnu. C'est là qu'il se changeait quand il voulait prendre l'identité de Mr. Felix ou de n'importe qui d'autre. Nous avons trouvé deux perruques, une rousse et une grise, et toutes sortes de vêtements, certains dans un très mauvais état, ainsi qu'un manteau particulièrement ample. Je suppose que quand il le portait, ainsi que la perruque rousse, son meilleur ami n'aurait pu le reconnaître. Dans le garage, il abritait un taxi déglingué et se faisait passer pour un chauffeur servant dans les brigades de pompiers. Je crois qu'on peut sans hésiter penser qu'il a rencontré Miss Nellie Collins à la gare de Waterloo et lui a fait croire qu'il allait la conduire à Lady Jocelyn. Elle a pu se dire qu'ils se rendaient à Jocelyn's Holt. Il a dû la balader longtemps jusqu'au chemin où on l'a découverte. Il existe une quantité de moyens de perdre du temps, quand on s'en donne la peine, et elle n'avait aucune raison de se montrer soupçonneuse, la pauvre. Enfin, une fois conduite là où il le désirait, il aura trouvé un prétexte pour la faire descendre, avant de l'écraser. Vous voyez ?

Miss Silver toussota.

— Mon Dieu... c'est terriblement choquant !

Frank Abbott dissimula momentanément sa bouche derrière sa main. Si l'une des personnes présentes avait jeté un regard dans sa direction, elle aurait pu surprendre une lueur cynique et amusée dans son regard, car les pensées qui lui venaient étaient rien de moins qu'irrespectueuses. « Le vieux filou ! Tout ce qu'il raconte, il le tient pour l'essentiel de Maudie et elle le laisse faire comme si de rien n'était... ça lui ressemble, d'ailleurs. Maintenant, dans quelle mesure se berce-t-il d'illusions, et jusqu'où croit-il pouvoir nous bercer, Maudie et moi ? » Il en vint à la conclusion que tout cela avait des airs de franche comédie et il reprit l'attitude de l'auditeur réjoui. Sa chère Miss Silver venait de tourner quelques compliments du meilleur aloi et son supérieur les acceptait avec émotion, sinon avec élégance. On nageait dans la plus franche cordialité.

Lamb rougit presque de bonheur quand il déclara :

— Ma foi, il faut l'avouer... il nous arrive aussi de mériter nos salaires, à nous autres dans la police ! Au fait, nous avons retrouvé le panier à linge. Il se trouvait dans un coin du garage. Rien dedans, hormis un tas de vieux papiers. Je dirais qu'il a sans aucun doute utilisé son taxi pour le transporter et attendu la sortie de Sir Philip. Il ne lui restait plus qu'à se mettre le panier sur la tête, avant d'entrer et de grimper l'escalier. Cela s'avère beaucoup moins risqué qu'il y paraît. S'il devait se servir de ses deux mains pour maintenir le panier, il pouvait l'incliner d'un côté et dissimuler son visage s'il croisait quelqu'un.

— Vos explications sont si claires ! commenta Miss Silver, une nuance admirative dans la voix.

Le visage de l'inspecteur principal s'épanouit.

— Bah... simple hypothèse. Mais nous avons drôlement bien débrouillé toute l'affaire. Cette Annie Joyce travaillait sous ses ordres. Je crois que nous pouvons considérer comme acquis qu'on lui a demandé de droguer Sir Philip et de fouiller dans ses documents, mais, entre-temps, elle a dit ou fait quelque chose qui a amené Trent à s'en méfier. Il l'a fait suivre. Il savait qu'elle avait envisagé de venir vous voir. On peut parier qu'elle lui avait rapporté les paroles que Miss Armitage avait surprises. Je crois qu'elle avait peur de le garder pour elle. Qu'en pensez-vous ?

— Oui, elle a dû les lui répéter, confirma Miss Silver d'un ton grave. Il me semble, d'après deux ou trois points évoqués par Miss Armitage, qu'Annie Joyce lui en voulait. Miss Armitage avait été très dévouée à la véritable Lady Jocelyn. Confrontée à une situation particulièrement délicate, elle faisait tout son possible pour maintenir cette vieille amitié et l'affection qui allait de pair avec celle-ci, mais sans succès. Je vous citerai ses propres paroles, qui, je n'en doute pas, sont profondément sincères : « Je l'aimais tellement, mais, après son retour, elle ne me le permettait plus. On aurait même dit qu'elle n'éprouvait rien pour moi. »

Lamb hocha la tête.

— Oui, ça devait être à peu près ça. Bon, considérons que Trent savait que leurs propos avaient été entendus. Cela lui donnait un mobile très sérieux pour se débarrasser d'Annie Joyce. Peut-être connaissait-elle sa véritable identité, peut-être pas.

Miss Silver toussota.

— D'après les renseignements que j'ai pu obtenir depuis son arrestation, j'estime que lui et la soi-disant Lady Jocelyn ne se sont jamais rencontrés. À mon avis, il prenait grand soin de ne pas révéler son identité. Il est hors de doute qu'il se déguisait lorsqu'il se rendait aux rendez-vous pris dans le salon de coiffure et, d'après ce que l'inspecteur Abbott m'a dit de la manière dont on avait disposé l'éclairage dans le fameux bureau, il est évident que cette lampe avec son gros abat-jour pouvait être utilisée de telle sorte qu'elle le laissât dans l'ombre tandis qu'il la braquait sur ses visiteurs.

— Oui, c'est très probable... et il parlait tout bas, en murmurant, comme dit Miss Armitage. C'est drôle, non, qu'il ait été trahi par le truc même qu'il employait pour assurer sa sécurité ? S'il n'avait pas répété ces paroles à Miss Armitage, sur le même ton, il aurait pu s'en sortir. Mme Dupont ne le connaissait que sous le nom de Mr. Felix. Une fois ce lien rompu et Annie Joyce décédée, nous n'avions plus aucun indice pour remonter jusqu'à Mr. Pelham Trent. On pourrait en tirer une morale... ne croyez-vous pas ?

— Oui, assurément, répondit Miss Silver.

L'inspecteur principal reprit la parole :

— Donc, pour en revenir à nos moutons... il monte avec le panier à linge et elle le laisse entrer. Peut-être qu'elle l'attendait... impossible de le savoir... mais elle devait être assez contente de le voir, puisqu'elle pensait avoir obtenu ce qu'il voulait. Il est indéniable, au vu de ses empreintes, qu'elle avait lu entièrement le code... pour le recopier, certainement. On peut dire que ce n'est qu'une supposition, mais c'est probable. Vous n'ignorez pas que le code était périmé... cela faisait partie du piège. Un homme dans la position de Trent était assez bien informé pour s'en rendre compte. Cela dit, il avait pu décider de la supprimer, de toute façon, mais, puisqu'elle s'était fait berner, il ne pouvait se permettre de la laisser en vie et prendre le risque qu'elle parle. Elle a eu peur et a tenté d'attraper le téléphone. Il l'a abattue. Puis il a cherché le revolver de Sir Philip et l'a emporté. Possible qu'il ne l'ait pas cherché... elle a pu essayer de s'en emparer... nous ne le saurons pas. On n'a relevé aucune de ses empreintes, il devait donc porter des gants dans l'appartement... il les aura à coup sûr enfilés lorsqu'il attendait qu'elle vienne lui ouvrir. Comme vous le savez, il avait l'arme sur lui quand on l'a arrêté. C'est une affaire on ne peut plus limpide, et nous voilà débarrassés de trois individus dangereux... plus, qui sait, si Mme Dupont parle. Bien, c'est tout ce qu'on peut en dire. Je vous prierai de m'excuser... je dois passer voir l'adjoint du préfet de police.

Une fois qu'il fut parti, après avoir échangé une cordiale poignée de main, l'inspecteur Abbott s'approcha du bureau et se pencha vers sa « révérée préceptrice ».

— Eh bien ? demanda-t-il. À quoi pensez-vous ?

La révérée préceptrice émit une petite toux hésitante.

— Aux paroles de l'inspecteur principal.

Frank se mit à rire.

— Il en a tellement dit !

— Tout à la fin, précisa Miss Silver. Quand il a conclu : « C'est tout ce qu'on peut en dire. » Parce que ces mots ne sauraient être vrais, en aucun cas.

— Qu'entendez-vous par là ?

Elle lui adressa un regard simple et grave.

— Cela remonte à si loin... J'ai parlé avec les Jocelyn et ils m'en ont appris beaucoup. On peut faire commencer les choses à Sir Ambrose Jocelyn, qui n'avait rien laissé à la femme avec laquelle il avait vécu, non plus qu'à leur fils. Le père de Sir Philip lui versait une petite pension. Toutefois, le pain de la charité a un goût plutôt amer quand celui qui le reçoit sait qu'il est payé sur de l'argent qui aurait dû lui appartenir. Roger Joyce était un homme aussi effacé qu'inefficace. D'après ce que j'en sais par cette pauvre Miss Collins, il était évident que sa fille avait été élevée dans l'idée de se considérer personnellement lésée et spoliée. À la mort de son père, elle avait quinze ans. Miss Theresa Jocelyn se prit d'amitié pour elle et, après une tentative bien peu raisonnable pour l'imposer au reste de la famille, s'installa à l'étranger avec sa protégée. Une fille de cette âge est très sensible aux affronts. Pendant la semaine qu'elle avait passée à Jocelyn's Holt, elle avait eu devant les yeux toutes les choses qui auraient dû être siennes si son père avait été légitimement reconnu au lieu d'être considéré comme un fils naturel. Elle a dû repartir en éprouvant une terrible amertume. Dix ans plus tard, Miss Jocelyn, qui avait fait un testament en sa faveur, change subitement d'avis. C'était une femme impulsive et fantasque et, tout comme dix ans auparavant elle s'était entichée d'Annie Joyce, voilà qu'elle se toque d'Anne Jocelyn et annonce qu'elle va rédiger un testament en sa faveur.

Miss Silver s'interrompit et toussota.

— Un tel manque de principes est très difficile à accepter. Ce comportement a aussitôt amené le genre de problèmes que l'absence de principes ne manque jamais de produire. Sir Philip a eu une violente dispute avec sa femme. Il lui a interdit de prendre l'argent, et ce d'une manière très véhémente. Elle lui a rétorqué que cela ne dépendrait que de son bon vouloir, son droit étant établi. Vous savez sans doute qu'elle jouissait déjà d'un héritage considérable. Elle a défié son mari et a rejoint Miss Jocelyn en France. On peut imaginer quel effet cela aura eu sur Annie Joyce. Son père et la mère de Lady Jocelyn étaient demi-frère et demi-sœur, l'un pauvre et déshérité, l'autre riche et prospère. Lady Jocelyn avait tout ce dont Annie Joyce était privée — rang, position, argent, domaine familial, nom. Elles ont vécu trois mois sous le même toit. Comment ne pas penser que, durant ce laps de temps, l'amertume et le ressentiment qui avaient nourri l'éducation d'Annie Joyce ont été poussés au paroxysme ? Sur les événements qui se sont déroulés sur la plage, quand il aidait les deux femmes à s'enfuir, nous n'avons aucun moyen d'en savoir plus que ce que nous en a dit Sir Philip. Annie a pu se rendre compte à ce moment qu'Anne avait été mortellement blessée, à moins qu'elle ne l'eût appris que longtemps après. Il semble certain qu'elle est retournée au château où elle a vécu sous son nom véritable, qu'elle s'est peu à peu abandonnée à l'influence des Allemands et qu'ils ont finalement décidé de l'utiliser. Elle a dû elle-même les informer de sa ressemblance avec Lady Jocelyn. Sir Philip m'a confié que sa cousine, Miss Theresa Jocelyn, possédait une importante collection de photos de famille. Ils auront pu juger de la ressemblance par eux-mêmes. Des informations récentes sur la famille étaient sans aucun doute fournies par Mr. Trent. J'avoue que j'ai toujours pressenti que la personne donnant ses ordres à la soi-disant Lady

Jocelyn était probablement associée de près à la famille. Il était essentiel pour le succès de l'entreprise d'être au fait de détails qu'un étranger aurait ignorés. Le journal intime a joué un grand rôle, mais il ne procurait pas les informations sur les affaires de Sir Philip et n'a eu aucune part dans le choix de la date à laquelle on a organisé le retour... ou prétendu tel... de son épouse.

Frank Abbott avait écouté avec attention. Si jamais lui vint aux lèvres l'expression irrévérencieuse « les leçons de morale de Maudie », si ses yeux plutôt clairs ne perdirent jamais entièrement la lueur un tantinet cynique qui y brillait, il éprouvait toujours, comme à l'accoutumée, un respect affectueux qui avait cessé de le surprendre car il remontait maintenant à très longtemps. Elle se leva et il se redressa.

— J'ai vu que tous les journaux ont publié l'avis de décès de la femme de Jocelyn.

Il ramassa le *Times* qui se trouvait sur le bureau, derrière lui, et jeta un coup d'œil à la rubrique nécrologique.

— Voilà... « Anne, épouse de Sir Philip Jocelyn, décédée le 26 juin 1940, sous le feu de l'ennemi... » Bon, je suppose que nous lirons bientôt son nom sous la rubrique des mariages.

Miss Silver toussota, comme en signe de reproche.

— Je l'espère, conclut-elle.

Cet ouvrage a été réalisé par

FIRMIN DIDOT

GROUPE CPI

Mesnil-sur-l'Estrée

pour le compte des Éditions 10/18
en mai 2003

Imprimé en France
Dépôt légal : juin 2002
N° d'édition : 3380 – N° d'impression : 63690
Nouveau tirage : mai 2003